古典文獻研究輯刊

二　編

曾永義 主編

第26冊

中國風水故事資料類編（下）

唐蕙韻 著

國家圖書館出版品預行編目資料

中國風水故事資料類編（下）／唐蕙韻 著 — 初版 — 新北市：
花木蘭文化出版社，2011〔民100〕
目 4+202 面；19×26 公分
（古典文學研究輯刊 二編；第26冊）
ISBN：978-986-254-513-3（精裝）
1. 堪輿 2. 民間故事 3. 民間文學 4. 文獻分析
820.8   100001162

ISBN-978-986-254-513-3

9 789862 545133

古典文學研究輯刊
二 編 第二六冊   ISBN：978-986-254-513-3

中國風水故事資料類編（下）

作 者 唐蕙韻
主 編 曾永義
總 編 輯 杜潔祥
出 版 花木蘭文化出版社
發 行 所 花木蘭文化出版社
發 行 人 高小娟
聯絡地址 新北市永和區中正路五九五號七樓之三
電話：02-2923-1455／傳眞：02-2923-1452
網 址 http://www.huamulan.tw 信箱 sut81518@ms59.hinet.net
印 刷 普羅文化出版廣告事業
初 版 2011 年 3 月
定 價 二編 30 冊（精裝）新台幣 48,000 元

中國風水故事資料類編（下）

唐蕙韻　著

目

次

伍、風水師與風水術的故事

一、風水師的法寶或天賦

1、〈達僧葬地〉

安福州西里達僧有神術看風水。僧出家於居近水南院。未披剃時，嘗負暄於山門前，見碑記下石龜，常有絲草在胸閒，僧曰：「爾莫作怪。待我討炭火來煆爾。」夜夢龜告云：「院下大江是深潭，龍王居之。我於水府有薄職，容去龍王案上盜借撼龍經及撼龍尺以獻，卻望急行鈔錄，即送還之。幸恕我！」次日，果於石龜下得經與尺，因此能移山轉水，下地如神。而自下其家風水，科第仕宦甚眾，及爲士農二賈葬祖先，無一不應其所求。此曾楊二仙之亞歟！（元‧《湖海新聞夷堅續志‧前集》卷二）

　　。精魅藉夢與人通意：石龜請人勿傷其身，將以秘笈獻【伍一1】（《湖海新聞夷堅續志》）

　　。所夢應驗：得物：夢石龜持撼龍經及撼龍尺（風水書及工具）以獻，明日果於石龜下得之【伍一1】（《湖海新聞夷堅續志》）

　　。。風水術得自石龜授書，能移山轉水，下地如神，自下其家風水，科第仕宦甚眾，無一不應其所求【伍一1】（《湖海新聞夷堅續志》）

2、王太玄

王太玄者，清遠人，少以耕牧爲業。忽臥病不甦者七日。太玄如從夢間聞空中有人語之曰：「汝應爲地師，有保印以貽汝。」即有震雷擊裂一石，石中得一物，高五寸許，從可三寸，橫殺其半，色如紫泥，隱隱有文，不可辨。太玄得之即病已，而左手拘攣若鉤弋。因忽解青鳥家言，能爲人作佳城圖，其人即數千里外，按圖求之輒得。嘗有貴遊攜之入蜀，江中遇大風，鄰檣覆溺者無算，貴遊舟亦岌岌矣。太玄見舟旁有異物，類黿首而擠舟者，手持所佩印，厲聲叱之，其物頗而逝，風浪遂息。人以此信太玄果有異術也。（明‧王臨亨《粵劍編‧志藝術》卷三，頁90）

　　。所夢應驗：得物：夢空中有人持印以贈，即有震雷擊裂一石，石中得一物，隱隱有文【伍一2】《粵劍編》

　　。奇術：不到其地而圖其地形，即千里外可按圖求得【伍一 2】《粵劍編》

。印投江中風浪平【伍一2】《粵劍編》

。。風水術得自夢中人授印，因忽解青烏家言，能爲人作佳城圖，其人即數千里外，按圖求之輒得【伍一2】《粵劍編》

3、〈錠珠〉

黃生善葬，自謂精於堪輿，凡與人葬，無不如其言。至受其術者，又多不驗。弟子察之，則恒佩一物，若鏡，背欵曰「錠珠」。每視地形，設有吉處，則鏡面漸漸凸起，遂周環而行，見凸處浸中浸高，則置地上推之，至凸處極中而高，鏡如鍼頭，則知其眞穴也。鑿之，或有暖氣，或土五色，或有煙若輕綿起，或中有聲如遠鍾，或土黏滑，或有古器在下，或有物若龍蟄於其中，種種不一。離其處則凸處亦隨平矣。時時道中行視錠珠有凸處如鍼者，輒私志之，以俟歡葬者，獲富人金錢不可勝數。黃生老，其物忽躍去。黃生爲人言：幼時好堪輿家言，性慈仁不殺。一日見鄰人買一大魚，將烹，黃生倍值買之，放于江中。翌日野步，忽一人拜於前曰：「辱君救我，無以奉酧。」因懷中出錠珠，告之以法，忽不見。蓋所放魚云。是知黃生但有此物，初無異術，其所授人，特常言相欺耳。（《出集微》，明·王圻纂《稗史彙編》卷五十四·伎術門·堪輿類，頁856～857）

。神奇的寶物：奇鏡（「錠珠」）遇風水吉地，鏡面自動凸起，置風水眞穴則凸起如針，離其地則復平若鏡【陸一3】【伍一3】（《集微》）《稗史彙編》

。。風水異徵：寶地鑿之有暖氣【伍一3】（《集微》）《稗史彙編》

。。風水異徵：寶地土五色，或土黏滑【伍一3】（《集微》）《稗史彙編》

。。風水異徵：寶地有煙若輕綿起【伍一3】（《集微》）《稗史彙編》

。。風水異徵：寶地中有聲如遠鍾【伍一3】（《集微》）《稗史彙編》

。。風水異徵：寶地有物若龍蟄於其中，或有古器在下【伍一3】（《集微》）《稗史彙編》

。魚精化人【伍一3】（《集微》）《稗史彙編》

。受惠者（魚精）贈堪輿寶物以報人放生之恩【伍一3】（《集微》）《稗史彙編》

。。風水術倚賴精魅所贈之寶物，能自動偵測風水【伍一3】（《集微》）《稗史彙編》

4、仙眼

清‧郭存昌，字君盛。善青烏術，斷吉凶驗如神。嘗築室堡下，藏石庭中，盛夏無蚊。環門有塘，存昌置石水間，爲禁制法，小兒嬉戲在側，將失溺，輒有覺者，歷久不爽。子孫甚盛。初有相者遇存昌於途，驚指曰：「子左目仙眼也。」（同治桂東縣志方技，民國‧袁樹珊　編《中國歷代卜人傳》卷十八‧湖南省，頁621）

　　。。風水異徵：盛夏無蚊【伍一4】（同治《桂東縣志》）《卜人傳》

　　。。風水術得自先天秉賦：左目仙眼【伍一4】（同治《桂東縣志》）《卜人傳》

　　。。風水法術：置石於塘水間，爲禁制法，小兒嬉戲在側，將失溺，輒有覺者，歷久不爽【伍一4】（同治《桂東縣志》）《卜人傳》

5、〈楊公先生和魯班先師〉

楊公是堪輿家的聖手，魯班是木匠司務的先師，他倆法術高強，指揮如意。楊公爲人家造屋葬墳，如是山形不好、田畝河流不對時，它放下八人抬的大羅盤看一看指南針，便呼喝起山水來。山水隨聲而轉，到恰當處而止。魯班的卻是墨斗好。無論木材要曲要直，要剖要斷，俱不須採用刀斧鑿鋸，只須把墨線一彈，墨汁所染的部位自會分開，分口整齊光亮。他倆常在一塊做事，各獻奇技，相安無事。一天，魯班對楊公說：「你的羅盤這麼笨重，我造個輕巧的給你吧。」魯班造了小羅盤，就把原來的大羅盤打碎了。楊公改用小羅盤後，就呼山山不應，喝水水不靈了。魯班因此益覺得自己墨斗可貴，心裡暗自愉快。一天，楊公想了報復的方法，對魯班說：「我幫你去弄開墨的露水吧。」楊公裝了露水以後，把露水倒掉，裝了小便回來，魯班倒進墨斗，用墨線彈了三四次都不見木頭自己分開，才知道是上了楊公的當了。（清水編《太陽和月亮》頁40～42）

　　。神奇的寶物：風水寶物：八人抬的大羅盤，可以呼喝山水【伍一5】（《太陽和月亮》）

　　。神奇的寶物：神奇的墨斗，無論木材曲直，剖斷俱不須刀斧鑿鋸，只須把墨線一彈，墨汁所染的部位自會分開【伍一5】（《太陽和月亮》）

　　。。風水術倚賴能呼山喝水之寶物：羅盤【伍一5】（《太陽和月亮》）

6、王府尹

明·王府尹，忘其名，亦不知何許人也。嘗夢人授之書曰：「讀吾書可衣緋，不讀吾書止衣綠。」覺而異之，他日於路得一書，視之，青烏家言也。潛玩讀久之，乃以善地理聞。為鈞州佐，漢王有異志，購求之，不往，曰：「欲得予，非詔旨不可。」王以名聞，會太宗方有事壽陵，曰：「吾方求其人不得。」遂召以往。今長陵乃其所定也。前有小阜，勸上去之，曰：「恐有妨於皇嗣。」上問：「無後乎？」曰：「非也，但自偏出耳。」上曰：「偏出亦可。」遂不復去。後累世皆驗。其人官至順天尹。（明王鏊震澤紀聞，《中國歷代卜人傳》卷二十一·河北省一，頁 708）

> 。所夢應驗：夢有人授書，他日果於路中得書【伍一6】（震澤紀聞）《卜人傳》
>
> 。卜者（王府尹）預言應驗：指墓前小阜言後嗣將由偏出，後累世皆驗【伍一6】（震澤紀聞）《卜人傳》
>
> 。。風水的作用：王陵墓前有小阜，後世皇嗣皆偏出【伍一 6】（震澤紀聞）《卜人傳》
>
> 。。風水術得自夢中人授書【伍一6】（震澤紀聞）《卜人傳》

7、〈黃目蔭看風水〉

有一個叫黃目蔭的放牛孩子，和一隻烏龜很要好。後來烏龜要去修行，辭行時要黃目蔭將牠流下的眼淚抹在眼上，但黃目蔭右眼抹上烏龜的眼淚，那眼就痛得不得了，再也不肯抹左眼。原來烏龜是要讓他能右眼觀地理，左眼觀天庭，他只抹了右眼，就只能觀地理了。（跛腳狀元白鶴穴故事）後來請黃目蔭看風水的人很多，他都看得很好。他的子孫請他為自己的祖先看一個好風水，他要子孫帶著祖先的骨灰出海，去一處像鼎一樣的海穴，如果骨灰灑在鼎中央，就會代代出狀元，如果灑到鼎邊，就會代代出賊王。結果兒子將骨灰灑到鼎邊。黃目蔭知道子孫會做賊王了。要破這風水，必須在山上相應這海穴的地方先葬後遷。他算出將來會有一個叫鄭尉的人來這裡當官，就打造一個石碑，上刻「鄭尉鄭尉，將我遷出，我子孫救你，你也救救他們」，叫子孫在他死後將碑與他合葬。後來黃目蔭子孫當賊王都被鄭尉所抓，鄭尉出門向他們問話時，屋樑塌了下來，鄭尉去察看黃目蔭的風水，想了解黃家代代出賊王的原因，當他看到墓中碑文，才知道黃目蔭早已算好，請鄭尉將他遷出，他的後代就不會再做賊王了。（1998 翁德興（男，78 歲）講述，《澎

湖縣民間故事》頁 178～181）

　　。。風水術得自動物：右眼抹烏龜眼淚，得賦觀地術【伍一 7】（澎湖）

　　。。風水的效果：一穴兩局：葬「鼎穴」之中代代出狀元，葬「鼎穴」之邊代代出賊王【伍一 7】（澎湖）

　　。。破風水的方法：先葬後遷【伍一 7】（澎湖）

　　。預知紀事救子孫：風水師遺世紙條救了數世後的子孫性命【伍一 7】（澎湖）

二、風水師的神算

　　甲、卜（相）宅墓能知未遇之事

　　1、樗里子

　　昭王七年，樗里子卒，葬於渭南章臺之東，曰：「後百歲，是當有天子之宮夾我墓。」樗里子疾室在於昭王廟西，渭南陰鄉樗里，故俗謂之樗里子。至漢興，長樂宮在其東，未央宮在其西，武庫正直其墓。秦人諺曰：「力則任鄙，智則樗里。」（《史記・樗里子傳》卷七十一，《古今圖書集成・坤輿典》第一百三十八卷・冢墓部紀事一）

　　　　。卜者（樗里子）預言應驗：葬後百歲，有天子之宮夾墓【伍二甲 1】《史記》《古今圖書集成》

　　2、荀伯玉

　　（宋書）初，荀伯玉微時，有善相墓者，謂其父曰：「君墓當出暴貴者，但不得久耳。又出失行女子。」伯玉聞之曰：「朝聞道，夕死可矣。」頃之，伯玉姐當嫁，明日應行，今夕逃隨人去，家尋求不能得。後遂出家為尼，伯玉卒敗亡。（《南史・荀伯玉傳》卷四十七，宋・《太平御覽》卷五百五十八・禮儀部三七・冢墓二）

　　　　。卜者預言應驗：相墓知後來事：出暴貴而不久，又出失行女子。不久其家之女將嫁而逃，子則敗亡【伍二甲 2】（《宋書》）《御覽》《南史》

　　3、郭璞葬母

　　璞以母憂去職，卜葬地於暨陽，去水百步許。人以近水為言，璞曰：「當即為陸矣。」其後沙漲，去墓數十里，皆為桑田。（《晉書・郭璞傳》卷七十

二，宋·《太平御覽》卷五百五十八·禮儀部三七·冢墓二，明·王圻纂《稗史彙編》卷五十四·伎術門·堪輿類，頁857〈郭璞葬地〉，《古今圖書集成·坤輿典》第一百三十八卷·冢墓部紀事一）

　　　。卜者（郭璞）預言應驗：葬地近水，但云即將為陸，果然沙漲為陸成桑田【伍二甲3】（《晉書》）《御覽》《稗史彙編》《古今圖書集成》

4、致天子問

璞嘗為人葬，帝微服往觀之，因問主人：「何以葬龍角？此法當滅族！」主人曰：「郭璞云：『此葬龍耳，不出三年，當致天子也。』」帝曰：「出天子邪？」答曰：「能致天子問耳。」帝甚異之。（《晉書·郭璞傳》卷七十二）

　　　。。風水師的判斷：風水師定穴出人意表：人以為葬龍角，將致滅族，其實葬龍耳，能致天子來問【伍二甲4】（《晉書》）

　　　。。風水的效果：墓葬「龍角」地，其家當滅族【伍二甲4】（《晉書》）

　　　。。風水的作用：墓葬「龍耳」地，能致天子來問【伍二甲4】（《晉書》）

　　　。卜者（郭璞）預言以令人意外的事實應驗：墓葬「龍耳」，不出三年「致天子」。皇帝聞之而來訪墓，果然致天子來問【伍二甲4】（《晉書》）

5、〈崔先生〉

玄宗獵於野，緩轡過小山，見一新墳在其上，隨行者張約顧視久之。帝曰：「如何？」先生曰：「葬失其地。」曰：「何以言之？」先生曰：「安龍頭，枕龍角，不三年，自消鑠。」俄有樵者至，帝因問曰：「何人葬此？」樵曰：「山下崔巽葬地。」乃令引至巽家。巽子尚衣斬衰，不知帝也，乃延入座。帝曰：「山上新墳何人也？」尚曰：「父亡，遺言葬此。」帝曰：「汝父誤葬，此非吉地，汝父遺言何說？」尚曰：「父存日有言曰：『安龍頭，枕龍耳，不三年，萬乘至。』」帝驚顧嗟嘆稱美。先生曰：「吾學未精，且還舊山。」帝復召崔巽子，免終身差役。（宋·劉斧《青瑣高議·後集》卷二，明·徐善繼、徐善述《地理人子須知》卷六上·水法 卷五下·砂法，頁二十二引「一行曰」文同，又引「劉氏組談」所述事同，然又有辯術之言）

　　　。。風水師的判斷：人外有人，一見高於一見：某卜（張約）以為某葬不吉而訪其墓主，不料訪者（皇帝）之行正為原卜者（崔巽）所料而致吉（安龍頭，枕龍耳，不三年，萬乘至）【伍二甲5】《青瑣高議》《地理人子須知》

。。風水的作用：墓葬「安龍頭，枕龍耳，不三年，萬乘至」，皇帝往訪其墓【伍二甲 5】《青瑣高議》《地理人子須知》

。卜者（崔巽）預言應驗：墓葬「龍頭、龍耳」，能使「萬乘」至：葬後不久，皇帝打獵經過【伍二甲 5】《青瑣高議》《地理人子須知》

6、〈越打越發〉

董德彰下新安王氏一地，酉山卯向，葬後令鋤去右砂一臂，留記云「越打越發，不打不發」，欲放水到堂耳。其家遵之，每打即發。是年打至巳上，長生水到，因犯都天，宗人因官事發配，止而不打，其家不發。又打至辰，遇赦文水，其人赦回。（宋·李思聰《堪輿雜著·覆驗》六三葉左中）

。。風水的作用：葬地風水須經打，越打其家越發【伍二甲 6】（《堪輿雜著》）

。卜者預言應驗：墓地風水「越打越發，不打不發」，某年宗人因官事發配，止而不打，其家不發；又打，其人赦回【伍二甲 6】（《堪輿雜著》）

7、〈先出狀元，後出宰相〉

富貴發達有時，山川遷徙不一。如福建省城係郭公所遷，留鉗云「南臺砂合，橋口路通，先出狀元，後出宰相」。壬辰前數年，南臺砂漲出十餘里，是科翁青陽發大元。又十五年丁未，葉臺山大拜。景純距今若而年，其鉗記始驗。（宋·李思聰《堪輿雜著·覆驗》六三葉左下）

。卜者（郭璞）預言應驗：福建省城係郭公所遷，留鉗云「南臺砂合，橋口路通，先出狀元，後出宰相」，果然【伍二甲 7】（《堪輿雜著》）

8、孫晤善卜

孫晤家於七里瀨，善於葬法，得青烏子之術尤妙，相墳即知其家貴賤貧富、官祿人口數，亦穴中男女老少，因某病而卒，兼精於三命。時楊集統師，收復睦州，至一巖下，砦軍次，忽一大石盤隊下，楊占之曰：「此巖上有二十五人。」點兵收之，獲居民二十人。還，楊曰：「合有二十五人，何欠五人也？」問於民，曰：「某等初聞大將軍將至，遂與二十五人回避於斯。內一人孫晤善卜，到時立草舍畢，有雙雉飛下闕，孫云：『軍至此也，宜往別處，不然遭擒掠。』某等不順其言，有誠信者四人相隨去矣。」楊令人補之，不獲，意甚不快，曰：「得此人，可師事之。」新定平後，復在彼漁。（《聞奇錄》，宋·龍明子《葆光錄》卷一。《古今圖書集成·藝術典》第六百七十九卷·堪輿部

名流列傳）

　　。占候知敵人數目【伍二甲 8】(《聞奇錄》)《葆光錄》《古今圖書集成》

　　。占候先知來事：知敵人行動【伍二甲 8】(《聞奇錄》)《葆光錄》《古今圖書集成》

　　。。卜者的判斷：一見高於一見：某卜因占得知來人數目，不料來人已先其占卜而改變某卜所得【伍二甲 8】(《聞奇錄》)《葆光錄》《古今圖書集成》

9、吳景鸞覓地

　　宋神宗命吳景鸞覓地葬太上皇，會有太監薦邢中和、鄒延詠者同事。吳公以中幹獻，邢、鄒以牛頭山獻。太監內批用牛頭山，景鸞諫表「有山不高於旺相，水不敗於鬼鄉，坤風直射，厄當主母離宮。未水傾流，禍當至尊下殿。巳方殺見，午地劫衝，財輸北闕，位失南朝」之語。朝廷將三人拘禁，如禍來，殺彼二人償吳公也。且吳公問邢葬深幾尺，邢曰六尺，吳公即以六年禍應對。及六年不應，寧知九尺深，吳公故遭去舌之慘。每月朔，使畫卯衢州；望，使畫卯饒州，使其奔走不停，禁使不與人扦地。及九年數到，其禍果應。至欲改扦牛頭山，已為金人據之矣。此無他，天厭宋祚，中幹福地，天留以待我熙仁二祖，故惡景鸞之輕洩，而俾之遭斥耳。人力能勝天耶？（明‧鄭瑄輯《昨非庵日纂》卷十八）

　　。卜者（吳景鸞）預言應驗：卜云太上皇墓葬之失，將致「厄當主母離宮、禍當至尊下殿、位失南朝」語，一一應驗【伍二甲 9】(《昨非庵日纂》)

　　。。風水負作用：太上皇葬地不佳，致皇后皇帝相繼離宮，繼而失國【伍二甲 9】(《昨非庵日纂》)

10、〈夏侯嬰改葬〉

　　漢夏侯嬰以功封滕公，及死，將葬，未及墓，引車馬踏地不前。使人掘之，得一石室，中有銘曰：佳城鬱鬱，一千年見白日，吁嗟滕公居此室。遂改卜焉。(《出獨異志》，明‧王圻纂《稗史彙編》卷十三‧地理門‧陵墓類，頁 229）

　　。石刻預言應驗：地下舊石室銘文所載石室見世時間與發現者姓名均符其實【伍二甲 10】(獨異志)《稗史彙編》

11、〈衛先生詞〉

衛先生大經，解梁人，以文學聞，不狎俗，常閉門絕人事。生而敏，周知天下曆象，窮冥索玄，後以壽終，墓於解梁之野。開元中，天水姜師度奉詔鑿無鹹河以溉鹽田，剗室廬填丘塹，墳墓甚多，解梁人皆病之。既至衛先生墓前，發其地，得一石，刻字爲銘，蓋衛先生之詞也。詞曰「姜師度，更移向南三五步」，工人得之，以狀言於師度，異其事，歎永久之，顧謂寮吏曰：「衛先生，奇士也。」即命工人遷之南向，遠先生之墓數十步焉。（明·王圻纂《稗史彙編》卷五十四·伎術門·堪輿類，頁855）

　　。石刻預言應驗：舊墓中墓石銘文所載發墓時間與發墓者姓名均符其實【伍二甲11】（《稗史彙編》）

12、卜地詞

開元中，江南大水，溺而死者數千，郡以狀聞玄宗，詔御史馬君戴往巡。戴至江南，忽見道旁有墓，水潰而穴出，公念之，命遷其骸於高原上，（既發墓），得一石，鑿而成文，蓋誌其墓也。誌後有銘二十言，乃卜地者之詞，詞曰「爾後一千歲，此地化爲泉。賴逢馬侍御移吾向高原」，戴覽而異之，因校其年，果千歲矣。（出宣室志）（明·王圻纂《稗史彙編》卷五十四·伎術門·堪輿類，頁855。明·王圻纂《稗史彙編》卷十三·地理門·陵墓類，頁231。）

　　。石刻預言應驗：舊墓中墓石銘文所載遷墓時間、當時墓況與遷墓者姓名均符其實【伍二甲12】（宣室志）《稗史彙編》

13、晦庵先知

晦庵先生家墓乃先生自觀溪山向背而爲之，面直一江，有沙互其間，先生嘗云：「此沙開時，吾子孫當有入朝者。」其家有私記存焉。景泰間，朝廷念其有功於世，求訪其子孫，於是九世孫梴徵入朝，授五經博士世官，一人主祀。公文未至之，數日其沙忽被水衝開，適中其言。蘇州府通判倪文烜，建寧人，母朱氏，梴之女兄，爲予言此事。晦庵非術數之學，而其驗如此。（明·王圻纂《稗史彙編》卷十三·地理門·陵墓類，頁234）

　　。卜者（朱晦庵）預言應驗：卜地者云地形變化之狀及子孫仕宦之況均應驗（其墓對面之江沙開時子孫入朝）【陸二甲13】【伍二甲13】（《稗史彙編》）

　　。。風水吉作用：葬地佳者福子孫：登科入仕【伍二甲13】（《稗史彙

編》)

14、〈厲布衣〉

東廣人言其地有宋墳，無唐墳，蓋自宋南渡後，衣冠家多流落至此，始變其俗事喪葬也。相傳嘉定中有厲布衣者自江右來廣，精地理之學，名傾一時。有經其葬，至今故老猶能言。其處廣州林某者，宋元富家，永樂初中衰，以術者言祖穴向稍偏所致，因發地而得石，書云：「布衣厲伯韶爲林某葬此千載谷食之地，後學淺識，不許輕改。」徐視之，蓋下向與土封微不同耳，遂揜之。今林氏頗振，庚午舉人林弁、癸酉舉人林汝思、林廷輝皆其族也。廣人土音稱「賴布衣」云。（明·葉盛《水東日記》卷十四，頁142）

。卜者（厲布衣）預知後學將改其墓，於是刻訓於石以埋墓中，使後之發墓者獲誡而止【陸二甲14】【伍二甲14】（《水東日記》）

。。風水吉作用：葬地佳者福子孫：登科【伍二甲14】（《水東日記》）

15、駱太常

世宗朝駱太常者，浙之永嘉人也。與故相張文忠同邑里，精堪輿術。張時已舉於鄉，將上春官，邀駱祖塋登覽。駱一望詫曰：「此地十年當出宰輔。」乃撫張背曰：「惜公之齒長矣，尚未登第，何能應之？」次年，張成進士，任南部郎，以議獻廟，禮稱上意。乃召入，不次擢用。六年之間，晉陟宰輔，因薦駱於世皇。令卜壽宮，即今永陵，駱所卜也。駱官止太常少卿，用其術而不顯其官，張之意念深矣。後駱自北來歸，將至清河，睹山巒秀拔，指示輿人繞山而行，登山麓一冢，云：「此中大有佳處。」詢爲誰氏墓，土人曰：「丁秀士父塋也。家貧無依，墓傍之廬，即其居矣。」駱造廬請見，語之曰：「來歲大魁，屬之君矣。」即如所言。丁名士美，己未狀元，官至亞卿。夫丁以寒士起家，何所營求，亦會逢其適耳。（明·張瀚《松窗夢語·堪輿紀》卷五，頁92）

。卜者（駱太常）預言應驗：卜者相墓言其地十年當出宰輔，其後果然；又言某墓主之子來歲大魁，即如其言【伍二甲15】《松窗夢語》

。。風水吉作用：葬地佳者福子孫：登科入仕【伍二甲15】《松窗夢語》

16、伍堪輿

嘉靖壬辰，營太君泉臺。時與江右伍堪輿旦暮往來小麥嶺上。一夕至嶺少憩，伍向余曰：「三台秀拔，右台已發，李公旻大魁矣。獨左台未發，數年

之間亦當出狀頭。」遂指石叢中云：「此中必有一家當之，不知屬誰氏耳。」後余己未入仕，己亥以內艱歸，復過嶺上，始知茅公瓚之祖塋在焉，正當年伍所指處也。夫茅以戊戌掄魁，七年之前，伍已預識矣。(明・張瀚《松窗夢語・堪輿紀》卷五，頁 92)

　　。卜者預言應驗：卜者相墓言其子孫數年之間當出狀頭，果然【伍二甲16】《松窗夢語》

　　。。風水吉作用：葬地佳者福子孫：登科入仕【伍二甲 16】《松窗夢語》

17、〈寅葬卯發〉

　　董德彰下寅葬卯發渴虎飲水勢，又曰寒虎飲水形。上地在吾邑五都，土名張村鋪。……董德彰爲陳氏扦之，許以連發。果窆穸甫完，天尙未明，孝子秉燭以歸。路逢群盜分贓，忽見火光人眾，驚疑捕盜者至，棄財走散。陳氏因以得之，遂至驟富。今鄉人傳謂寅葬卯發云。又，吳書源寬爲池州府，張氏下一地亦是寅葬卯發，大略與此相同，茲不贅述。(明・徐善繼、徐善述《地理人子須知》卷六上・水法，頁一，p.332)

　　#風水名稱：渴虎飲水勢，又曰寒虎飲水形【伍二甲 17】(《地理人子須知》)

　　。卜者預言以意外之事驗：卜者預言某葬地將「寅葬卯發」，葬後孝子秉燭以歸，路逢群盜分贓，忽見火光人眾，驚疑捕盜者至，棄財走散，孝子因以得之，遂至驟富【伍二甲 17】(《地理人子須知》)

　　＊　。誤打誤撞得財富（寅葬卯發）【伍二甲 17】(《地理人子須知》)

　　。。風水吉作用：葬地佳者福子孫：寅葬卯發（驟富）【伍二甲 17】(《地理人子須知》)

18、〈半夜敲門送契來〉

　　樂平汪氏祖地，董德彰下課云「半夜敲門送契來」。……葬後週年，汪氏果得絕戶田產，因以驟富。傳疑：汪氏有表叔者，富而無子。居相近，彼姪不孝叔。多月，值戶役，自縣歸，甚夜謂其姪曰：「吾老矣，無子，田產家業皆汝所有，門戶應汝值之。」其姪忤之，因相詬，姪自謂己業倍叔，叔業任與人，無悔。於是投汪氏。時已夜半，汪睡醒敲其門，汪起納之，其人盡以田產家業契付汪氏，因而驟富。果符董師「半夜敲門送契來」之課云。(明・徐善繼、徐善述《地理人子須知》卷六上・水法，頁 3，傳疑 p.334)

。卜者預言以意外之事驗：卜者預言某葬地將「半夜敲門送契來」，果然葬後有富而無子之遠親與其姪負氣而夜半來投，並贈以田產家業，因而驟富【伍二甲18】（《人子須知》）

* 。誤打誤撞得財富【伍二甲18】（《人子須知》）

。。風水吉作用：葬地佳者福子孫：驟富【伍二甲18】（《人子須知》）

19、〈半夜夫妻八百丁〉

樂乎朱氏祖地，廖仙下課云「半夜夫妻八百丁」，猛虎出林形上地在樂平，土名十八都前山下。……朱氏葬後半紀，有仁九者，只一子名拱，年二十而新娶。娶之夕，睡之半夜，鄰家逐虎聲喧，拱睡酣驚覺以打虎音，倉皇披衣出戶，意謂救火，適遇其虎，被傷而卒。新婚僅半夜之合媾即懷孕，後生男名遺，遺生九子一十六孫，人丁大旺。至今鄉人咸稱為虎咬山下朱云。（明‧徐善繼、徐善述《地理人子須知》卷四上‧穴法，頁一，傳疑，p.196）

休寧山斗程氏祖地，董仙下課云半夜夫妻八百丁，俗喚猛虎跳澗形，又曰猛虎下山形徽州程氏名乾仁者，年五十，只一子名奉。洪武七年，乾妻汪氏卒，董公為打其地，課云「半夜夫妻八百丁」。葬後半紀，乾子新婚，初娶之夜，有虎入其外室，步行有聲，如人履地，奉乃疑為賊，越地開門捕之，為虎所傷。新婚僅半夜之合，婦即有孕，後子孫蕃盛，果符課語。（明‧徐善繼、徐善述《地理人子須知》卷四上‧穴法，頁一，傳疑，p.196）

#風水名稱：猛虎出林形、猛虎跳澗形，又曰猛虎下山形【伍二甲19】（《人子須知》）

。卜者預言以意外之事驗：卜者預言某葬地能致「半夜夫妻八百丁」，果然葬後獨子新婚半夜為虎傷而卒，新婦即孕而得子，後子孫蕃盛【伍二甲19】（《人子須知》）

。。風水的作用：禍福並致的風水地：「猛虎下山形」風水地可致「半夜夫妻八百丁」，卻是先失獨子，再由遺腹子傳繼後代致子孫繁盛【伍二甲19】（《人子須知》）

20、劉豪墓

義烏東平山，有宋平昌刺史劉豪墓。隆慶戊辰長至日，裔孫尚恭，因重修墓碑，掘地數尺，見石臺，臺上有一磚，方尺許，刻朱晦庵卜墓數云：「天聖戊辰葬此丘，蔭十八紀出公侯。子子孫孫垂不替，繩繩蟄蟄永無休。五百

四十一年損，一十七歲裔孫修。戊辰戊辰新一石，重興重興千百秋。祕書郎朱熹記。」按天聖戊辰，至隆慶戊辰，年歲是符，而是日長至，又恰戊辰。豪之後人有劉仕龍者，在宋贈武節侯，而尚恭修墓時，果年十七。文公之數亦奇矣。劉之曾孫輝熹，皆文公門人，故爲之卜而刻之墓。（清·褚人穫《堅瓠集·秘集》卷一）

　　。卜者（朱晦庵）石刻預言應驗：舊墓中墓石銘文所載後來墓損及修其墓時間、修墓人身份均符其實【伍二甲20】《堅瓠秘集》

　　。。風水的作用：葬地佳者福子孫：登科入仕【伍二甲20】《堅瓠秘集》

21、〈嵩眞〉

按西京雜記：安定嵩眞、元菟、曹元理，並明算術，皆成帝時人。眞嘗自算其年壽七十三，眞綏和元年正月二十五日晡死……眞又曰：「北邙青隴上，孤櫃之西四丈所，鑿之入七尺，吾欲葬此地。」及眞死，依言往掘，得古時空槨，即以葬焉。（《古今圖書集成博物彙編藝術典第七百四十六卷·術數部名流列傳一》）

　　。卜者（嵩眞）預卜自己死亡年月日時及葬地位置情況，一皆應驗如已見【伍二甲21】《古今圖書集成》

22、〈王若木〉

明·按無錫縣志：王若水，字一清，神骨竦秀，博學而富有道術。其子爲卜葬地於芙蓉山，若水易簣，乃謂兩子曰：「五十年後，此山下有大水當吾塚，可更之。」子爲改卜意葬焉。比弘治末，蛟起山麓淹爲巨浸，推之，正五十年矣。（《古今圖書集成博物彙編藝術典第七百四十六卷·術數部名流列傳二》）

　　。卜者（王若木）預言後來地形地勢之變如已見：卜者自卜葬地並云「五十年後，山下有大水當吾塚」，至時果然蛟起山麓淹爲巨浸【伍二甲22】《古今圖書集成》

23、〈唐峰亦〉

唐峰亦，閬中人，有墳塋在茂賢草市峰，因負販與一術人偕行，經其先塋，術士曰：「此墳塋子孫合至公相。」峰曰：「此即家墳隴也。」士曰：「若是君家，恐不勝福耶？子孫合爲賊盜，皆不令終。」峰志之。爾後遭遇蜀先主開國，峰亦典郡，其二子道襲，官皆至節將。三人典郡，竟如術士之言，何其驗也。（北夢瑣言，《古今圖書集成博物彙編藝術典第七百四十六卷·術數部紀事》）

。卜者預言矛盾竟皆應驗：卜者相墓，先云其墳子孫當至公相；及見主
人，又云其人福不克當其地，子孫合爲賊盜而不令終。後其子孫致仕於
小國，官至節將，而小國後爲朝廷制併，果不令終，一皆如卜者言【伍
二甲 23】《古今圖書集成》

24、吾兒當出

投轄錄：呂源子厚守吉州日，嘗令修城掘土，得一舊棺，既舁至江中，
始得石誌於傍，乃昔人父葬其子者，其略曰：後十六甲子，東平公守此郡，
吾兒當出而從河伯之遊矣。（《古今圖書集成博物彙編藝術典第七百四十六
卷·術數部紀事》）

。石刻預言應驗：舊墓中墓石銘文所載發墓時間與發墓者姓名均符其實
【伍二甲 24】《古今圖書集成》

25、〈廖應國精堪輿術〉

廖應國，興國人，精堪輿術。從其叔覺先徵君北上，依遠祖金精山人之
術，覓山水，得密雲一穴，覺先喜曰：「葬此，初出三品世襲，後當開府，且
有登甲第而司台衡者。」遂以葬郎永清之先人。復命應國尋龍口外，至紅羅
山，應國寫其山圖返報覺先，以再得吉兆頓首稱賀。既而應國又出藩王祖墳
圖，覺先曰：「此冰山也，十年內立見其敗。」已而果然（徐珂《清稗類鈔·
方伎類》頁 4644）

。卜者（廖應國）預言應驗：卜地者云葬者後代將初出三品世襲，後當
開府，且有登甲第而司台衡者，一皆應驗【伍二甲 25】（《清稗類鈔》）

。。風水吉作用：葬地佳者福子孫：登科入仕【伍二甲 25】（《清稗類
鈔》）

。卜者相墳圖能測後來事：墳主子孫十年內敗，已而果然【伍二甲 25】
（《清稗類鈔》）

26、熊丙

清·熊丙，新化人，治形家言最驗。嘗爲安化陶文毅澍擇地，葬其祖母。
時澍方數齡，丙指而語其父必詮曰：「後三十年必有興者，當以戌年入翰林。
其應在此子乎。」澍果以嘉慶壬戌館選，其奇驗如此。（同治新化縣志隱逸，
《中國歷代卜人傳》卷十八·湖南省，頁 602）

。卜者（熊丙）預言應驗：卜地者云葬者後代發科之年與應其發科之人

均如期應驗【伍二甲 26】(《新化縣志》)《中國歷代卜人傳》

。。風水吉作用：葬地佳者福子孫：登科入仕【伍二甲 26】(《新化縣志》)《中國歷代卜人傳》

27、韓允

明‧韓允，號平齋。善形家言，忠謹不妄語，一時宦貴雅重之。而顧祕其術，不以語諸兒，曰：「是術以心受，諸兒心不肖我，終不以術禍吾兒。」嘗爲賈進士王父塋兩河西南來下合襟於濡，而地不至濡，尚未竟一舍，負癸抱丁，嘗有所封識而去。後十年，欲有事而忘其處，他師下不可得，則走拉平齋於京師。走地上，立按其處，發盂而舊杙見，爲之記曰：「秋桂在酉，春榜在辰。昌於其子，大於其孫。」後一一符焉。其諸子若孫，以明經顯。（雍正高陽縣志方技。《中國歷代卜人傳》卷二十二‧河北省二，頁 754）

。卜者測地奇中，點穴無差：新作記號正中地下舊記號【伍二甲 27】(雍正《高陽縣志》)《卜人傳》

。卜者（韓允）預言應驗：卜者預言葬者後代發科之年及其子孫發達順序一皆符實【伍二甲 27】(雍正《高陽縣志》)《卜人傳》

。。風水吉作用：葬地佳者福子孫：登科入仕【伍二甲 27】(雍正《高陽縣志》)《卜人傳》

28、霞峰道人

清‧霞峰道人，武昌人。善岐黃，尤善堪輿。因負債莫償，與其子慧庵，託姓孫，易裝爲道人，假做師徒，來樂。知卸甲寨山水甚佳，遂住持於廟間。及將卒，囑其子曰：「死必葬我於殿中。葬後鐘鼓當不聲響，廟宇將爲火所焚，當速去。」及卒，慧菴如其言，葬之於殿中。撞鐘擊皷，果不響，遂去之巴東。後廟亦果焚，獨霞峰墳墓在耳。今之祖師殿，爲邑人鍾姓所重修。（咸豐長樂縣志方技，《中國歷代卜人傳》卷十七‧湖北省，頁 584）

。卜者（霞峰道人）預言應驗：卜者託人葬己於廟中，並預告葬後鐘鼓當不聲響，廟宇將爲火所焚，果如其然【伍二甲 28】(長樂縣志)《卜人傳》

。。奇怪的風水地：在寺廟大殿中【伍二甲 28】(長樂縣志)《卜人傳》

29、〈寅葬卯發〉

一個看山先生路過石亭，發現一處古井是「倒插金釵」的風水地，告訴

一個傅姓財主說：「要得到這個風水，得先受二十年苦。」傅財主很高興的說不要緊，便由看山先生將財主家的金釵和父母骨骸沉落古井，完成葬事，看山先生便說：「等你青龍纏腰再相見。」此後，財主家便不斷發生人命官司，把家產蕩盡，最後財主只好靠抬轎為生，身穿布袋，腰纏草索。這時已過二十年，看山先生又來了。財主一看他就很生氣，看山先生卻很平靜的叫他趕緊準備為先人做功德（法事）並遷葬骨骸，保證寅時安葬，卯時發財。財主半信半疑地照辦了。石亭有一個和尚，是泉州一個有錢寺院的主持，常去財主家化緣，久了就勾引到財主的小妾。這次財主請這和尚擺壇做功德，和尚便趁機與小妾偷情。財主將骨骸上山遷葬後，依風水先生囑咐趕緊回家，和尚躲避不及，藏身床櫃內。財主說床櫃木蝨太多，要拿開水燙，和尚趕緊出來求饒，要求和解，說：「寺中大片土地，你從山頂揚糠，糠揚到哪裡，由你管到哪裡。」結果，揚糠時忽然風雨大作，穀糠四處散流，財主得到大片土地，家業又發達起來。（1987 蔡熙妙（男，57 歲商人）講述《中國民間故事集成福建卷晉江分卷》下冊頁 163～164）

    #風水名稱：倒插金釵【伍二甲 29】（福建晉江）

    。。風水的作用：先禍後福：葬風水地後家中不斷發生人命官司，把家產蕩盡後，卻因抓姦獲得和尚廟產驟富【伍二甲 29】（福建晉江）

    。卜者預言以意外之事應驗：卜者指葬先禍後福之風水地，約定主人「青龍纏腰再相見」，不料主人卻因家產蕩盡而身穿布袋，腰纏草索，卜者此時果然再度出現與他相見重葬福地而驟富【伍二甲 29】（福建晉江）

    。卜者預言以意外之事驗：卜者預言某葬地將使主人「寅葬卯發」，葬後主人歸家撞破和尚姦情，和尚以龐大廟產與之和解而驟富【伍二甲 29】（福建晉江）

    。揚糠劃地【伍二甲 29】（福建晉江）

    。。風水吉作用：葬地佳者福子孫：寅葬卯發（驟富）【伍二甲 29】（福建晉江）

    * 。誤打誤撞得財富（寅葬卯發）【伍二甲 29】（福建晉江）

30、鄭注母墓

越州上虞縣，過江二十餘里有南寶寺，在南寶村，過橫嶺則到。有好事者尋訪山水登嶺，行倦，息於樹下。有村叟亦歇焉。共話山川形勝，指顧之，

問見路側一墳。老叟曰：「此墳若是丈夫，則無可說。若是女人，則子當爲三公。」好事者異其言，訪於寺僧村民，有知者曰：「此鄭注母墓也。初，元和中，有女家人與村民石生通焉，有一兒。十餘歲時，有客僧姓鄭，遊止寺中，病苦痢逾月，寺僧常令此兒供給湯粥，甚得氣力，擬乞爲童子。將去，問可否，諸僧曰：『其父石生存，待爲問之。石生許可，固無所吝三綱。』問石生，生乃許焉。僧將去，因姓鄭氏。僧以方書伎術教之，又別遇方士，頗精遊藝，交謁王公，因遂榮達。大和中，恩渥隆異，除鳳府節度使，因坐事伏誅，即鄭注也。其母死後，寺僧葬於嶺上，則是老叟所指之墳也。」（後唐・杜光庭《錄異記》卷八）

　　。。風水的效果：風水佳地葬丈夫則無效，葬女人則子當爲三公【伍二甲 30】《錄異記》

　　。卜者相墓宅知未見之事如已見：「墳中若爲女子，則其子爲三公」，果然【伍二甲 30】《錄異記》

31、〈鬼靈相墓〉

張鬼靈，三衢人。其父使從里人學相墓術，忽自有悟見，因以鬼靈爲名。建中靖國初，至錢塘，請者踵至。錢塘尉黃正一爲余言：「縣令周君者，括倉人，亦留心地理。」具飯延款，謂鬼靈曰：「凡相墓或不身至而止視圖畫，可言剋應否？」鬼靈曰：「若方位山勢不差，合葬時年月，亦可言其粗也。」因指壁間一圖問之。鬼靈熟視久之，曰：「據此圖，墓前午上一水潭甚佳，其家子弟，若有乘馬墜此潭，幾至不救者，即是吉地。而發祥自此始矣。」令曰：「有之。」鬼靈曰：「是年此墜馬人必被薦送，次年登第也。」令不覺起握其手，曰：「吾不知青烏于郭景純何如人也，今子殆其倫乎！」爲述是年春祀，某乘馬從之，馬至潭側，忽大驚躍，啣勒不制，即與某俱墜淵底，逮出，氣息而已。是秋發薦，次年叨忝者，某是也。蔡靖安世先墓在富春白昇嶺，其兄宏延鬼靈至墓下，視之，謂宏：「此墓當出貴人，然必待君家麥甕中飛出鶺鴒，爲可賀也。」宏曰：「前日，某家臥房米甕中忽有此異，方有野鳥入室之憂。」鬼靈曰：「此爲克應也。君家兄弟，有被魁薦者，即是貴人也。」是秋，安世果爲國學魁選。鬼靈常語人曰：「我亦患數促，非久居世者，但恨無人可授吾術耳。」後二歲，果歿，時年二十五矣。（宋・何薳《春渚紀聞》。元・《湖海新聞夷堅續志・前集》卷二。清・潘永因輯《宋稗類鈔・方技》卷七）

。卜者（張鬼靈）相墓宅知未見之事如眼見：卜者視墓圖云其家某年有
人乘馬墜墓潭，墜馬人次年必被薦送登第，自此發祥。一皆符實【伍二
甲 31】（《春渚紀聞》）《湖海新聞夷堅續志》《宋稗類鈔》

。卜者（張鬼靈）預言應驗：相墓知後來事：墓主家中麥甕飛出鶴鶉時
出貴人。不久有野鳥入室，其家兄弟被薦爲魁選【伍二甲 31】（《春渚
紀聞》）《湖海新聞夷堅續志》《宋稗類鈔》

32、術者相地

唐末錢尚父始兼有吳越，將廣牙城以大公府，有術者告曰：「王若改舊爲
新，有國止及百年；如塡築西湖以爲之，當十倍於此。王其圖之。」謂術者
曰：「豈有千年而天下無眞主乎？有國百年，吾所願也。」即於住所增廣之。
及忠懿歸朝，錢氏霸吳業凡九十八年矣。（出幕府燕閒錄，明·王圻纂《稗史
彙編》卷五十三·伎術門·雜伎類，頁 832）

。卜者預言應驗：某王改舊宅爲新宅，卜者云改舊爲新，有國止及百年。
其國九十八年後亡【伍二甲 32】（幕府燕閒錄）《稗史彙編》

33、〈黃撥沙〉

閩越黃撥沙，善視墓，畫地爲圖，即知休咎，故號撥沙。婺人有世患左
目者，問之，曰：「祖墳有木，大則木根傷害其目，必發墓以去之。」既發，
有根貫在左目，出之而愈。（明·王圻纂《稗史彙編》卷五十四·伎術門·堪
輿類，頁 858，《事文類聚·前集》卷五八·喪事部，頁八引《后山談叢》）

。卜者相墓知墓中狀況：卜云墳上木根已貫墓中人目。發墓見之果然【伍
二甲 33】（《稗史彙編》）（后山談叢）《事文類聚》

。。風水的作用：風水符應後代：先人左目爲墳上木根貫穿，後代世患
左目，出其木根，目疾不藥而癒【伍二甲 33】（《稗史彙編》）（后山談
叢）《事文類聚》

34、鄒亦鳳

清·鄒亦鳳，字振先。精青烏家言，每披棘榛、檢荒冢、評休咎，多奇
中。有顧氏墓葬已久，鳳謂穴有地風，棺已攲側。啓視之，果然。（光緒通州
志方技，《中國歷代卜人傳》卷五·江蘇省五，頁 191）

。卜者（鄒亦鳳）相墓知墓中狀況：卜云穴有地風，棺已攲側。發墓見
之果然【伍二甲 34】（光緒通州志）《卜人傳》

35、〈葉丞相祖宅〉

葉子昂丞相祖宅在興化仙游縣，葉氏族派百餘家，皆居一村，此宅據其要，會羣山環侍，如屏如嶂。紹興術士羅正甫者，因行地志焉，謂宅人曰：「論山岡形勢，當出宰相，但常經發洪之害，須生氣積久復故，始合發相，以是遲了百年。」發洪者，俗指言洪水從山进出衝破成竅也。是時子昂爲上虞宰，役十五年拜僕射，蓋距發洪時恰百年。正甫以所言驗效，士大夫聞者爭延致之，然無復奇應也。（宋・洪邁《夷堅志》・卷二十一）

。卜者（紹興術士羅正甫）預言應驗：相宅居地形預言「當出宰相，但受洪害，應遲百年」。後宅主拜相，其時果然距其居地山岡發洪後百年【伍二甲35】（《夷堅志》）

。卜者預言一驗，其後皆不驗【伍二甲35】（《夷堅志》）

乙、測地奇中

1、〈舒綽〉

舒綽，東陽人，稽古博文，尤以陰陽留意，善相冢。吏部侍郎楊恭仁，欲改葬其親，求善圖墓者五六人，並稱海內名手，停於宅，共論執，互相是非。恭仁莫知孰是，乃遣微解者，馳往京師，於欲葬之原，取所擬之地四處，各作曆，記其方面，高下形勢，各取一斗土，并曆封之。恭仁隱曆出土，令諸生相之，取殊不同，言其形勢，與曆又相乖背。綽乃定一土堪葬，操筆作曆，言其四方形勢，與恭仁曆無尺寸之差，諸生雅相推服。各賜絹十疋遣之。綽曰：「此所擬處，深五尺之外，有五穀，若得一穀，即是福地，公侯世世不絕。」恭仁即將綽向京，令人掘深七尺，得一穴，如五石甕大，有粟七八斗。此地經爲粟田，蟻運粟下此穴。當時朝野之士，以綽爲聖。（出朝野僉載，宋・《太平廣記》卷三百八十九・冢墓一，第20條。清・俞樾《茶香室四鈔》卷二十一，頁1822。明・王圻纂《稗史彙編》卷五十四・伎術門・堪輿類，頁855出朝野僉載。《古今圖書集成・藝術典》第六百七十九卷・堪輿部名流列傳）

。卜者（舒綽）堪土能知地形：憑某地所取之土，能知其土所在地高下形勢一應細節及其下所埋物【伍二乙1】（朝野僉載）《廣記》《茶香室四鈔》《稗史彙編》《古今圖書集成》

。。風水的效果：公侯世世不絕【伍二乙1】（朝野僉載）《廣記》《茶香室四鈔》《稗史彙編》《古今圖書集成》

2、竹簪正中銅眼

宋・嚴道者，受地理之術于王伋。他日嘗爲人點穴，拔竹簪插地，比伋至，抉土四寸，正插銅眼中。蓋伋預埋以試之，術可謂之精矣。（光緒龍泉縣志藝術，《中國歷代卜人傳》卷十一・浙江省五，頁376）

。卜者（嚴道者）測地奇中，點穴無差：新作記號正中地下舊記號：竹簪正插銅眼中【伍二乙2】（光緒龍泉縣志）《卜人傳》

3、〈陳地師〉

咸豐同治間，黃埕來一丐者，日往行乞，夜宿於呂氏之水車棚，無他異。一日，行至市，見李姓築室數椽將落成，歎曰：「屋甚美，惜乎其將絕矣！」匠人毆而逐之。不數月，李氏子相繼死，惟李翁存，匠人述其語，乃訪之呂氏求其術，丐曰：「不難，庭前多種樹木則發丁矣。」逾年，乃生一子。從此丐之名課，呂氏借屋居之，叩其姓，曰陳姓，吳民避亂而來者也。某甲者，葬數年矣，無子，往詢之，曰：「弊在墓門，是猶居家者無廳堂而門虛設也。」毀之，子乃生。有營新葬地者，謀所以點穴，集數師不能決，邀陳往觀之，陳曰：「是不可用！去此數步，熟地也。」起土三尺，得一棺，乃不果葬。鄰村有富人得一地，習青烏術者皆云犯三煞不可用，馳書問之陳，報曰：「明日三煞出遊，葬之吉。」乃集傭工數十，經之營之，期不日成事，以陳書不擇時，急足往問之，復曰：「大雨時可安葬。」明日果大雨，人皆以神明目之。其後有某甲數生子不育，邀陳修其祖墓，贈金四十，陳許其生三子。甲素吝，僅以三十金予之，陳於墓臺改圓爲方，墊三角。時永昌徐氏屬陳卜吉，偶誤，遂歸吳門。及三年，致書於呂翁云：「甲修墓少予我十金，我不爲盡其術，必生女；能償此數，君令其四角皆方之，子可得也。其所償金，翁自取之，即以報廣廈之庇也。」已而果然。蘇州董生爲予述其異，生嘗與之遊，問何術知爲熟地，陳曰：「凡風被草色皆綠，其下有人骨，色微黃耳。」因指其地曰：「下有拾骨甕也。」詢之土人，不謬。是其術可謂神矣。然性嗜煙霞，所入不敷所出，卒以貧死。（清光緒・王嘉楨《在野邇言》卷八）

。卜者（乞丐）預言應驗：見人築室將落成，云其屋美然（其家）將絕。不數月其家之子相繼死，僅主人存【伍二乙3】《在野邇言》

。。風水的作用：改風水出丁：庭前種樹，逾年出丁【伍二乙 3】《在野邇言》

。。風水的作用：改風水出丁：毀祖墓之門而生子【伍二乙 3】《在野遍言》

。卜者觀地能知下有埋棺或拾骨甕（以草色判斷，埋人骨者色微黃）【伍二乙 3】《在野遍言》

。。殊地奇葬：風水地犯三煞，人皆云不可葬，卜者擇三煞出遊日葬之【伍二乙 3】《在野遍言》

。卜者預言應驗：卜時奇應：預卜葬日「大雨時安葬」，行葬之日果然大雨【伍二乙 3】《在野遍言》

。。風水的作用：改風水得育子女：數生子不育，修祖墓則生而能育【伍二乙 3】《在野遍言》

。。風水的作用：改風水出丁：墓臺爲圓皆生女，改圓爲方則得子【伍二乙 3】《在野遍言》

。。風水師報復貪吝主：主人未依約付酬金，風水師改變風水：改生子風水爲生女【伍二乙 3】《在野遍言》

4、畢宗義

明・畢宗義，中丞亨少子，究心術數。常過新塋，歎曰：「此地甚凶，後禍纏綿矣。」主人聞之，召地師與相質。師曰：「地臥牛形，山水皆合局，何云凶？」畢曰：「地形誠如所言，奈係牝牛，性好觝觸何！」問其驗，曰：「去穴若干步，下三尺許，應有異物。去此則無事矣。」如其言，掘之，果得二石卵，大如升。眾皆歎服。（民國洛陽縣志方技，《中國歷代卜人傳》卷二十九・河南省三，頁 979）

。卜者（畢宗義）觀地知地下異物：有石卵大如升【伍二乙 4】（民國洛陽縣志）《卜人傳》

。。風水師的判斷：一見高於一見：人以爲地臥牛形爲吉地。其實地爲牝牛，性好觝觸，反爲凶地【伍二乙 4】（民國洛陽縣志）《卜人傳》

。。（破風水的方法：）解除風水效應：取出牝牛地中二石卵，去其觝觸之性，使不致於凶【伍二乙 4】（民國洛陽縣志）《卜人傳》

5、姚廷鸞

清・姚廷鸞，字瞻祈，自號餐霞道人。婁縣人，諸生，精堪輿術。明太僕卿林景暘舊宅，子孫居之不安，延廷鸞相之。曰：「宅中有古帝王寶氣，今

已洩，宜撤去。」以水鍼測其處，掘之，得古錢一甕、古劍一口，凡測地中
物，無不奇中。（嘉慶松江府志藝術，《中國歷代卜人傳》卷二‧江蘇省二，
頁 119）

　　。神奇的寶物：水鍼能測地中埋物所在【伍二乙 5】（嘉慶松江府志）《卜
　　人傳》

　　。卜者（姚廷鑾）相宅知宅地下有寶器：古錢、古劍【伍二乙 5】（嘉
　　慶松江府志）《卜人傳》

6、觀音山的傳說

　　很久以前，傳說從觀音山的頂點看過去，有一百座山脈的山峰形成時，台
灣就會出現真主皇帝。清朝時，皇帝派了兩個大臣來管理台灣，兩個大臣都想
在台灣找個好風水，將祖先遺體遷葬過來，好讓後代子孫出能人。其中一個大
臣先發現了觀音山的這個龍穴，就在那個地穴的中心點埋下一個圓形方孔的古
代銅錢作為記號，表示這裡已經有人佔了。後來另一個大臣也發現了這個風水，
他拿一枝樁柱用紅布包著，釘在土裡，表示自己佔有了這塊地。幾十年後，當
一百座山峰即將形成，地氣聚集的良辰吉日，雙方都來到這個地方準備破土，
卻在同一個地穴上起了爭執，彼此都認為自己先佔了這塊地，並要對方拿出證
據來。結果破土一看，銅錢和樁子都找到了，但樁子就釘在銅錢的方孔中，雙
方仍爭執不下，就告到皇帝面前。皇帝說：「既然這樣，那這風水就獻給我好了。」
皇帝命人刻了一個牌位讓兩位大臣帶回台灣，在這個龍穴上蓋一座廟供奉。每
年皇帝生日，兩位大臣都要三跪一拜的進廟朝拜。兩人因此相互不滿。有一年，
某位大臣趁另一位大臣還沒來，沿廟前的路上灑了污臭的糞便，讓後來的大臣
沾了滿身穢物，他一氣之下，決定破了這個風水。就請地理師選在第一百個山
峰終於形成的同時，往那塊地上潑下黑狗血，突然間山崩地裂，那座即將形成
的山裂成兩邊，從此以後再也無法產生真正的皇帝了。（1998 黃州興講述，高
雄縣《鳳山市閩南語故事集（一）》頁 89～105）

　　。。風水的效果：出皇帝【伍二乙 6】（高雄鳳山）

　　。卜者測地奇中，點穴無差：新作記號正中地下舊記號：木樁隔土穿銅
　　錢【伍二乙 6】（高雄鳳山）

　　。。破風水的方法：灑黑狗血破風水【伍二乙 6】（高雄鳳山）

丙、卜時奇應

1、乘白馬逐鹿

吳明徹字通炤，秦郡人也。父樹，梁右軍將軍。明徹幼孤，性至孝。年十四，感墳塋未修，家貧無以取給，乃勤力耕種。時天下亢旱，苗稼焦枯，明徹哀憤，每之田中號哭，仰天自訴。居數日，有自田還者，云苗已更生，明徹疑其紿己，及往，如言。秋而大獲，足充葬用。時有伊氏者善占墓，謂其兄曰：「君葬日，必有乘白馬逐鹿者經墳，此是最小孝子大貴之徵。」至時，果有應。明徹即樹之小子也。（《南史・吳明徹傳》卷六十六，《陳書・吳明徹傳》卷九，《古今圖書集成・坤輿典》第一百三十八卷・冢墓部紀事一）

　　。枯苗感孝而復生：孝子力耕爲修父墳，苗稼遇旱焦枯，孝子號哭訴天而苗更生【伍二丙 1】《南史》《陳書》《古今圖書集成》

　　。卜者預言應驗：卜時奇應：卜云葬日將有「乘白馬逐鹿者經墳」。至時果然【伍二丙 1】《南史》《陳書》《古今圖書集成》

　　。。風水吉作用：葬地佳者福子孫：孝子大貴（爲高官）【伍二丙 1】《南史》《陳書》《古今圖書集成》

2、牛乘人逐牛

耶律乙不哥字習撚，六院郎君裏古直之後。幼好學，尤長於卜筮，不樂仕進。嘗爲人擇葬地，曰：「後三日，有牛乘人逐牛過者，即啓土。」至期，果一人負乳犢引牸牛而過。其人曰：「所謂牛乘人者，此也。」遂啓土。既葬，吉凶盡如其言。……（《遼史・耶律乙不哥傳》卷一百八）

　　。卜者（耶律乙不哥）預言應驗：卜時奇應：卜云葬日有「牛乘人逐牛過者」，即啓土下葬之吉時。至期，有人負乳犢引牸牛而過，果應其言【伍二丙 2】《遼史》

3、〈楊氏墓地〉

楊文敏之祖以渡船爲業，一道人早暮渡，而楊翁不索其酬。乃曰：「子親未葬乎？某地甚吉，有白貍眠者，俟貍起，葬之大富貴。慎勿逐貍也。」遂買其山。葬日，果一白貍臥，時天尙早，左右喧噪驚之，貍去，乃葬。道人至曰：「惜哉！貍自起而葬，世不絕貴。今當中斷，後亦中興，無憂也。」果三世而文敏生，其嫡孫指揮燁以豪橫伏誅，家被籍。又三世，而吏書旦等起。（明・王圻纂《稗史彙編》卷五十四・伎術門・堪輿類，頁 860）

　　。受惠者（渡水道人）爲施惠者（渡船翁）指佳地以爲報酬【伍二丙 3】

（《稗史彙編》）

。卜者（道人）預言應驗：卜時奇應：卜云行葬之時葬地當有白貍眠。至時果然【伍二丙3】（《稗史彙編》）

。。風水的效果：世不絕貴【伍二丙3】（《稗史彙編》）

。。取得風水的方法：葬地取於物擇：白貍眠處【伍二丙3】（《稗史彙編》）

。。風水吉作用：葬地佳者福子孫：子孫得貴【伍二丙3】（《稗史彙編》）

。。風水的作用：葬時犯禁忌，影響風水作用：葬白貍眠地，俟白貍自起而葬者世不絕貴；行葬者驚白貍起而葬，後子孫之貴，必中斷後數世再興【伍二丙3】（《稗史彙編》）

4、〈貍眠〉

楊萬大，建安人，好恬靜，結茅武夷，漁樵山水間。夜則懸燈獨坐，弦琴詠詩以自娛。山下有津渡。一夕，有道士，黃冠玄服，貌甚偉，往武夷宮，暝不得濟，扣門止宿，自後數往來。萬大禮之，久而益勤。它日復來，謂曰：「吾非世人也。今當歸洞天，特來別汝。吾觀汝所為甚善，天必有以報之。汝老矣，具在後人乎！」命舟欲與偕去。萬大始異之，既而戚然告曰：「吾二親喪，未卜窀穸，豈可去？」道士曰：「待汝襄大事，與汝偕往未晚。」因與共舟至甌甯豐樂里，指示溪灣秀峰下曰：「汝于某年月日，奉父母柩於此，俟有白貍眠處，即葬所也；白貍起，即葬時也。」萬大俟期，奉柩至山中，果見白貍，如所言葬之。不逾年而他處子孫聞其地饒衍，多來居之，因名其地曰楊墅，墓曰白貍。時年已九十有七，嘗畫寢夢前道士來迎曰：「汝今家事畢，當與俱去。」覺即沐浴更衣，端坐而逝。太師文敏公，即其後也。（明·朱國禎《湧幢小品》卷二十五，頁十一右，（明·徐善繼、徐善述《地理人子須知》卷六上·水法，頁三 建安楊文敏公祖地，文辭大抵皆同））

。受惠者（借宿道人）為施惠者（留人宿之讀者人）指佳地以為報答【伍二丙4】（《湧幢小品》）《人子須知》

。卜者（仙人）預言應驗：卜時奇應：卜云行葬之日見白貍眠處即葬地，白貍起時為葬時。至期果見白貍【伍二丙4】（《湧幢小品》）《人子須知》

。。取得風水的方法：葬地取於物擇：白貍眠處為葬地【伍二丙4】（《湧幢小品》）《人子須知》

。。風水吉作用：葬地佳者福子孫：子孫貴顯（爲太師）【伍二丙4】（《湧幢小品》）《人子須知》

5、當有虎鳴

明・劉子羽，精堪輿術，每爲人作穴，預言興廢歲時，無不應者。嘗爲南坑蕭氏遷虎額穴，云葬時當有虎鳴。及葬，山鳴如虎。其後少師諸公，科第官祿繼起，蕭氏祀其主於祖祠右。（《中國歷代卜人傳》卷十五・江西省二，頁497）

。卜者（劉子羽）預言應驗：卜時奇應：卜云葬時當有虎鳴。及葬，山鳴如虎【伍二丙5】《卜人傳》

。。風水吉作用：葬地佳者福子孫：子孫科第官祿繼起【伍二丙5】《卜人傳》

#風水名稱：虎額穴【伍二丙5】《卜人傳》

6、丁養虛

清・丁養虛，天長人。善琴棋，能文章，尤精奇門禽遁堪輿之學。其妻父朱氏爲邑名醫，子四人，或繼業，或設肆，因此起家。無賴之徒覬其有，肆欺訛詐，四子苦累。教子讀書應試，凡入庠者，可支門戶，盼望綦切。時朱翁考終將葬，舅以葬期謀於養虛，曰：「姊夫明晰陰陽，能爲人福，使我子姪一人入泮，舉家感甚。」養虛敬諾。擇冬月某日未時，應天微雨，二狗啣花戲墓側，一男子戴鐵帽，一孝婦索取石炭，此正時也，舉棺封壙，孫必遊庠。至日，果小雨，輿櫬入塋，屆時安穴。忽見兩小狗爭蘆花一枝，來墓前。有農夫頭戴新鍋以代雨具，孝婦亦至。諸舅大悅。次年，一孫入泮。（天長宣瘦梅夜雨秋燈錄，《中國歷代卜人傳》卷十三・安徽省二，頁444～445）

。卜者（丁養虛）預言應驗：卜時奇應：卜云行葬之日有「天微雨，二狗啣花戲墓側，一男子戴鐵帽，一孝婦索取石炭」時，即爲行葬吉時。至期果有兩小狗爭蘆花一枝來墓前，有農夫頭戴新鍋以代雨具，孝婦亦至【伍二丙6】（天長宣瘦梅夜雨秋燈錄）《卜人傳》

。。風水吉作用：葬地佳者福子孫：子孫入泮【伍二丙6】（天長宣瘦梅夜雨秋燈錄）《卜人傳》

。。卜葬符人所求：人求家族有人入泮，卜葬後果然一孫入泮【伍二丙6】（天長宣瘦梅夜雨秋燈錄）《卜人傳》

7、聞小兒謳歌

清‧周昌豫，號立之，沙溪人。父玉偉，宿儒，素善形家言。咸豐初，族弟玉振葬母，偉爲立期，屬曰：「將葬日，必陰雲微雨，如聞小兒謳歌，即下壙時也。主大吉。」時夏五月，炎暑烈日，屆葬，果如其言。豫守父業，青烏葬經，無不詳究。然處貧，有傲骨，不屑以術售。族兄驤，光緒戊子卒，其長子紹暄官詮曹，聞訃未歸，家用俗師易良仁之言，定地於祖塋側。未葬，豫聞之曰：「此地葬後，必主長子不利，未知暄之名位，能否厭勝也。」其家不從豫言，竟葬之。及暄服闋，甫入京月餘，卒於官。其孺人段氏扶柩歸里，踰年亦歿。人始服其藝之精，有先見焉。（光緒廣安州志方技，《中國歷代卜人傳》卷二十‧四川省二，頁700）

　　。卜者（周昌豫）預言應驗：卜時奇應：卜云行葬之日必陰雲微雨，「聞小兒謳歌」則爲下壙吉時。至期果然【伍二丙7】（光緒廣安州志）《卜人傳》

　　。。風水負作用：葬地不吉禍子孫：卜者云葬地不利長子。葬後數月，葬者之子亡，妻亦繼死【伍二丙7】（光緒廣安州志）《卜人傳》

8、〈烏鴉落陽〉

翁源英村石塘鎮有一墳名叫烏鴉落陽，是連平謝姓葬祖的族地。那時謝家人厚待一位堪輿師，天天一起看山踏地，不久，堪輿先生每回都要在一個山坡休息，脫下靴子放在一個地方，原來那就是一個主富貴發達的大地，但因是個「穴殺師地」，主葬將對堪輿師不利，所以猶豫不對主人說。後來主人終於發現了堪輿師的暗示，仍要求堪輿師爲其主葬，堪輿師便留下「頭戴鐵帽馬騎人，鯉魚上樹正時辰」的紙條不辭而別。主人不解，但仍在墳旁靜觀其變，等候下葬。不多久，天下大雨，一個趕集人恰巧買了一口鑊，便將鑊舉在頭上當傘笠。一個騎馬的，馬忽然生了一頭小馬，小馬不能走，馬主只好背著小馬走。還有一人買了鯉魚在樹下避雨，一時手痠，把魚掛在樹枝上。於是，謝家主人見堪輿先生的預言一一都應，便即刻下葬，並燃放鞭炮。這時堪輿先生還未走遠，一聽見炮聲就倒地死了。主人也將先生移葬墓旁，同享祭祀。（清水編《太陽和月亮》頁77～79）

　　。卜者預言應驗：卜時奇應：卜云行葬之日有「頭戴鐵帽馬騎人，鯉魚上樹正時辰」。至時，天下大雨，有人買了一口鑊，便將鑊舉在頭上當

傘笠；一個騎馬的，馬忽然生了一頭小馬，小馬不能走，馬主只好背著小馬走；還有一人買了鯉魚在樹下避雨，一時手痠，把魚掛在樹枝上。【伍二丙8】（《太陽和月亮》）

。。風水負作用：穴煞地師：卜者爲人卜葬吉地，葬者落葬完成燃鞭炮時，卜者一聽炮聲就倒地而死【伍二丙8】（《太陽和月亮》）

9、〈郭聖王〉

郭聖王就是保安廣澤尊王。他小時候沒了父母，爲當地富豪陳家看牛羊。陳家請了一個地理師來點地，想找個好地方做墳墓，但因爲陳家用一隻掉下糞坑淹死的羊來招待吃飯，地理師不太高興，不把一個就在羊舍附近的好地方點給陳家，卻告訴郭聖王，叫他把父母的骨灰灑在那裡。並告訴他，灑了骨灰以後，會有一隻蜜蜂飛來，這時要趕快跑，跑到有一個人用銅斗遮雨、一個牛騎人、一個魚上樹的地方，就可以脫離現在的苦難。郭聖王依照地理師所說，灑了骨灰以後，果然有蜜蜂飛來，他跑了一陣，天下雨了，他看到一個老和尚用銅鈸遮雨，一個牧童在牛腹下避雨，一個漁夫在樹下避雨，把魚掛在樹上，他就停下來，在樹下盤腿而坐，不久就成仙昇天了。（1999林鍾祥（男，69歲）講述《台灣桃竹苗地區民間故事》頁60～61）

。卜者預言應驗：卜時奇應：卜云行葬之日會見有人「銅斗遮雨、牛騎人、魚上樹」。至期天雨，果見一和尚用銅鈸遮雨，一個牧童在牛腹下避雨，一個漁夫在樹下避雨，把魚掛在樹上【伍二丙9】（台灣）桃竹苗

。。風水的作用：得風水成仙：牧童坐在風水地上成仙昇天【伍二丙9】（台灣）桃竹苗

。。風水師報復貪吝主：主人烹跌落糞坑之羊招待風水師，風水師憤懣隱瞞風水吉地，另與他人【伍二丙9】（台灣）桃竹苗

＊風水師與糞坑羊【伍二丙9】（台灣）桃竹苗

10、〈鳥號鎗鳴〉

同安澳頭的劉五店有一戶蘇姓人家，要下葬先人遺骸，請江西贛州的地理先生去看墓地和選時辰。地理師看中一塊海攤的地，棺柩抬到墓地時，地理師說要聽到鳥號鎗鳴才可以入葬。大家正懷疑海邊怎麼會有鳥叫和鎗聲時，正有一股土匪來澳頭打劫，未到先放鎗，海鳥驚得嘎嘎叫，地理師說就是現在，快入葬。後來這家出了個狀元。（1990鄭炳章（男，67歲）講述《金

門民間故事集》頁 163～164）

　　　。卜者預言應驗：卜時奇應：卜云行葬之日有「鳥號鎗鳴」即下葬吉時。
　至期，有海盜上岸鳴鎗，海鳥驚號【伍二丙 10】（金門）

　　　。。風水吉作用：葬地佳者福子孫：出狀元【伍二丙 10】（金門）

11、鐵枴仙人到山

　　位在臺北新店，文山中學附近，前臺北縣議員劉宗開的祖墳，……對岸
西南方市同鄉王再生的祖墳……安墳前一天，曾師（風水師）告之曰：「依三
元奇門遁甲推得，明天安墳時，有神鳥飛來報喜，有鐵枴仙人到山，有靈蛇
出現為應。」果然，時候一到，上述三項剋應，一一次第出現。先則有白鶴
三隻，飛在上空而過；繼則有牧童手持一棒，前來參觀；不一會有巨蛇自傍
出現，徐徐橫過墳前，曾師即命下葬。……（曾子南《台灣地區風水奇談》
頁 49～54〈葬得蟒蛇穴萬貫貲財頃時來〉）

　　　。卜者預言應驗：卜時之應：卜云行葬之日有「神鳥飛來報喜，有鐵枴
　仙人到山，有靈蛇出現為應」。至期，有白鶴三隻，飛在上空而過；繼
　則有牧童手持一棒，前來參觀；不一會有巨蛇自傍出現橫過墳前【伍二
　丙 11】（台灣）

　　　。。風水吉作用：葬地佳者福子孫：萬貫貲財【伍二丙 11】（台灣）

　　　#風水名稱：蟒蛇穴【伍二丙 11】（台灣）

12、火燒麒麟穴

　　廣東中山縣何遠基，世稱鯉魚翁。排行五。元末落戶於饒平洪門鄉。取
妻林氏生七子。長名浩楊，信風水之說。延野雲至，於洪門玉屏山，覓得「火
燒麒麟穴」。何野雲主葬，但定穴、立分金，葬時不臨視，崇視東主之福分何
如。囑：見人騎人方可下葬。至午時末，土工見鄉人李老三扛紙人於肩上（李
父逝，欲做滿七，至城中購紙人、紙馬等祭品回）。乃葬。至未時初有迎親之
儀隊經過。新娘之弟伴嫁，以年幼，人扛於肩上行走。何云：火燒麒麟穴怪
石嶙峋，煞及四房。擇未時下葬，欲以喜沖煞也。今誤於午時下葬，子孫不
貴。欲救四房，惟於其房位下埋十二水缸，以水制火。且四房須他鄉創業，
始可平安。（鐘義明《中國堪輿名人小傳記》頁 138）

　　　。卜者預言應驗：卜時之應：卜云行葬之日「見人騎人方可下葬」。至
　期，有人父逝，欲做滿七，至城中購紙人等祭品回，扛紙人於肩上過其

墳前，乃葬。不意葬後又有迎親儀隊經過，新娘之弟伴嫁，以年幼，人扛於肩上行走【伍二丙 12】（《中國堪輿名人小傳記》）

。。風水的效果：火燒麒麟穴怪石嶙峋，煞及四房，四房須他鄉創業，始可平安【伍二丙 12】（《中國堪輿名人小傳記》）

。。無福人不得福蔭：火燒麒麟穴遇喜則煞解，無福人卻誤會風水師指示，非吉時而葬【伍二丙 12】（《中國堪輿名人小傳記》）

#風水名稱：火燒麒麟穴【伍二丙 12】（《中國堪輿名人小傳記》）

13、朝天鯉魚穴

在海山島上，與拓林山隔海相望。「火燒麒麟穴」葬何浩楊之母，此鯉魚穴葬其父。野雲囑於夜間後鼓樂聲至而下葬。海山與洪門相距十里海路，葬日下午以船運靈柩抵穴場。入夜，二更時分，海面傳來鼓聲，急下葬，掩土畢，海面又傳來鑼鼓聲。蓋前鑼鼓聲為迎神者，後鑼鼓聲為廣州官吏上路，以鼓樂壯其威者。何野雲謂浩楊：某至貴鄉，已知地薄，難以出貴，惟念同宗之誼，乃勉為之，奈何天意如此。然亦不失為財丁之地也。後何氏一族，果因福地之蔭果財丁火旺，人丁萬餘，迄今傳二十六世，為一方之雄，而未有大貴者。（鐘義明《中國堪輿名人小傳記》頁 139）

。卜者預言應驗：卜時之應：卜云行葬日須「於夜間後鼓樂聲至而下葬」。至期，有迎神者先傳鑼鼓聲，乃葬。不意葬後又有官吏上路以鼓樂壯威聲傳來【伍二丙 13】（《中國堪輿名人小傳記》）

。。風水的效果：朝天鯉魚穴若聞官吏壯威鑼鼓聲而葬，能出貴人【伍二丙 13】（《中國堪輿名人小傳記》）

。。風水吉作用：葬地佳者福子孫：財丁火旺【伍二丙 13】（《中國堪輿名人小傳記》）

#風水名稱：朝天鯉魚穴【伍二丙 13】（《中國堪輿名人小傳記》）

14、〈造屋拋梁的由來〉

明朝初年，有一戶人家造房子請了一個風水先生選日子，風水先生定了一個黑赦日，是一年中最壞的日子。這一天，劉伯溫和朱元璋正好路過這裏，看到這戶人家竟選在黑赦日上梁，劉伯溫覺得很奇怪，找來風水先生問原因。風水先生答說，這天原是壞日子，但劉朱二位一到，就是「上梁正逢黃道日，又遇龍星智慧星」。朱元璋就說這家會出狀元了。主人高興之下，叫人拿饅頭、

糕餅和銅鈿從梁上拋下來，口裏唸著風水先生說的拋梁歌。以後這家人眞的出了狀元，這造屋拋梁的習俗就傳了下來。（1987 姚孟余（65 歲，木匠）講述《中國民間文學集成上海卷松江縣故事分卷》頁 201～202）

> 。卜者預言應驗：卜時之應：煞日逢貴人，不煞反吉：皇帝與大臣偶然造訪民宅，宅正上梁，時日均凶，詢之卜者，卜者卻云有貴人到則吉【伍二丙 14】（上海）松江

> 。。風水吉作用：造宅上樑遇貴人口出吉言，宅主得吉如其言：出狀元【伍二丙 14】（上海）松江

15、羅猴七煞日

李提學要建祠堂了，叫張天師取個吉日。張天師取個羅猴七煞日，李提學知道，大爲躊躇。李提學和蕭家是對手親家，當時蕭家也要建祠，還未擇日。蕭聽說張天師爲李家選了一個羅猴七煞日，李提學似乎不用，蕭家就跟李提學要求轉給他。當蕭家照那日子興工的那一天，李提學心裏不放心，就到蕭家祠堂前去看個吉凶。一看，李提學指著說：「不得了，祠堂的中樑上怎麼躲著許多妖怪？」「沒有呀！在哪裡？」一般人都看不到。李提學幾聲叱吒，妖怪都走了。原來李提學是文曲星，羅猴七煞日遇到文曲星，就會轉凶爲吉。（採自潮陽，林培盧編《潮州七賢故事》頁 116～117，或《中國傳奇》冊五〈潮州七賢故事〉頁 240～241）

> 。卜者行逕反常：卜日建祠堂，卻取羅猴七煞日。原來主人是文曲星，羅猴七煞日遇到文曲星，就會轉凶爲吉【伍二丙 15】潮州

> 。獨有所見：文曲星轉世之人，於羅猴七煞日見起宅之樑上有妖怪而叱退之，一般常人卻未見其怪【伍二丙 15】潮州

丁、卜地符人所求

1、〈焦老墓田〉

房州西門外三十里，有石崖極高峻，其下爲石室，道觀在其側，曰九室宮。土人相傳云：陳希夷隱於華山時，亦嘗居此地，石室乃臥閣也。民焦老者居山下，陳每日必一訪之。且至則二鶴翔空飛舞而下，焦氏以此候之，傾家出迎，具茶果延竚，經歲常然。一日告去，焦曰：「先生將何之？」曰：「吾欲歸三峯耳。」焦父子強挽留之，不可，而問曰：「汝家何所欲？欲官耶？欲富耶？」焦曰：「窮山愚民，不願仕。倘得牛千頭，志願足矣。」陳笑曰：「易

事也。」攜與俱行，一山復，指一穴，言：「異日葬於此，當如汝志。」遂別去。及焦老死，其子奉柩窆於所指穴。數年間，貲產豐盛，耕牛累及千頭。迨今二百年，子孫尙守其舊業。牛雖減元數，然猶豪雄里中，鄉人名其處爲焦老墓田。（宋・洪邁《夷堅志》卷七）

　　。受惠者（神仙）爲施惠者指示吉地，以爲經年招待之報酬【伍二丁1】（《夷堅志》）

　　。卜者卜地符人所求：人願得牛千頭，卜地以葬其人，葬後其子果累歲得耕牛千頭【伍二丁1】（《夷堅志》）

　　。。風水吉作用：葬地佳者福子孫：子孫累富，得牛千頭【伍二丁1】（《夷堅志》）

2、浮梁盧氏九瘻夫人祖地

　　上地在浮梁縣東鄉，吳國師景鸞下也。初國師與李德鴻善，凡其鄉之山水亦多指示，獨此地爲盧氏下。既下，謂李曰：「昨爲盧氏下一國后地。」李曰：「何不指我？」國師曰：「子美地已多，何其貪耶！」李曰：「公侯將相，何能敵國后之尊乎！」國師曰：「是不難，吾爲子圖之。」曰：「今起而鬻之乎？」曰：「不然，令彼貴氣歸于家耳。勿泄。」于是國師詔盧曰：「前所下地，將軍扶劍形，劍上宜堆九星，則應神速。」盧果堆之。國師囑李曰：「子宜戒爾子孫，盧氏有女，選妃臨行而發瘻，乃貴女也，宜娶之，他日產子必貴。」李氏如其言以戒子孫，有「娶婦須娶盧氏女」之訓。其後盧氏果生一女，應朝選，至期忽發九瘻，不入選。李氏子孫如公所戒，果娶此女，其後生九子皆貴顯，俱腰金。至今浮梁相傳爲九瘻夫人云。（明・徐善繼、徐善述《地理人子須知》卷三下・穴法，頁二十，p.168）

　　。。風水師的詭計，使葬得貴地者之貴氣歸於他家：葬得「將軍扶劍形」風水地者，將出國后，風水師詭稱劍上堆九星，則風水之應神速。後其家貴女選妃，臨行發瘻，風水師使私交善者取其女，女產子皆貴顯，是貴氣歸於其家【伍二丁2】（《人子須知》）

　　。。風水的效果：出國后【伍二丁2】（《人子須知》）

　　。。風水吉作用：葬地佳者福子孫：子孫貴顯【伍二丁2】（《人子須知》）

　　#風水名稱：將軍扶劍形【伍二丁2】（《人子須知》）

3、順騎龍穴，十子百孫

永康施氏祖地……乃明師劉永太所下。施氏子名孟達，與劉仙交厚。一日，拜劉仙求吉地安父母，劉問曰：「汝要人丁千口乎？汝要官貴極品乎？」施曰：「只願人丁大旺足矣。」劉乃指此騎龍之穴。葬後果生十子，子又各生十餘諸孫，共百單三人，鄉閭皆稱十子百孫。至今人丁千口之繁，為永康巨室。（旺丁口不出貴）（明·徐善繼、徐善述《地理人子須知》卷四上·怪穴，頁二九，p.251）

　　。卜者卜地符人所求：人願得人丁大旺，卜地以葬其父母，葬後其人果生十子，人丁大旺【伍二丁3】（《人子須知》）

　　。。風水吉作用：葬地佳者福子孫：人丁大旺【伍二丁3】（《人子須知》）

　　。。風水的效果：旺丁口則不出貴【伍二丁3】（《人子須知》）

　　#風水名稱：順騎龍穴【伍二丁3】（《人子須知》）

戊、風水之驗出預言之意表

1、豫章有天子氣

帝初誕，有嘉禾生于豫章之南昌。先是望氣者云「豫章有天子氣」，其後竟以豫章王為皇太弟。（《晉書·孝懷帝紀第五》卷五）

　　。卜者預言意外應驗：卜者云「豫章有天子氣」。其後竟以豫章王為皇太弟【伍二戊1】（《晉書》）

2、五馬渡江

咸寧初，風吹太社樹折，社中有青氣，占者以為東莞有帝者之祥。由是徙封東莞王於琅邪，即武王也。及吳之亡，王濬實先至建鄴，而之降款，遠歸璽於琅邪。天意人事，又符中興之兆。太安之際，童謠云：「五馬浮渡江，一馬化為龍。」及永嘉中，歲、鎮、熒惑、太白聚斗、牛之間，識者以為吳越之地當興王者。是歲，王室淪覆，帝與西陽、汝南、南頓、彭城五王獲濟，而帝竟登大位焉。（《晉書·中宗元帝紀第六》卷六）

　　。卜者預言意外應驗：卜者云「東莞有帝者之祥」，（帝）於是徙東莞王於他地，不料後來登帝位者即東莞王（東晉元帝）【伍二戊2】（《晉書》）

3、卜年二千，卜世二百

獻皇后崩，上令吉卜擇葬所，吉歷筮山原，至一處，云「卜年二千，卜世二百」，具圖而奏之。上曰：「吉凶由人，不在於地。高緯父葬，豈不卜乎？

國尋滅亡。正如我家墓田，若云不吉，朕不當爲天子；若云不凶，我弟不當戰沒。」然竟從吉言。（以上亦見御覽）……其後上將親臨發殯，吉復奏上曰：「至尊本命辛酉，今歲斗魁及天岡，臨卯酉，謹按陰陽書，不得臨喪。」上不納。退而告族人蕭平仲曰：「皇太子遣宇文左率深謝余云：『公前稱我當爲太子，竟有其驗，終不忘也。今卜山陵，務令我早立，我立之後，當以富貴相報。』吾記之曰：『後四載，太子御天下。』今山陵氣應，上又臨喪，兆益見矣。且太子得政，隋其亡乎！當有眞人出治之矣。吾前給云卜年二千者，是三十字也；卜世二百者，取三十二運也。吾言信矣，汝其誌之。」（《北史·蕭吉傳》卷八十九·藝術上。《隋書·蕭吉傳》卷七十八。宋·《太平御覽》卷七百二十六·方術部七·卜下）

。卜者（蕭吉）預言意外應驗：卜者爲皇后葬地卜國運云「卜年二千，卜世二百」。後其國祚三十年而亡，原來其卜詞眞意是：卜年二千者，是三十字也（合字見義）；卜世二百者，取三十二運也（引申見義）【伍二戊 3】（《北史》）《隋書》《御覽》

4、〈李德林〉

隋內史令李德林，深州饒陽人也。使其子卜葬於饒陽城東，遷厝其父母，遂問之：「其地奚若？」曰：「卜兆云：『葬後當出八公。』其地東村西郭，南道北堤。」林曰：「村名何？」答曰：「五公。」林曰：「唯有三公在。此其命也，知復云何！」遂葬之。子伯樂，孫安期，並襲安平公。至曾孫，與徐敬業反，公遂絕。（出朝野僉載，宋·《太平廣記》卷三百八十九·冢墓一）

。卜者預言意外應驗：卜兆云「葬後當出八公」。然其葬地名曰「五公」，後其後代共子、孫、曾孫合有三公【伍二戊 4】（朝野僉載）《太平廣記》

。。風水吉作用：葬地佳者福子孫：後代出公侯【伍二戊 4】（朝野僉載）《太平廣記》

5、太祖之後，當再有天下

永昌陵卜吉，命司天監苗昌裔往相地。西洛既覆土，昌裔引董役內侍王繼恩登山巔，周覽形勢，謂繼恩云：「太祖之後，當再有天下。」繼恩默識之。太宗大漸，繼恩乃與參知政事李昌齡、樞密趙鎔知、制誥胡旦、布衣潘閬謀立太祖之孫惟吉，適洩其機，呂正惠時爲上宰，鎖繼恩，而迎眞宗于南衙即帝位。繼恩等尋希誅竄，前人已嘗記之。熙寧中，昌齡之孫逢登進士第，以

能賦擅名一時，吳伯固編三元衡鑑，祭九河合為一者是也。逢素聞其家語，與方士李士寧、醫官劉育熒惑宗室世居，共謀不軌，旋皆敗死，詳見國史。靖康末，趙子崧守陳州，子崧先在邸中剽竊此說，至是適天下大亂，二聖北狩，與門人傅亮等歃血為盟，以倖非常。傳檄有云：「藝祖造邦，千齡而符景運。皇天佑宋，六葉而生眇躬。」繼知高宗巳濟大河，皇懼歸命，遣其妻弟陳良翰奉表勸進。高宗羅致元帥幕，中興後亟欲大用，會與大將辛道宗爭功。道宗得其文檄進之詔，置獄京口究治。得情，高宗震怒，然不欲暴其事，以它罪竄子崧於嶺外。此與夏賀良、赤精子之言劉歆易名以應符讖何以異哉！豈知接千秋之統帝王自有眞邪？（宋・王明清《揮麈錄・餘話》卷一。明・王圻纂《稗史彙編》卷五十四・伎術門・堪輿類，頁 859〈符讖誤人〉）

　　。卜者預言意外應驗：人算不如天算：誤會符讖而蹈禍：卜者（司天監苗昌裔）相宋太祖陵地云「太祖之後，當再有天下」。後大臣相繼謀立太祖後代為帝，卻相繼事敗被殺。後北宋覆亡，太祖七世孫孝宗繼高宗承南宋帝位，果應符讖【伍二戊 5】《揮麈錄》《稗史彙編》

〈占術致禍〉

　　吉凶禍福之事，蓋未嘗不先見其祥，然固有知之信之，而翻取殺身亡族之害者。漢昭帝時，昌邑石自立，上林僵柳復起，蟲食葉曰：公孫病已立，眭孟上書言「當有從匹夫為天子者」，勸帝索賢人而禪位。孟坐祅言誅，而其應乃在孝宣正名病已。哀議時夏賀良以為漢曆中衰，當更受命，遂有陳聖劉太平皇帝之事，賀良坐不道誅。及王莽篡竊，自謂陳後，而光武實應之。宋文帝時，孔熙先以天文圖讖知帝必以非道晏駕，由骨肉相殘，江州當出天子。遂謀大逆，欲奉江州刺史彭城王義康。熙先既誅，義康亦被害。而帝竟有子禍，孝武帝乃以江州起兵而即尊位。薄姬在魏王豹宮，許負相之，當生天子。豹聞言心喜，因背漢，致夷滅，而其應乃在漢文帝。唐李錡據潤州反，有相者言丹陽鄭氏女當生天子，錡聞之，納為侍人。錡敗，沒入腋庭，得幸憲宗而生宣宗。五代李守貞為河東節度使，有術者善聽人聲，聞其子婦符氏聲，驚曰：「此天下之母也。」守貞曰：「吾婦猶為天下之母，吾取天下復何疑哉！」於是決反，已而復亡，而符氏乃為周世宗后。（宋・洪邁《容齋三筆》卷二，頁 1～2）

　　6、五百年間出帝王

　　行都之山，肇自天目，……負山之址，有門曰朝天，南循其陬為太宮，

又南爲相府，斗拔起數峯，爲萬松八盤嶺，下爲鈞天九重之居。……舊傳讖記曰：「天目山垂兩乳長，龍騫鳳武到錢塘。山明水秀無人會，五百年間出帝王。」錢氏有國，世臣事中朝，不欲其語之聞，因更其末章三字曰「異姓王」，以遷就之，讖實不然也。東坡作表忠觀，特表出其事而讖始章。建炎元二之災，六龍南巡，四朝奠都，帝王之眞，於是乎驗。（宋・岳珂《桯史》卷二）

> 。（卜者）讖記預言意外應驗：人算不如天算：誤會符讖：讖語傳「錢塘五百年間出帝王」，錢塘王改其末語爲「異姓王」以免宋朝君主疑其臣事之心。後北宋覆亡，南宋皇帝避難於該地，並定爲首都，果應其讖【伍二戊6】（《桯史》）

7、〈鬱葱之符〉

朝天之東，有橋曰望仙，仰眺吳山，如卓馬立顧。紹興間，望氣者以爲有鬱葱之符。秦檜顓國，心利之，請以爲賜第，其東偏即檜家廟，而西則一德格天閣之故居也。非望挺凶，鬼瞰其室，檜薨於位，熺猶戀戀，不能決去，請以其姪常州通判焴爲光祿丞，留泣家廟，以爲復居之萌芽。言者風聞，遂請罷焴，倂遷廟主於建康，遂空其居。高宗將倦勤，詔即其所築新宮，賜名德壽居之，以膺天下之養者。……莊文魏王、光宗皇帝，實生是間，今上亦於此間開甲觀之祥。蓋知天瑞地靈，章明有待，斗筲負乘，固莫得而妄據云。（宋・岳珂《桯史》卷二）

> 。卜者預言意外應驗：人算不如天算：誤會符讖：望氣者云某地有「鬱葱之符」，有意竊位之權臣請爲宅第而居。後權臣勢衰，宅收入皇室改築新宮，而帝王均生於其宮，果應其讖【伍二戊7】（《桯史》）

8、〈相地理〉

江陰州，宋季時，兵馬司在州治東南里許平地上，司之後置土牢。歸附後，有善地理者，以爲宜帝王居之。人問其故，曰：「君山龍脈正結於此，是以知其然也。」皆弗之信。越數年，就其上起蓋三皇廟。亦奇術哉！君山，州之主山也。（元・陶宗儀《南村輟耕錄》卷十一，頁134）

> 。卜者預言意外應驗：卜者云某地爲「君山龍脈」。後有「三皇廟」起於該地【伍二戊8】（《南村輟耕錄》）

9、〈金陵殿基〉

高皇建都金陵，命劉誠意相地。築前湖爲正殿基，業已植樁水中。上嫌

其逼，少徙於後，誠意見之默然。上問之，對曰：「如此亦好，但後不免遷都之舉。」時金陵城告完，高皇與誠意視之，曰：「城高若此，誰能逾之？」誠意曰：「除非燕子能飛入耳。」其意蓋謂燕王也。高皇又問誠意國祚短長，誠意曰：「國祚悠久，萬子萬孫方盡。」後泰昌萬曆子，天啓崇禎弘光皆萬曆孫也。果符其讖。（清・褚人穫《堅瓠集・六集》卷四）

。卜者預言意外應驗：卜者（劉伯溫）卜國祚云「國祚悠久，萬子萬孫方盡」。傳朝至「萬曆」皇帝之子（泰昌）孫（天啓、崇禎、弘光）時，國即覆亡【伍二戊 9】《堅瓠六集》

。卜者預言意外應驗：卜者（劉伯溫）爲皇城卜，云「除非燕子能飛入」。後「燕王」據城篡國【陸二己 9】【伍二戊 9】《堅瓠六集》

10、〈紫潭李翁〉

耳談：黃岡有紫潭李翁，族產俱盛，得一吉地，相者曰：「主出飛來金帶。」後浙有孝廉某北上，過其家，阻雪，翁觴之屢日。孝廉見傳餐小婢，貌頗秀整，因人語翁，欲購爲妾。翁允之，與偕行。捷南宮，歷任至大司馬。夫人及諸姬皆無子，獨李姬生二男二女。夫人歿，遂令主家事。念其翁媪甚，遣人於黃岡問消息。時翁媪歿已久，家亦淪替，莫有知者。忽翁之子以解軍赴遼陽，經都下過大司馬門，與門吏誶語，知爲黃岡人，以聞於夫人。夫人訊之，其兄也。爲之慟，令飾衣冠，具羔雁謁公。公厚客之，饋贈甚豐。夫人益不悅，曰：「能富貴人者公也，今待妾家若此，何以令諸兒女有外家也？」時有侯李氏絕胤，而山東人奏請襲者，敘功績不合，其功績冊在所司庫。公陰以冊視李子，令熟之，亦奏請襲，下所司勘之，李子語合，得襲侯。夫人大悅。相者所稱飛來金帶始驗。（清・褚人穫《堅瓠集・餘集》卷二）

。卜者預言意外應驗：卜者云某葬地「出飛來金帶」。後葬家之子受親族爲官者助，冒名襲同姓者侯爵，「飛來金帶」乃驗【伍二戊 10】（耳談）《堅瓠餘集》

11、〈後唐龍歸之兆〉

朱文公之葬橫棺，術家云：斯文當不墜。丁卯臘月三日謝，汲州孔守應得說云：文公初卜劉夫人兆，因爲壽藏，嘗叩之明術者，有龍歸後唐之兆。後一日，至廊沙鎮，睹十木牌自山溪販至者，問其所從來，以後唐龍歸對，遂令導往，果得奇境。（明・王圻纂《稗史彙編》卷十百六十三・徵兆門・前

知類，頁2576）

　　。卜者預言意外應驗：卜者爲人卜葬地，云「有龍歸後唐之兆」人莫知
　　所以。他日偶至異地，得「後唐龍歸」地名，往訪果得葬地【伍二戊
　　11】（《稗史彙編》）

　　12、〈福州讖語〉

　　福州舊有讖云「獅兒走，狗兒吼，狀元在門首」，皆莫曉。至黃朴賜第之
年元旦，其家相對屋上瓦獅墮地，群犬從而吠之，已而黃魁天下。（明・王圻
纂《稗史彙編》卷十百六十四・徵兆門・符兆類，頁2596）

　　。（卜者）預言意外應驗：地方讖語云「獅兒走，狗兒吼，狀元在門首」，
　　後某戶對屋瓦獅墜地，群犬吠之，某戶當年即有人應試得魁【伍二戊
　　12】（《稗史彙編》）

　　13、〈山移〉

　　吳中城西有一蝦蟆山。弘治乙卯春，徐徐而行，已而疾移，時有行道者
驚曰：「山走矣！」老稚哄然，山隨聲而止。次歲丙辰，朱玉峰狀元及第，謠
云：山移出狀元。（明・王圻纂《稗史彙編》卷十百六十四・徵兆門・符兆類，
頁2595）

　　（卜者）預言意外應驗：地方讖語云「山移出狀元」，後某山果然移行
　　而自止，次年當地有人名「玉峰」者狀元及第【伍二戊13】（《稗史彙
　　編》）

　　14、〈山鳴〉

　　長樂舊有「首石山鳴出大魁，十羊成市狀元來」之讖。至永樂壬辰，其
山大鳴，適三寶太監駐軍十洋街，人物輳集如市，其年邑人馬鐸狀元及第。
侯官洪塘妙峰山於萬曆庚寅年大鳴如鍾，壬辰年翁正春大魁天下。（明・王圻
纂《稗史彙編》卷十百六十四・徵兆門・符兆類，頁2596）

　　（卜者）預言意外應驗：地方讖語云「首石山鳴出大魁，十羊成市狀
　　元來」，後其山果然大鳴，有軍隊駐當地十洋街，當年該地有人狀元及
　　第【伍二戊14】（《稗史彙編》）

　　15、〈出狀元〉

　　宋・樓鑰《攻媿集・跋劉資政遊縣學留題》云：龍游有石，面銳，古記
有之，曰「尖石圓，出狀元」。紹興十有四年，歲在甲子，大水去其銳，次年

乙丑，公遂魁天下。宋・郭象《睽車志》云：平江里俗舊傳讖云「潮過唯亭出狀元」，又云「西山石移，狀元南歸」。淳熙庚子三月二十二日，吳縣穹隆山大石自麓移立山半；八月十八日夜，海潮大至過唯亭。明年省試，平江黃由以國學解中選，廷試魁天下。國學發薦，南歸之驗也。按潮過唯亭之說，今尚有之，西山石移，則罕知之矣。（清・俞樾《茶香室叢鈔》卷七，頁175）

　　。（卜者）預言意外應驗：某河有石，面銳，古記云「尖石圜，出狀元」，後大水去其銳，次年當地有人狀元及第【伍二戊15】《茶香室叢鈔》

　　。（卜者）預言意外應驗：某地有讖云「潮過唯亭出狀元」，後某年中秋海潮過其亭，次年當地有人狀元及第【伍二戊15】《茶香室叢鈔》

　　16、〈出宰相〉

　　宋・無名氏《木筆雜鈔》云：國史章得象傳：閩中謠云「南臺江合出宰相」。至得象相時，沙湧可涉。台州舊有謠云「下渡沙漲出宰相」，謝子肅爲相，果驗。按此可與叢鈔卷七所載出狀元之語並傳。（清・俞樾《茶香室四鈔》卷十七，頁1749）

　　。（卜者）預言意外應驗：某地有讖云「下渡沙漲出宰相」，後當地某人拜相時，其地果然沙湧可涉【伍二戊16】《茶香室四鈔》

　　17、張文恭

　　明張文恭公文忭，紹興山陰人，隆慶辛未狀元也。少時讀書於稽山門外之香爐峰僧舍，題其室曰壯圖，足不窺戶者十餘年。爐峰之南爲蓬山，山巔竹木叢雜，山形與樹率皆向後，若與爐峰相背者。當時童謠云：「蓬山朝著我，狀元到清河。」故文恭詩云：「爲問蓬山今轉未，不應辜負壯圖人。」後公及第，人始悟清河爲公之郡望云。公居爐峰時，忽夢一老叟向公作禮而言曰：「吾此山之龍也，潛修已千餘年矣。去年某月日當出，以公坐處適壓吾上，公貴人也，吾若奮迅而出，則不利公，必干天譴。故忍而俟之。後日午時，又應出矣，倘復失此期，當再遲三百年。公何妨暫輟半日之功，俾吾得以衝宵昂壑乎？若允吾言，必以厚報。」公諾之曰：「報非所望，但吾居此，恆苦乏水，君能惠我一泉乎？」叟曰：「公文光漸露，亦非久居於此者。既承指揮，謹當如命。」公問以所蟄處，叟指讀書坐處示之。公又曰：「吾聞龍出則水湧山崩，雷轟電掣，每損禾麥田廬，君後日幸勿爾爾。此方之民，蒙惠多矣。」叟曰：「公動此心，已增無限陰德，吾何敢不遵。然亦須公助我耳。」遂拜辭而去。

公醒而異之。次日，預移其坐於他所。及期，正午，陰雲四合，雷電交馳，公視向所坐處，有清水如線，自地而上，一蛇細若蚯蚓隨之行。至門旁，為闃所阻，公以物去其闃下之土，蛇遂隨流出。甫至階下，忽霹靂大震，急雨如傾，蛇頓長丈餘，頭角鱗甲，光焰赫然，掉尾於庭之東偏，直入於土者數尺，旋即拔起，向公點首數四，騰空而去，雷雨亦止。屋宇樹木，無一損者，山下人皆見之。而龍尾下注之處，遂成一泉，水甘而冽。年餘，又夢叟曰：「公欲蓬山轉乎？吾為公致之。」次夕大風雨，雷聲若掀天揭地然。明日起視，則蓬山與樹木，皆朝拱爐峰矣。不數年，公大魁天下。（清‧清涼道人《聽雨軒筆記》卷一雜紀）

　　。（卜者）預言意外應驗：某地有讖云「蓬山朝著我，狀元到清河」，然蓬山與當地地形恰相背，後一夕風雨改蓬山山樹朝向當地，數年後當地有人登狀元第，其人郡望即清河【伍二戊 17】《聽雨軒筆記》

　　。精魅藉夢與人通意：山龍託夢請坐壓其所伏地之上者移處，以便其奮迅升天，並有所報【伍二戊 17】《聽雨軒筆記》

　　。所夢應驗：某人夜夢山龍化叟來告云將從其讀書處地下出，請移處而居。次日果於其處見蛇出化龍飛去【伍二戊 17】《聽雨軒筆記》

　　。所夢應驗：夜夢山龍化叟來告欲轉山，次夕果見山向已轉【伍二戊 17】《聽雨軒筆記》

三、風水師識寶

1、永康徐侍郎祖地

劉永太課云「一代伶官二代貧，三代頗有讀書生，四代為官常近帝，五代六代榜聯登」。

　　上地在永康縣西五里。……先一家葬，退敗遷去。明師劉永太復為徐氏指葬舊所，徐氏曰：「彼既不吉，何為葬舊穴？」劉曰：「淺深不同，乘氣有異。且此地本主先凶後吉，今彼已退敗一代，而君葬則凶氣已去，吉氣將來。」徐如其言葬之，果出侍郎，又科第數人，富貴未艾。今太守公師夔師皋諸貴皆出此地。（明‧徐善繼、徐善述《地理人子須知》卷三下‧穴法，頁二十二，p.171）

　　。。風水的作用：淺深不同，乘氣有異：「先凶後吉」之地，先葬者遭

凶，後葬者得吉【伍三 1】(《人子須知》)

。。殊地異葬：風水師指人葬後遭凶而遺棄之舊穴以示葬，言風水之穴「淺深不同，乘氣有異」，並云其地「先凶後吉」，先前凶氣已去，再葬得吉【伍三 1】(《人子須知》)

。。風水吉作用：葬地佳者福子孫：出侍郎，又科第數人【伍三 1】(《人子須知》)

*。寶地葬之得其法，寶地風水轉吉【伍三 1】(《人子須知》)

2、將軍大座形

上地在樂平縣，土名軍山。……初是廖金精所卜，既定穴，劉氏遂自葬之，不合深淺，饒減乘氣出煞消納控制之宜。金精嘆曰：「合法出王侯，不合法出賊頭。」因題于吳園曰：「軍山帳中正字脈，武公大座勢尊雄。我做定產王侯扶聖王，他做草寇強梁不善終。」後果出漢四兄弟八人，雄霸一方，事僞漢陳友諒，授僞萬戶侯職，而不克令終矣。今劉氏之盛者非此派。(明・徐善繼、徐善述《地理人子須知》卷三下・穴法，頁二九，p.185)

。。風水的作用：淺深不同，乘氣有異：風水之地，葬之合法出王侯，不合法出賊頭【伍三 2】(《人子須知》)

。。風水負作用：葬法不佳者禍子孫：草寇強梁不善終【伍三 2】(《人子須知》)

#風水名稱：將軍大座形【伍三 2】(《人子須知》)

*。寶地葬之未得其法，寶地風水失效或轉凶【伍三 2】(《人子須知》)

金精爲劉氏卜將軍大座形幞頭案，庚脈扦卯向，幞頭山不正，劉氏愛其端正，遂扦辰向庚乙，不用金精言，並其深淺分控葬法胥失。金精嘆曰：「我做出將軍，他做出賊頭。」後果如其言。(明・徐善繼、徐善述《地理人子須知》卷三下・穴法，頁九，鄉傳，p.185)

3、〈心急當皇上〉

有個南蠻子到北方看風水，一到正宮村，看出這村裡彭家十年後要出皇上。彭家就老兩口和一個小子，南蠻子對彭家二老說了會出皇上，並要他們在孩子十八歲那年，到村南挖出一些物件。南蠻子說完就走了。到孩子十六歲時，老頭等不下去了，扛了鋤頭到村南，果然挖出了一罐金銀和一個箱子裝的龍袍。老頭高興的伸手去摸龍袍，龍袍卻變成了灰，一摸金銀，也變成

土了。二年後，南蠻子又來到村裡，問不到村裡有當皇上的，問了彭家，知道東西早挖開了，怪老兩口心急，命還沒走到那一步，就先壞了自家風水，老兩口後悔也來不及了。到現在，正宮村還有那時留下的破瓦罐。（1988 徐丑貨（男 22 歲）講述《耿村民間文化大觀》頁 1306）

　。。風水的效果：出皇上【伍三 3】（耿村）

　。金銀變成土【伍三 3】（耿村）

　。龍袍變成灰【伍三 3】（耿村）

*。寶物未成熟而被啓動，寶物失效或不見【伍三 3】（耿村）

4、〈南蠻子偷耿村風水〉

耿村這地方是個牛形，村北邊的土圪梁上，蝎子很多，叫蝎子山，沒人敢上去。有一年，一個南蠻子到耿村來趕集，一看這村風水好強，要出好幾個大官，就想破了這村的風水，帶回去埋在自家祖墳。南蠻子到集上買了個卷子，圍著蝎子山轉，看出風水在山頂上。一會一個拾糞的老頭路過，南蠻子向他借了糞叉，轉到山的一邊上到山頂，用糞叉挖了個坑，把卷子埋進去。下來還了糞叉，老頭走遠後再上去，一堆蝎子正圍著卷子螫，南蠻子捏起卷子，集也沒趕就走了。傳說耿村的風水，就這麼給南蠻子偷去的。（1988 張才才（女 57 歲）講述《耿村民間文化大觀》頁 865）

　。。風水異徵：靈物：蠍子【伍三 4】（耿村）

　。。取風水的方法：取走風水靈物以偷去風水【伍三 4】（耿村）

陸、風水的騙局和笑話

一、以風水設騙局

1、〈蔣家墳與算命先生〉

保定西北吳山腳下，有個姓蔣的大財主，臨死交付兒子們一定得多請幾個風水先生，定塊風水寶地，擇個吉日良辰，方可入葬。兒子們派出八班人馬找高明先生，可先生說的都不高明，大家都很著急。一天，又來一個先生，蓬頭垢面，像個叫化子，兒子們抱著一絲希望向他請教。先生問了一通生辰八字，抓了一陣子脊樑背，才慢慢道出：待到鯉魚上樹，頭戴鐵帽者方爲吉時，才可入葬。大家聽了納悶，但想到怪者爲奇，奇出於眾，趕忙招待了先

生，候那吉時來到。幾天以後，夜裏颱風下雨，隔天先生約蔣家兄弟來到大門外，看見村口跑來一個人，頭上頂著一口鐵鍋，手上提兩條鯉魚，到一棵槐樹下躲雨，順手將魚掛在樹枝上。這時先生就高聲大喊：吉時已到，馬上入葬。蔣家兄弟只好照做。後來，這個先生因幹掘墓之事被人抓住，拷問之下供出他騙錢的招數，原來那個頭戴鐵帽、鯉魚上樹的人就是他的同伙。（1985 丁秀麗（女 60 歲，不識字）講述《中國民間文學集成保定市故事卷》卷三頁 252～254）

　　。K 偶發的特定狀況，原來是卜者的設計，不是偶發：卜者與同伙串通做出「頭戴鐵帽，鯉魚上樹」的反常狀況，使雇主相信卜者的占卜【陸一1】（河北保定）

　　。U170 盲目的舉止：假卜人行徑故意違反常情，雇主反而因此相信其術不凡【陸一1】（河北保定）

2、〈某宦〉

　　青烏之術，雖不盡無稽，然借禍福以惑人，使墮術中而莫或覺者，亦比比皆是。有號精真子者，挾術游吳楚間，偵知某宦擁厚資，家停二柩，寒骨三年，過講尋龍，頗難得地，乃賄其親信張某力為推轂。一旦牛眠叶卜，馬鬣遂封。不意一坏未乾，而妻與弟繼歿。宦疑所葬非善地，欲覓方家以證，而未得其人。去塋數武外，向有廢庵，數月前有僧住錫其中，閉關卻掃，坐臥一室，既不火實，亦不燃燈。好事者叩其因由，則云幼業堪輿，以為人擇地，每於禍者福之，深恐獲罪於天，用是歸空受戒。問其年，已一百八歲。觀其貌，則似五十許。人人咸異之。某宦聞其異，即往訪。與談復甚愜，遂求其一觀墓道，僧以曾誓佛前，堅不許。宦強之，徐曰：「余有徒碧霞精於此。念君之誠，姑往招之，未識有緣否。」問：「在何刹，某當親詣聘求。」僧曰：「渠當出游海島，數歲不歸，此時正不知在何處，惟老納親為君行耳。」宦大喜，曰：「某擬薄具資糧，遣僕送行，未知何日得勞法駕？」僧曰：「無須也。明日君來，封吾臥室，不令人窺伺。閱二日返矣。」如其言。二日夜寂無聲息。第三日微聞咳聲，開門，日見僧跌坐如故，曰：「吾歸半日矣。」宦曰：「事諧否？」僧曰：「已晤渠於南海白楊島，五日後當自來。」宦如期往，則已有一僧在室，長身玉立，鬚眉半蒼，風帽布袍，閉目端坐。老僧言：「此即小徒，今晨始至。」宦肅然下拜，僧起答揖曰：「聞貴宦欲覓佳城，然地在福澤而不在風水，澤厚則吉壤不謀而遇，福薄則雖得善地，亦為人破。且地

理興衰，隨時轉運，達人於此又何深求？惟是不除五患，不避五凶，則消亡立見。如人稟氣雖盛，而服毒藥必死；仁者應壽，而迎鋒刃亦亡。趨吉避凶，人事似不可不盡耳。」宦曰：「師言良是。弟子自知福薄，何敢妄求？緣去歲築山，死亡相繼，得我師一辨凶吉而釋所疑，此固弟子之願也。」僧先問庚造，宦告之，略一輪算，首始肯曰：「山在何處，盍往觀？納因有事，明日即擬他適也。」宦曰：「離此僅數十步耳。」遂同往。僧周視久之，蹴然曰：「頃所云五患五凶，除五患者，異日不爲城郭道路、田舍溝渠也。避五凶者，去風火水寒絕也。若葬凶地，皆主家遭顛覆，以其棺或爲風翻，或爲水浸火焚故耳。五者中，風水寒絕四種，其地恆有，惟火地不多見。火地者，陰極生陽，地中陰氣結成流火，而火性炎上最烈亦最速。葬則數年之後，屍棺灰燼，族亦消滅。此地是也。今棺首已燋灼矣。推君之造，相君之形，後世當有興者，不應遽滅。今得遇我，夫豈偶然。然非卜吉速遷，其能免乎。」宦聞其說，如墮深淵，懇僧暫留，爲擇善地。僧曰：「與君雖邂逅，亦有前緣。鑒君悃忱，敢以實告。納受戒終南，四十年來，雲遊遍海外。今老矣，不久當歸淨土。昨觀峨嵋之修，思葺數椽，安此朽骨。故急欲赴都，訪諸善士，募資了願。君今事已難緩，其能株待我乎！」宦問約需幾何，僧曰：「是無多求，千金足矣。」宦曰：「此細事，何必遠涉京都。弟子雖力綿，願以千五百金爲贈。」僧曰：「信然，我事辦矣。君樂善好施，千金一諾，何愁不得佳地！」因復周視，語宦曰：「是固吉壤，可勿他擇。惜穴秘，尋常地師無從指點耳。今當於壬癸日開壙以驗。」計去此尚有三日也，遂留庵中。屆期，某率工徒往。僧攜宦手，行且低語曰：「去南五十步，有連枝草，一叢獨茂者，掘之，下當有菌芝。此名野鶴沖雲地，葬此，二世後可得萬鍾祿，眞千年不敗基也。」宦曰：「竊聞趙氏之葬，亞布九原；漢之山陵，散列諸處。何數十步間，而吉凶頓異耶？」僧曰：「君不聞龍角龍耳之事乎？平庸之地，本無利害，偏倚何妨。若雞栖連傘，咫尺懸殊，豈今世尋龍捉脈者所能識哉！」命速開壙，既開，而棺首固成燋炭。宦大驚異，稽顙謝教。僧至五十步外，又命掘地。不四五寸，得無根菌芝一枝。宦喜極曰：「師眞神技也！未審何緣，得此奇遇！」僧曰：「地有此穴，世有此人。苟非其人，穴亦終秘。此君福澤所致，非貧僧力也。」遷葬既畢，宦慨踐前諾。二僧歲束裝偕去。後有人至庵，見僧房地有陷痕，疑而發之。下露一窟，內藏鐵管，直通某宦舊塋之穴。始悟棺之燋灼，乃僧穴地燒之；而芝草亦其預埋也。某宦大悔恨，未幾鬱悶死，子孫亦

漸衰落。(清・毛祥麟《墨餘錄》卷四)

　　。K 偶發的特定狀況，原來是卜者的設計，不是偶發：卜者與同伙預先埋藏奇物（無根菌芝）於地下，假卜言地下有物，使雇主起土得之，而相信卜者的占卜【陸一2】(《墨餘錄》)

　　。K 不尋常的特定狀況，原來是卜者的設計，不是異常：卜者埋地下鐵管通墓穴，燃燒其棺，再告知雇主因葬地不佳，棺應已焦，使雇主見棺而信其術【陸一2】(《墨餘錄》)

　　。U170 盲目的舉止：假卜人行徑故意違反常情，雇主反而因此相信其術不凡【陸一2】(《墨餘錄》)

3、〈瞽者之術〉

　　有瞽者，習大拘竈之術。每至人家，輒知其家之事，藉以自神其陽宅陰地之學。有人召之者，入其門以手摩挲門戶，便研其家祖墳何向，去家遠近若干，某某時當見某事，某某人當有某疾，豪釐不差。人以為神。若召之卜地，乃預令其徒潛往熟視以告。及至其所，略踮數步，便言此地某山某向某龍入首。祖山或廉貞、或貪狼，俱能言之。因告其人曰：「以此地論，當是大吉。但隨我所指觀之，左當有何等山何等坡作龍是否，右當有何等山何等坡作虎是否，水當何等去、朝當何等峰、下關當何等高低是否，是則真吉矣。」其人見一一與所言合，亦不禁大喜。因請點穴擇期，深信不疑矣。嘗為某家擇日下葬，告曰：「是日特奇，至時當有鳳凰過此，爾輩伺之。鳳一至，即是葬時矣。」乃預以錢三百買白雄雞一，即令鬻雞者抱雞於某時向某處葬地走過，雞仍付之。至時，問：「有鳳來否？鳳當白色，當謹視之無忽。」少頃，鬻者抱雞來。人咸曰：「不見鳳，唯有白雄雞來。」乃喜曰：「雞即鳳之類，天下誰見有真鳳耶。吉時至，當速葬。」葬者亦心喜，以為特奇也，而不知墮其術中矣。(清・姚元之《竹葉亭雜記》卷七，頁155)

　　。K 盲人卜者卜地皆能言其地形，原來是同伙事先堪察地形告之熟記，使雇主信其術【陸一3】(《竹葉亭雜記》)

　　。K 偶發的特定狀況，原來是卜者的設計，不是偶發：卜者向主人預言某時當有「鳳凰過」，至時使預約之人抱雞經過，主人以為預言信而有徵，而相信卜者的占卜【陸一3】(《竹葉亭雜記》)

4、〈醫地〉

　　人生邀福之心過甚，則事之斷無是理者亦據信而不疑。青烏之說不可廢，然一爲所惑，則必終爲所愚。京中有趙八瘋子者，創爲醫地之說。嘗爲武清一曾任縣令者卜地，告之曰：「適得吉壤，在某村某家之竈下。去其屋，則得吉。」某令遂別搆地造屋，遷其人而購其室。及毀竈，趙又熟視曰：「此地惜爲竈所洩，地力弱矣。」某令曰：「爲之奈何？」曰：「醫之自能復元。藥當用人參一斤、肉桂半斤，俟得此二物付我，餘藥我自爲合之。」某令如其教，備參、桂授之。越日掘地下藥。又告曰：「三日後夜半立於一里之外，若遙見此地有火光浮起，則元氣大復矣。」乃潛施火藥於地外，陰令人潛往，約以某夜遠見有籠燭前行者即燃之。及期，至某令家邀其夜中籠燭往視，漏三下，曰：「是其時矣。」遂往，遙望其地果有火光迸發，乍喜曰：「君家福甚大，不意元氣之復若是之速也。」某令亦大喜。然爲藥物故，家資已消耗過半。趙售其參、桂，家稱小康。無何趙子俱亡，趙亦得奇疾，身如死但能飲食而已。始大悔平生所愚者不止某令，而所售參、桂之資亦歸於盡。身受其報，天道當然。而爲所愚者，絕不思理之有無，又愚之愚者也。（清‧姚元之《竹葉亭雜記》卷七，頁156。清‧梁恭辰《北東園筆錄‧三編》卷二，全文同《竹葉亭雜記》）

　　。J2070. 不合理的期望：醫地：用名貴藥材埋地，企圖改善地理風水【陸一4】（《竹葉亭雜記》）《北東園筆錄三編》

　　。。以風水惑人受報：以風水惑人者絕後並得奇疾，所得暴利均盡於療疾【陸一4】（《竹葉亭雜記》）《北東園筆錄三編》

5、〈堪輿〉

　　一堪輿，與土人串謀，於舊村基茅廁，挖掘圓圈，塡以五色泥，造成太極暈。揚言某處有吉地，富家信之。堪輿與主人剖分地價。至期點穴，且言元氣團聚其下，必有異色土。及掘出五色暈，主人大悅。堪輿曰：「此地不發，罰我雙瞽。」其家感之，又餽以多金，留館於家。未半月，目患盲疾，猶自言曰：「此奪造化之秘所致。」（清‧青城子《志異續編》卷一）

　　。K 不尋常的特定狀況，原來是卜者的設計，不是異常：卜者埋五色土於地下，再告知雇主某地風水佳，必有異色土，使雇主見土而信其術【陸一5】（《志異續編》）

　　。。以風水惑人受報：（K1600 詐欺者落入自己的圈套）惡人起誓表明自己的清白，不料誓言竟應驗：假風水師宣稱若所選葬地風水無效，自

己將會失明，不久果然失明，卻聲稱是洩露天機的結果【陸一 5】(《志異續編》)

二、耽風水之愚行

1、〈陳虞耽堪輿術〉

豫有陳虞者，富人也。生平耽堪輿術，凡精斯道者，無遠近，必延之於家，錦衣而肉食之。且慮僮僕不潔，親滌溺器以奉，門下食客以故恆濟濟焉。一日，有操南音者。踵門求謁，自稱蘇人許姓，世精斯術，且謂曾文正、李文忠之祖穴皆父所審定。陳聞之喜，以三千金爲壽（籌）。居三月，爲擇地於嵩山之陰，云：「葬此，子孫必位及三公。惟地脈少寒，瘞枯骨無效，倘得生人埋之，則妙難言喻。」陳韙之。越日，集家人而告以故，並執帶自縊。猛憶自縊與病死，同一不得溫氣，復命工人速穿穴，及成，陳衣冠臥穴內，呼人畚土掩之。其子不忍，工人莫敢先動，陳怒曰：「從父命，孝也；違吾教，即非吾子，何逡巡爲！」其子不得已，號泣從之。須臾墓成，陳死於穴中矣。（徐珂《清稗類鈔·方伎類》頁 4647）

　。。風水的效果：生人葬某風水地，子孫必位及三公【陸二 1】(《清稗類鈔》)

　。。取得風水的方法：活埋自己，以求得到術士宣稱的風水效果（子孫位及三公）【陸二 1】(《清稗類鈔》)

　。K800 致命的詐騙：假術士自稱卜得好葬地，訛稱其地須葬生人才能得驗效果，不料主人竟信其言而自求活埋【陸二 1】(《清稗類鈔》)

2、〈堪輿家顛倒竈之方向〉

鄞有堪輿家設肆於市，一日，有男子在肆中大罵，將用武。眾人環集問故，其人曰：「夏間因人口不安，就彼問卜，彼問竈何向，我對曰南向，彼曰宜改西南，我謹如其言。乃至秋而仍多疾病，又來問卜，彼仍問竈何向，我曰西南，彼曰宜改正西，我亦如其言。今已入冬，病者未愈，加以貿易折耗，無聊之至，姑再卜之。彼問如前，及我告之，則曰宜改南向，是仍復其初矣。自夏徂冬，我奉彼爲蓍龜，乃顛倒如此乎？」眾大笑，爲解勸之而去。（徐珂《清稗類鈔·方伎類》頁 4649）

　。X 術士的謊言：術士告訴來求卜者更改竈之方向，家人即可病癒，

但更改數次，病仍不癒，術士之言也前後矛盾【陸二 2】(《清稗類鈔》)

3、〈迷信風水先生的弟兄倆〉

有個老人，有兩個兒子，一家人都迷信風水。老頭死了，弟兄倆找了百十來個風水先生。出殯那天，靈柩抬到村口，老大說要往他找的那塊墓地去，風水先生說埋在那兒出大官。老二也說要抬到他找的墓地，風水先生說埋在那裡出宰相。兄弟倆爭執不休，抬棺材的最後把棺材停在地上，都回家了。老大和老二看人都走了，分別在棺材旁邊蓋起房子，請人住在裡面看守棺材。久了，這裡形成了個村，直到幾十年後，兄弟倆都死了，妯娌才商量著把棺材入了土。(1988 靳建民（男 48 歲）講述《耿村民間文化大觀》頁 1060)

。U170 盲目的舉止：為了等待理想風水而停棺數十年不葬【陸二 3】（耿村）

4、〈選風水〉

清朝有個做官的人叫雷天餘，每天燒香，求長命百歲，但他不到五十歲，就染上重病快死了。臨死他吩咐兒子雷望天，將他葬個好風水，說萬貫家財和兒子的錦繡前程，全靠風水保佑。雷望天請了最好的風水先生為父親找風水，風水先生找到金山的一塊龍地，說葬在那裏，雷家要出三斗三升芝麻官，會萬代做官。雷望天高興地葬了父親。幾十年過去，雷家沒出半個芝麻官，倒是雷天餘留下的萬貫家財，已讓游手好閑、吃喝嫖賭的雷望天揮霍盡了。(1986 姚雲根（男 68 歲）講述《中國民間文學集成上海卷金山縣故事分卷》頁 285～287)

。。風水的效果：出三斗三升芝麻官，會萬代做官【陸二 4】（上海）金山

。U170 盲目的舉止：坐靠風水毀前程：認為已得到風水而游手好閒，坐以待發，最後潦倒【陸二 4】（上海）金山

5、〈歪嘴子看風水〉

南方有個歪嘴子，每天吃喝沒事，專門琢磨著騙錢。他心想看風水賺錢不費勁，雖然不識字，但想法說住人就可以騙錢了。一天，一個財主家死了人，在山上刨墳，他跑過去，蹲在地上不吭聲。人家問他怎麼了，他說埋在這兒不好，三個月會死人，一年後會斷子絕孫。人家以為他會看風水，就請他指點。歪嘴子帶財主在山上轉了一圈，指一個地方，說那上有天下有地、

前山後掩、左房右套，葬了又出官又出財、子孫滿堂。財主高興地道謝，歪嘴子卻扭頭就走。財主包了一大匣銀子追出去，歪嘴子推辭一番也收下了。他早看透了財主會趕著給銀子，比他自己張嘴要給得多。歪嘴子回鄉蓋房子娶媳婦，大家都不知道他在哪兒發了財。（1991 靳滿良（男 48 歲）講述《耿村民間文化大觀》頁 1675）

　　。U170 盲目的舉止：假卜人行徑故意違反常情，雇主反而因此相信其術不凡【陸二 5】（耿村）

三、與風水有關的其他故事與笑話

1、〈鐵器應兆〉

　　四川王尋龍與人葬地，先有剋應，華州陳知州請之遷葬。王尋龍同陳知州尋地，月餘方得吉穴。至期，親友皆會葬。王尋龍曰：「諸君子定丙時下事，須當有人自南方將鐵器來時，方乃應兆也。」良久，日及辰刻，諸公曰：「時將至矣。」王曰：「當有吉報。」相次南方有一人，荷一黑物栲栳大，從南來。視之，乃是村丁，肩一鐵器至。諸公驚謂尋龍曰：「妙哉精矣！鐵器已見，丙時不差！請掩靈柩。」須臾，村丁肩鐵器，至墳前曰：「尋龍，尋龍，你雇我將鍋子來，不知分付與誰？」諸公大笑，擊鍋而碎。（明（宋）《笑海叢珠》卷二・醫卜門 第 10 條（總第 36 條））

　　。K 偶發的特定狀況，原來是卜者的設計，不是偶發：卜云葬時必「有人自南方將鐵器來」，至時果然，來人卻問卜者「雇我將鐵器來給誰？」【陸三 1】（《笑海叢珠》）

2、〈看風水和改毛病〉

　　有兄弟倆，老大好吃懶做，老二好當錢，老爹是個看風水的。兄弟埋怨爹不給自家看墳過好日子。爹說日子過好過壞，不在看風水挪墳。兄弟跟爹鬧，把爹氣病了。爹臨死時，跟兄弟倆說，出殯時要抬著他往西南走，直到繩子兩截了再落葬，你兄弟準能過好。兄弟按爹的話做，倆人沒幹過活，壓得眼冒綠花也不敢歇下，怕歇下就不靈了。直到天明，繩子才兩截了，埋了父親。回家後，娘教老大要挑起家裡事，叫老二要聽哥哥的，兄弟倆也老實了，不好吃懶做也不當錢了，日子慢慢好過起來。兄弟倆說爹看風水真靈，娘說不是風水好，是你倆把毛病都改了。（1989 靳海哲（男 44 歲）講述《耿

村民間文化大觀》頁 1955～1956）

　　。卜者預言應驗：卜時之應：抬棺的繩子斷成兩截時才能落葬【陸三2】
　　（耿村）

　　。（910E*）父親的遺言：繩子兩截才落葬，日子便好過【陸三2】（耿村）

　　。K. 偶發的特定狀況，原來是自然的結果，不是偶發：當風水師的父
　　親臨終要求倆兒子為他抬棺，至抬棺繩子斷成兩截再落葬，兄弟倆便能
　　得風水蔭過好日子。兒子依言照辦，並因此相信將得好風水之蔭而努力
　　工作，果然過了好日子【陸三2】（耿村）

3、〈兔兒坡和蛤蟆窩〉

　　雍正皇帝為了找個風水寶地做自己的陵寢，派官員到處明察暗訪。這天，
喬裝為算命先生的尚書張侍郎來到滿城神星一帶，看到神星這塊風水寶地，
但怕這裡地名不好，遇到一個種田人王老實，算命先生說：你們這一帶風水
不錯，四面環山，可有名字？王老實自豪地說：東邊臥虎山，北邊豹子山，
西邊山腳叫龍泉。算命先生聽了眉開眼笑，馬上回京報喜。王老實告訴了村
裡的小諸葛樹根大伯，大伯說皇上在選墓地，準是看上這地方了，為免讓人
知道建陵的秘密，這兒的人將會被趕盡殺絕的。幾天以後，那個算命先生穿
著官服，又來找到王老實，再問他這附近的山名。王老實答東山叫兔兒坡，
西邊山泉叫蛤蟆窩。算命先生大罵王老實說謊，王老實答：上回見你是個算
命先生，以為你什麼都能算出來，就編一通來考考你，這兒誰不知東有兔兒
坡，西邊蛤蟆窩呀。京裡官員一聽，氣得立刻回京，陵寢只得另找地方。從
此臥虎山改成兔兒坡，龍泉就叫蛤蟆窩了。（1985 張志明（男 45 歲中專）講
述《中國民間文學集成保定市故事卷》卷一頁 315～317）

　　。。（破風水的方法：）改名厭風水：改吉祥地名為樸拙土名【陸三3】
　　（河北保定）

　　。。（破風水的原因：）改吉祥地名為樸拙土名，以避免皇室徵佔為陵
　　【陸三3】（河北保定）

4、〈溝幫子拐彎到奉天〉

　　清朝光緒二十六年，要建京奉鐵路，必須經過閭陽驛和廣寧。一個閭陽
驛的清室後裔土財主聽說鐵路要經過他家祖墳，趕緊請了風水先生看有無妨
礙，風水先生說閭陽驛南有三岔河，臥著一條龍；北有鍋底山，落著一只鳳；

東有黑魚溝，西有蜈蚣嶺，是龍鳳魚蟲聚會的寶地，如果讓火車這種火龍穿過去，龍鳳魚蟲都燒焦了，將要大旱一百天。土財主爲了保護他的良田好地，一方面會同其他貴族財主向皇帝寫奏章，說修鐵路掘墓是最大的不孝，要求改道；一方面與修鐵路的官員和外國人應酬商量。由於改道要耗用鋼軌，多出費用，建鐵路的外國人不願同意。翻譯對財主們說外國人喜歡吃甜的，閭陽驛的財主們請外國人吃飯時，故意在井裡放鹽，讓他們以爲這裡的水又鹹又難吃。另外有溝幫子的人，正希望溝幫子能建火車站，就往井裡加白糖，把外國人請去吃飯，跟他們說這裡水甜，可以在這建或車站。外國人便考慮在溝幫子建火車站了，受賄的官員們也寫奏章請聖旨改道，京奉鐵路就拐彎經溝幫子到奉天了。如今，早年是大驛站的閭陽驛已經不如火車通過的溝幫子繁華了。現在閭陽驛的人們提起溝幫子拐彎到奉天這句話，都埋怨當年的土財主把鐵路拐跑了。（1983 張煥禮（男 75 歲，小學）講述《中國民間故事集成遼寧省卷》頁 263～265）

　　。K. 井中加糖令水甜，吸引擇地者的注意【陸三 4】（遼寧）

柒、望氣與風水

1、范增說項羽

范增說項羽曰：「沛公居山東時，貪於財貨，好美姬。今入關，財物無所取，婦女無所幸，此其志不在小。吾令人望其氣，皆爲龍虎，成五采，此天子氣也。急擊勿失。」(《史記・項羽本紀第七》卷七。《漢書・高帝紀第一上》卷一上)

2、奇女天子氣

武帝趙婕妤，家在河間，生而兩手皆拳，不可開。武帝巡狩過河間，望氣者言，此有奇女天子氣。召而見之。武帝自披其手，既時申，得一玉鉤。由是見幸，號曰「拳夫人」。進爲婕妤，居鉤弋宮，大有寵。十四月生男，是爲昭帝，號曰「鉤弋子」。(《宋書・符瑞志上》志第十七・卷二十七)

3、江東有天子氣

漢世術士言：「黃旗紫蓋，見於斗牛之間，江東有天子氣。」獻帝興平中，吳中謠言：「黃金車，斑蘭耳。開昌門，出天子。」(《宋書・符瑞志上》志第十七・卷二十七)

4、非常地

皇考墓在丹徒之候山，其地秦史所謂曲阿、丹徒間有天子氣者也。時有孔恭者，妙善占墓，帝嘗與經墓，欺之曰：「此墓何如？」孔恭曰：「非常地也。」帝由是益自負。行止時見二小龍附翼，樵漁山澤，同侶或亦覩焉。及貴，龍形更大。(《南史・宋武帝本紀上》卷一)

5、孫堅冢

孫堅傳注吳書曰：堅世仕吳，家於富春，葬於城東。冢上數有光怪雲氣五色，上屬於天，眾皆往觀視。父老相謂曰：是非凡氣，孫氏其興矣！(《古今圖書集成・坤輿典》第一百三十八卷・冢墓部紀事一)

6、神劍之氣

吳未亡前，常有紫赤色氣見牛斗之間，星官及諸善占者咸憂吳方興；惟張先於天文尤精，獨知為神劍之氣，非江南之祥。(《御覽》六，祖台之《志怪》)

7、桑道茂

桑道茂者，寒人，失其系望。善太一遁甲術。乾元初，軍官圍安慶緒於相州，勢危甚，道茂在圍中，密語人曰：「三月壬申西師潰。」至期，九節度兵皆敗。後召待詔翰林。建中初，上言：「國家不出三年有厄會，奉天有王氣，宜高垣堞，為王者居，使可容萬乘者。」德宗素驗其術，詔京兆尹嚴郢發眾數千及神策兵城之。時盛夏趣功，人莫知其故。及朱泚反，帝蒙難奉天，賴以濟。(《新唐書・桑道茂傳》卷二百四)

8、齊宣帝墳

王智深宋紀曰：齊宣帝墳塋在武進縣，常有雲氣氛氳入天。元嘉中，望氣者稱此地有天子。(宋・《太平御覽》卷五百五十九・禮儀部三八・冢墓三)

9、〈蜀州紫氣〉

崇寧三年，成都人凌戩詣闕，告言：蜀州新津縣瑞應鄉民程遇家葬父母，其墳山上常有火光紫氣。詔下本郡，令速徙它處，仍命掘其穴成池，環山三里內，自今不許為墓域，郡每以季月差邑官檢視。明年詔，以其地屢有光景，宜為奉真植福之所，乃建道觀，名曰寅威，賜田十頃，歲度童行二人。後二年，光堯太上皇帝誕，降實始封，蜀國公竟以潛藩升為慶崇軍節度，遂應火光紫氣之祥。而程氏子名適與帝嫌名同，天命昭灼如此。(宋・洪邁《夷堅

丙志》卷四）

10、趙家棗樹

石晉趙瑩家，有檽棗樹，婆娑異常，四遠俱見。有望氣者云：合有登台輔者。後瑩出將入相。（《北夢瑣言》，明・焦竑輯《焦氏類林》卷六上）

11、〈王俊明〉

宣和初，蜀人王俊明在京師謂人曰：「汴都王氣盡矣！吾夜以盆水直氐房下望之，無一星照臨汴分野者；更於宣德門外密掘土二尺，試取一塊嗅之，枯燥索莫，非復有生氣。天星不照，地脈又絕，而為萬乘所都可乎！」即投匭上書，乞移都洛陽。（《夷堅志》，明・王圻纂《稗史彙編》卷十百六十三・徵兆門・前知類，頁 2569）

12、〈張儲〉

張儲，字曼胥，南昌人。大學士位之弟，多才藝，醫、卜、星相、堪輿、風角之術，無不通曉。萬曆間，遊遼東，歸語人云：「吾觀王氣在遼左。又觀人家葬地，三十年後，皆當大貴。行伍閭巷中，兒童走卒，往往多王侯將相。天下其多事乎！」人以為狂，既而其言果驗（《清稗類鈔》既而世祖入關，從龍勳佐，果皆遼左產也。）儲年七十餘卒，其外孫夏吏部抑公以鋒云。（清・王士禎《池北偶談》・卷二十一。徐珂《清稗類鈔・方伎類》頁 4643。《中國歷代卜人傳》卷十四・江西省一，頁 458。）

13、望氣談

清光緒之季，湔水之旁，張氏竹林間，嘗有青氣如雲，上沖霄漢。有道士過之，望其氣，歎曰：「此為王氣。蜀中其將有天子乎！」一時傳語殆遍，遠近聞之，咸往觀焉。有吳、楚兩生者，蓋堪輿家者流，亦往而觀之。吳生曰：「此非天子氣，乃旺氣也。得其氣者，為狀元宰相。」楚生曰：「子知其一，未知其二。吾望其氣青。青者，東方之氣也，於卦為震，於天為春，萬物之所由出也。得其氣者，則當產靈秀之士。然遇木而榮，遇金而已瘁矣。」久爭執不決。抱璞子聞之而笑曰：「甚哉術士之惑人也！吾聞之：黃金之氣赤黃，銀之氣夜正白，銅錢之氣，望之如青雲。今湔水之閒，其氣青者，其地下殆必有銅錢也。」已而水決，地裂，獲開元錢三百餘貫。君子曰：「抱璞子，今之博物人也。可以破術士之惑矣！」（清・楊鳳輝《南皋筆記》卷三）

捌、有關風水的其他軼事及瑣談

1、〈瓊廚金穴〉

光武皇后弟郭況家，工冶之聲不絕，人謂之郭氏之室，不雨而雷，東京謂況家爲瓊廚金穴。（唐‧馮贄《雲仙雜記》卷十）

2、發墓而葬

晉世王公貴人多葬梅嶺。及叔陵所生母彭氏卒，啓求梅嶺，乃發故太傅謝安舊墓，棄去安柩，以葬其母。（《陳始興王叔陵傳》，《事文類聚‧前集》卷五八‧喪事部，頁五）

3、郭璞善地理

郭璞善地理，凡遇吉地，必剪爪髮瘞之，故郭璞墓所在有之。（《古今圖書集成‧坤輿典》第一百四十卷‧冢墓部雜錄）

4、土地盛衰有數

……洋謂亮（庾亮）曰：「武昌土地，有山無林，政可圖始，不可居終。山作八字，數不及九，昔吳用壬寅來上創立宮城，至己酉還下秣陵；陶公亦涉八年。土地盛衰有數，人心去就有期，不可移也。公宜更擇吉處，武昌不可久住。」（《晉書‧戴洋傳》卷九十五）

5、唐玄宗葬金粟山

初，上皇親拜五陵，至橋陵，見金粟山崗有龍盤鳳翥之勢，復近先塋，謂侍臣曰：「吾千秋後，宜葬此地，得奉先陵，不忘孝敬矣。」至是追奉先旨以創寢園，以廣德元年三月辛酉葬於泰陵。（《舊唐書‧玄宗本紀下》卷九）

玄宗嘗謁橋陵，至金粟山，睹崗巒有龍盤鳳翔之勢，謂左右曰：「吾千秋後，宜葬此地。」寶應初，追述先旨，而置山陵焉。（唐‧劉肅《大唐新語》卷十）

。。風水特色：山崗有龍盤鳳翥之勢【捌一5】《大唐新語》

6、陰陽宅不言帝王家

術士柴嶽明，動陰陽術數，於公卿間聲名籍甚。上一日召於便殿對，上曰：「朕欲爲諸子孫（修一庭）院，卿宜相其地。」嶽明奏曰：「人臣遷移不常，有陽宅、陰宅，入陽宅、入陰宅者，禍福刑剋，師有傳授。今陛下居深宮，有萬靈護衛，陰陽二宅，不言帝王家，臣不敢奏詔。」上然之，賜束帛。（唐‧裴庭裕《東觀奏記》卷上，頁6）

7、相宅庭槐

相國李石，河中未樂有宅，庭槐一本抽三枝，直過當舍屋脊，內一枝不及。相國同堂昆弟三人，曰石曰程，皆登宰執，唯福一人，歷七鎮使相而已。蓋一枝稍短爾。（唐·佚名《玉泉子》，宋·樂史《廣卓異記》卷七，頁三引《北夢瑣言》）

8、〈石鳳飛去〉

雞籠山在吳縣西三十里，以形似雞籠因名。晉太康二年，司空陸玩葬此山，掘地得石鳳飛去，今鳳凰墩是也。（唐·陸廣微《吳地記》）

宋代，賴布衣父為人擇吉穴，名斑鳩落田陽，主大發富貴，但因下葬時僕從內急撒尿，淋醒斑鳩，霎時山搖地動，斑鳩飛去，佳穴靈氣消失大半。

9、〈文筆案〉

會稽山為東南巨鎮，周迴六十里，北出數壟，葬者紛紛，得正壟者趙、陸二祖墳而已。二墳下瞰鑑湖，湖外有山，橫抱如几案，案之外尖峰名梅里尖地，里家謂之文筆案。陸氏葬後六十年生孫佃，為尚書左丞。趙氏葬後八十年生曾孫抃，為太子太師。陸公贈太保，趙公贈少保。二壟同一山，而有曾孫追貴於九泉，盛哉！（宋·方勺《泊宅編》卷上，頁 76）

10、呵喝聲

閩人陳舜鄰為信州教授，其父湜嘗傳法於風僧哥，時時語人災祥，十得七八。……湜未嘗識鄭氏故盧，忽謂同（鄭同）曰：「君宅前水，舊是數錢聲，今變為呵喝聲矣。」鄭素高貲，至是散盡，而長子澍，宣和辛丑上舍登第。（宋·方勺《泊宅編》卷七，頁 39）

11、懸棺葬

孔應得云：「朱晦庵之葬用懸棺法，術家云：『斯文不墜，可謂好奇。』」（宋·周密《癸辛雜識》別集·卷上）

12、〈葬論〉

古者雖卜宅卜日，蓋先謀人事之便。今之葬者，乃相山川岡畎之形勢，考歲月日時之干支，非此地非此時不可葬焉，舉世皆惑而信之。……將葬太尉公，族人皆曰：「何不詢陰陽？」吾兄伯康無如何，乃曰：「安得良葬師而詢之？」族人曰：「張生，良師也，數縣皆用之。」兄乃召張生，許以錢兩萬，曰：「汝能用吾言，吾俾爾葬；不用吾言，將求他師。」張生曰：「惟命是聽。」

於是兄自以己意處之，使張生以葬書緣飾之日：「大吉。」今吾兄七十九，以列卿致仕；吾年六十六，系列侍從。視他人之謹用葬書，未必勝吾家也。（宋·司馬光《司馬文正集》卷七十一）

　　·K1310. 藉假裝或掉包來引誘：事先買通風水師，藉風水師之口使他人欣然接受自己的意見【捌一12】《司馬文正集》

13、冀州風水

朱文公嘗云：冀州好一風水。雲中諸山，來龍也。岱岳，青龍也。華山，白虎也。嵩山，案也。淮南諸山，案外山也。（元·《湖海新聞夷堅續志·前集》卷二）

14、蛇盤兔

居庸以北，俗擇葬地，以驗蛇盤兔爲上。昌平侯楊洪赤城葬母處亦然。意者地氣溫暖，二物皆穴焉。偶相值而相持亦適然耳。昧者至爭地盜葬，訐訟連年，惑哉！（明·葉盛《水東日記》卷二）

15、五十年前不聞此語

吾祖當年葬時，宗人有素解風水者，極言不可。余在傍日：「子孫福澤，各有命定。卜地求安親體，豈敢於枯骨求蔭庇哉！」先大人以爲然。乃開壙下棺，即今積慶山也。自余仕宦，人稍稱善，既通顯，乃益稱勝。近年行術者咸尋訪登覽，謂此祖墳，宜出鉅公。余笑日：「五十年前不聞此語。」……（明·張瀚《松窗夢語·堪輿紀》卷五，頁94）

　　·J. 風水師的後見之明：某人葬祖父，風水師云葬地不可；葬後子孫發達，風水師稱其祖墳善【捌一15】《松窗夢語》

16、劉基觀穴

太祖高皇帝定鼎金陵，將築宮室於鍾山之陽，召劉誠意定址。誠意度地置椿，太祖歸語太后。太后日：「天下由汝自定，營建殿廷何取決於劉也！」乃夜往置椿所，皆更置之。明旦復召劉觀，劉已知非故處，乃云：「如此固好，但後世不免遷都耳。」後往鍾山卜葬地，登覽久之。太祖少憩僧人家上，詢劉日：「汝觀穴在何所？」劉日：「龍蟠處即龍穴也。」太祖驚起日：「曾奈此何？」劉日：「以禮遣之。」太祖謂：「普天吾土，何以禮爲！」即命開僧人冢，中以兩甕上下覆之，啓上一甕，見僧人面如生，鼻柱下垂至膝，指爪旋繞周身，結跏趺坐於中。眾皆驚愕，不敢前發。太祖始拜告，遂輕舉移葬於

五里外。向冢前有八功德水，以一清、二冷、三香、四柔、五甘、六淨、七不噎、八除病也。後徙僧冢，水避移繞其前，亦異甚矣。今之孝陵，即其故處。數之前定如此。（明・張瀚《松窗夢語・堪輿紀》卷五，頁92）

17、〈鴉朝〉

獻皇帝之國也，舟泊龍江關，烏鴉以萬數集江柳向舟鳴噪，李空同以爲世宗中興之兆。又曰，弘治初，侍朝鐘鼓鳴，則烏鴉以萬數集於龍樓，正德間不復見矣。自先大夫登朝，與余忝竊班行中，見每日黎明時，群鴉盤旋飛繞五鳳樓久之方散去，有人曰此之謂鴉朝也。堪輿家又有所謂鳥朝、牛朝、魚朝之說。（明・顧起元輯《客坐贅語》卷六）

18、〈天馬山〉

葉少師臺山，居玉融東南六十里，其山自黃檗東行三十里突起高峰，曰大吉；又東逶迤三十里爲黃鐘山，形如覆釜；更十里三峰連絡如編貝，曰三山。自三山折而南五里許，有山秀而拔，曰福興山，逆折而西亦五里許，曰天馬山。……天馬山破裂如火燄，形家謂之廉貞，居人稍嫌之。少師將樹而薈蔚焉，以告青鳥李生，生曰：「君謬矣！君居所以佳，在此山也。樹焉，將凶。」其父老曰：「然。往山嘗樹矣，樹可材也，而鄉無寧歲，後赭其樹，遂無恙。」于是罷不敢復言樹。而居之左有樓焉，李生復勸去之，少師曰：「此青龍也，何傷？」生曰：「君但知青龍，而不知爲劫方耳。」遂徙其樓。（明・朱國禎《湧幢小品》卷二十五，頁十一右）

19、〈崇明三沙〉

地氣盛則土增。如蘇州崇明縣在南海中，唐武德間湧二洲，號東西沙。宋時續漲姚劉沙，與東沙相接。建中靖國初，又漲一洲於西北，今謂之三沙。此則蘇郡東方門戶，羅星也。（明・朱國禎《湧幢小品》卷二十五，頁十二左）

20、〈寺門風水〉

景泰初，敕大興隆寺，不開正門、鳴鐘鼓，并毀寺前第一叢林牌坊、香爐旛竿，從巡撫山西右副都朱鑑之言也。（明・朱國禎《湧幢小品》卷二十八，頁7）

21、〈禾狀元〉

余友沈君典嘗爲余言：「先君捐千金求善地葬吾祖，而久不得，至晚年悄戚不樂。余念此技亦可精，奈何邑邑爲大人憂。發奮繙閱青鳥諸書，日千萬

卷。挾一奴與術士，日走山谷二百里，遂精其說。以八百金得一地，而余今者幸取狀元，青烏之力也。」嗟乎！君典未幾下世矣。君典以地利取狀頭，若持左券，則胡不取富貴壽考而取夭狀頭邪！（明·鄭瑄輯《昨非庵日纂》卷十八。明·王圻纂《稗史彙編》卷十三·地理門·堪輿類，頁 223）

22、〈朱文公溺於風水之說〉

宋·俞元德《螢雪叢說》云：陳季陸嘗挽劉韜仲諸公同往武夷訪晦翁朱先生，偶張體仁與焉。朱、張交談風水，曰如是而為笏山，如是而為靴山。季陸辨之曰：「古者未有百官，已有許多山了，不知何者為笏山，何者為靴山？」坐客皆笑。紀之以為溺於陰陽者之戒。按文公大儒，而持論如此，彼地師又何譏乎！《癸辛雜識》云：孔應得言朱晦翁之葬用懸棺法，術家云斯文不墜，可謂好奇。（清·俞樾《茶香室叢鈔》卷十六，頁 368～369）

23、〈地理〉

堯山堂，朱韋齋松，晦庵先生父也。酷信地理，嘗招山人擇地，問富貴何如。山人久之，答曰：「富也只如此，貴也只如此。生箇小孩兒，便是孔夫子。」後生晦庵，果為大儒。文公為同安主簿日，民以有力，強得人善地者，索筆題曰：「此地不靈，是無地理。此地若靈，是無天理。」後得地之家不昌。（清·褚人穫《堅瓠集·四集》卷二）

24、〈九峰結脈〉

邑城南十餘里，有古剎曰龍華寺，其地亦名龍華，蓋因寺而名之也。近枕浦濱，遠山遙拱，東晉時郭璞曾題曰：龍華江，朝北斗，小小蛇，水上走。世人葬得著，金印大如斗。其後青烏家咸謂松郡自南龍分派，連崗疊阜，翻騰頓伏，遇水而止。蓋言鳳凰、天馬諸山之結脈於此也。……至今邑人多卜地於此，然坵壟累累，未見得有真穴也。（清·毛祥麟《墨餘錄》卷三）

25、〈鐵道人〉

有黃生者，善青烏術，頗著名。凡堪輿家者流，過其地，必造廬請謁焉。忽一日，有一道人，眇一目，跛一足，蓬首垢面，形容甚怪，左持一鐵巖瓢，右扶一鐵禪杖，上挂鐵塵帚，詣生門，髣彿若遊方化緣者。說偈曰：「來時一我，去時一我，不知有我，何所謂我？」生聞其言頗近道，因與談地理之術。道人曰：「即地是地，無地非地。不知乎天，安知乎地？」生曰：「然則巒頭理氣之說有之乎？」道人曰：「何所自來，何所自去。不知其來，安知其去？」

生曰：「地理之說，弟子已識其大概矣。敢問剋擇，亦果有應驗者乎？」道人曰：「無吉非凶，無凶非吉。不知其凶，安知其吉？」生欲再問，道人倏不見。自是生頗領悟，不復妄談地理矣。因不知道人姓名，見其隨身之物，以鐵道人呼之云。（清・楊鳳輝《南皋筆記》卷一）

26、墳樹

東橋偕客泛舟，見道上墳塋隆隆然，松楸蔥鬱，指爲此無後嗣。客嗤其妄，笑曰：「苟有子孫，何不遭戕伐也？」……（清・諸晦香《明齋小識》卷八，頁6）

27、〈親定陵寢〉

章皇嘗校獵遵化，至今孝陵處，停轡四顧曰：「此山王氣蔥鬱非常，可以爲朕壽宮。」因自取佩韘擲之，諭侍臣曰：「韘落處定爲佳穴，即可因以起工。」後有善青烏者，視邱驚曰：「雖命我輩足遍海內求之，不克得此吉壤也。」所以奠我國家萬年之業也。（清・昭槤《嘯亭雜錄》卷四。徐珂《清稗類鈔・方伎類》頁4643）

28、〈內宗寺外宗寺〉

多倫諾爾北約一二里，地名喇叭廟，內有二大廟，一爲聖祖駐蹕後敕建者，爲內宗寺，……一爲蒙古王公合力建造者，爲外宗寺，尤宏大。……有山，周圍約二三十里，曰風水山，禁人牧採，謂恐壞風水。……（徐珂《清稗類鈔・祠廟類》頁226）

29、〈洗骨苗〉

六額子在大定、威寧，人死年餘，延親族祭墓，發冢開棺，取骨洗刷令白，以布裹之。復埋三年，仍開洗如前。如此者三次乃已。家人病，則云祖骨不白所致，以是亦名洗骨苗。（徐珂《清稗類鈔・喪祭類》頁3557）

30、〈閔崑岡通堪輿術〉

廣濟閔德裕，字崑岡，通堪輿術。嘗衣短後之衣，戴茅蒲之笠，躡芒織之履，遍走山川原隰，相其陰陽，察其泉脈，而準以龍砂八六之說。其合者，歸而圖其形，識其區，以俟求者，不待指畫口授而可按籍索也。（徐珂《清稗類鈔・方伎類》頁4644）

31、葬法

（圖墓書）夫欲依山葬者，其山連綿百里不絕，一高一下，小頓則大起，

出公卿。若三重之山，望之似城郭，多諸支別者，亦出公卿。如新月形在腹中葬冢之所，若至日沒見日光者，出封侯。

又曰，凡相山陵之法，山望如龜狀，葬之出公卿，封侯代代不絕。山望如龍狀，有頭尾蜿迤者，葬之，出二千石。凡依山作冢，皆當立在山東為利，得山之形力也。山如龜形，又巍巍直上如闕狀，出二千石。（《古今圖書集成·坤輿典》第一百四十卷·冢墓部雜錄）

32、葬日吉凶

見聞錄：大興劉公機，其父卒於任，公時為學官弟子，徒步往護喪，歸，遂卜葬。族人泥于陰陽家言，各以生年與喪期相值，久不克葬。陸禮部淵之來弔，問故，族人具道所以。公從屏後趨出，泣拜曰：「願以某生年所值月葬父。」乃克葬。後公官至南京大司馬，贈宮保。則葬日吉凶，何必拘而多疑乎！（《古今圖書集成·藝術典》第六百八十六卷·選擇部紀事，頁7133）

　　。U170 盲目的舉止：大族之家，因擇日各與族人犯沖，以致停棺久不
　　落葬【捌一32】《古今圖書集成》

33、官山

閩部疏：泉州去城東北五里，一荒山藁藁諸墳，本漏澤也，而名曰官山。以泉人發科第者，其祖父多葬其上下，利後人，遂令逝者體勢如厲。（《古今圖書集成·坤輿典》第一百四十卷·冢墓部雜錄）

第二編　依湯普遜情節單元架構分類的風水故事情節單元

分類說明：

　　這裡的分類，是就目前湯普遜情節單元分類的現行架構，將已分析出的風水故事情節單元，盡可能的納入其中適當的類區與編號位置。在各情節單元的類別代號（即大寫英文字母）、編碼之後及文字敘述之前，有「。」符號者是筆者認為即使置諸風水信仰之外，仍可為一般認知所接受的「情節單元」，或者也是一般故事可見的情節單元；以「。。」符號標示者，則是筆者認為可能僅見或常見於風水信仰及其故事中的情節單元。

一、分類簡目

A　神話、諸物起源

　　A120　神的外表和性質

　　A950　宇宙起源：陸地

B　動物

　　B170　神奇動物：鳥魚爬蟲

　　B180　神奇動物：四足獸

　　B190　其他神奇動物

　　B210　會說話的動物

　　B590　其他友善動物的幫助

　　B630　人與動物結婚生子

C　禁忌

C70　禁忌：冒犯聖靈

C150　有關分娩的禁忌

C830～C899　其他尚未分類的禁忌

其他難以分類的禁忌

D　變化、法術、法寶

D101　神化成動物

D150　人變成鳥

D300　動物變成人

D430　物體變成人

D440　物體變成動物

D450　物質形體的變化

D1110　神奇物件（法寶）：神奇的交通工具

D1170　神奇物件（法寶）：神奇的器皿和工具

D1505　奇物能療眼疾

D1620　自動操作的法寶

D1720　法力的獲得

D2080　傷害性的魔力：反抗道具

D2120　其他魔法：神奇的運輸

D1840　防禦的魔法

其他

E　鬼、亡魂

E340　善意的亡靈報恩或償責

E410　惡意的鬼：擾亂墳墓

E600　輪迴、再生

E720　靈魂附身或離身

E730　靈魂寄於動物

E760　生命的指標

其他難以分類的鬼與靈魂

F　奇人、奇事、奇地、奇物

F220　神仙（精靈）的住所

F230　神仙（精靈）現身

F260　神仙（精靈）的舉止、反應或態度

F330　神仙（精靈）和凡人：感恩的神仙

F340　神仙（精靈）和凡人：神仙的禮物

F360　神仙（精靈）和凡人：惡意或具破壞性的神仙

F490　精怪和惡魔：其他的精怪和惡魔

F500　引人注意的人

F510　怪異、畸形的人

F540　顯著的身體器官

F570　其他非常人

F640　非常的察覺或認識能力

F642　非凡的視界

F660　非凡的技巧

F680　其他令人驚奇的力量

F700　不尋常的地方

F730　奇異的島

F790　不尋常的天氣現象

F800　不尋常的岩石

F810　不尋常的植物

F840　其他不尋常的物體和地方

F898（不尋常的墓地）

F930　有關海或水的不尋常事件

F950　奇蹟似的治癒疾病

F960　不尋常的自然象：自然力和天氣

F980　有關動物的離奇現象

F1010　其他奇異的事件

G　妖魔精怪

G610　竊自妖魔

H　考驗、檢定

H240　真相的檢驗：其他

H1500　耐力的考驗

J　聰明人、傻瓜

J230　抉擇：眞理與表象

J600　深慮；先見之明

J710　在食物預備上的愼見

J1270　關於親子關係的巧妙應答

J1650　各式各樣的聰明行動

J2070-　不合理（愚昧）的期望

J2400-　愚蠢的模擬（仿造）

K　機智、欺騙

K100　迷惑的買賣

K330　瞞過所有人的方法

K1110　詐人自我傷害

K1310　以假裝或掉包誘騙

K1600　行騙者落入自己的圈套

K1810　以僞裝（隱瞞）詐騙

K1840　以替代詐騙

K1900　冒牌；詐欺

K2000　僞善者

L　天命無常、事有意外

L100　意料之外的主角

L140　超乎預期（沒意料到的大於所預期的）

L210　謙讓反而選到最好的

其他難以分類的

M　預言、宿命

M0　斷言和公告（天意）

M300　預言

M301　先知；預言家

預言應驗 1

預言應驗 2

卜時奇應

預言以令人意外的事實應驗

M302　預言的方法

M304　預言來自謎般的笑話

M305　多義的預言（神諭）

M306　不可思議（謎樣難解）的預言

M310　有益的預言

M340　不利的預言

M390　其他預言（宿命）

M400　咒語；詛咒

M 其他難以分類的

N　好運、壞運

N100　幸與不幸的本質

N130　幸或不幸的轉變

N200　命運的佳禮

N360　無心的罪過

N610　意外發現罪行

N630　意外獲得寶藏或錢財

P　社會

P110　社會階層：大臣

P420　專精的職業者

P600　風俗習慣

P 其他難以分類的情節單元

Q　獎勵、懲罰

Q10　受獎勵的行為

Q20　孝行獲獎賞

Q40　仁慈獲獎賞

Q110　獎賞的性質：物質獎賞

Q170　宗教性的獎賞

Q200　受懲罰的行為

Q340　做不應當做的事受懲

Q550　不可思議的懲罰

Q　其他難以分類的懲罰

R　捕捉、拯救、逃亡（從缺）

S　乖戾、殘忍

S10　殘忍的父母

S20　殘忍的子孫

S200　殘忍的犧牲行為

S330　謀殺或遺棄小孩的情況

T　婚姻、生育

T570　懷孕期

T670　收養

U　生活的本質

U60　生活的不平等：貧與富

U110　騙行敗露

U120　本質自然呈現

U170　盲目的舉止

V　宗教

V10　宗教儀式：犧牲；祭品

V60　喪葬儀式

V80　其他的宗教儀式

V400　施捨；宗教性的美德

V410　慈善的回報

V500　其他宗教（或信仰）

W　個性的特點

W0　有助益的個性特點

W10　仁慈；好意

X　詼諧、笑話

X0　狼狽困窘的笑話

Z　其他

Z100　把事物象徵化的情節單元

Z110　把事物人格化的情節單元

Z150　其他象徵化或擬人化的情節單元

Z150-　斷絕地脈破風水

Z150-　建物鎮風水

Z150-　破壞地靈象徵物

Z150-　厭勝鎮風水

Z150-　風水法術

Z150-　風水名稱

二、分類細目

A　神話、諸物起源

A120　神的外表和性質

A120-　。神像造型的由來：一人閉目盤坐，即將登仙成神時，母親扯落其盤坐之一腳，其人忽張目圓睜，從此遂成其造像之型【壹一乙 3】（金門）

A950　宇宙起源：陸地

A950-　＊。皇帝硃筆點地圖，地圖所在地隨即崩落【伍四甲 3】（《稗史彙編》）【伍四甲 4】（《地理人子須知》）【伍二丁 1】（《太陽和月亮》）【伍二丁 2】（福建漳州）【伍二丁 3】（澎湖）

B　動物

B170　神奇動物：鳥魚爬蟲

B170-　。。風水靈物：金魚能飛【壹三甲 4】（《婺源縣志》）《中國歷代卜人傳》《古今圖書集成》）

B170-　。。風水靈物：白蛇頭角成龍形，遍身黃白毛，止一眼【伍一甲 5】（《柳崖外編》）

B170-　。。風水靈物：蛇遍體生毛，向日光飛出而墮【伍一甲 6】（《簷曝雜記》）

B180　神奇動物：四足獸

B180-　。。風水靈物：河裏神牛吃骨灰【參四丙 1】（河北保定）

B180- 。。風水靈物：黃腰異獸、石桶與長劍，獸見人則自撲而死【伍一甲 1】(《揮塵後錄》)【伍一甲 3】(《堅瓠九集》)【伍一甲 4】(《堅瓠廣集》)【伍一甲 6】(《簷曝雜記》)

B190　其他神奇動物

B190- 。。風水靈物：青色無頭腳，大如水牛，刀刺不入，投水有聲如雷【伍一乙 9】(《異苑》《廣記》《稗史彙編》)

B210　會說話的動物

B210- 。怪異：六畜能言，起因於葬地不佳【壹二甲 2】(《廣異記》《廣記》)

B590　其他友善動物的幫助

B590- 。。天葬：蟻集土封屍成墓【貳二甲 6】(《粵西叢載》)【貳二甲 7】(《粵西叢載》)【伍三甲 4】(《太陽和月亮》)

B630　人與動物結婚生子

B630- 。人與水獺生子【參四丙 1】(江蘇)、人與甲魚（烏龜）生子【參四丙 1】(浙江、河北保定)、人與猴結婚生子【參五甲 2】(吉林)【參五甲 3】(耿村)

C　禁忌

C70　禁忌：冒犯聖靈

C70- 。誤踏土中朽棺而染無名惡疾【肆四 2】(《諧鐸》)

C70- 。行經海邊廟宇而不進入禮拜者，船無法離境【伍四丙 2】(澎湖)

C150　有關分娩的禁忌

C150- 。忌女兒在娘家分娩（將奪娘家宅內靈氣）【壹三甲 10】(金門)

C830-C899　其他尚未分類的禁忌

C830- 。。風水禁忌：風水地上石筍會長高，有人以馬桶刷量石筍高度，石筍不再生長風水破【參五丙 3】(浙江)

C830- 。。風水禁忌：塚上培土墓穴塌【壹二戊 6】(《原李耳載》)【壹二戊 8】(《歸田鎖記》)

C830- 。。風水禁忌：即將出現天子的風水地無人能破，只有正懷著真命天子的孕婦例外，她破了能出真命天子的風水地，她的孩子沒當成天子【參五丙 4】((新場鄉)上海)

C830- 。。破壞風水的方法：以婦女專用物（綁腳的木屐）碰觸或打擊地靈象徵（鳳穴墳石即鳳冠），使地靈受傷或離開【伍四甲 5】(金門)

C830- 。。風水師的助手（媳婦）誤犯禁忌，（打斷了風水師的替身泥人），風水師巫術失敗身亡【參五丙 7】（上海）

其他難以分類的禁忌

。。助手（母親）誤犯禁忌（提早喚醒），風水師夢中踏山身亡【參五丙 6】（浙江）

。助手（妹妹）誤報時（提早喚醒），眞命天子早發神箭刺皇帝遭殺身禍【參五丙 5】（台灣）

。。助手（媳婦）誤殺畸形兒，眞命天子落地天【參五丙 8】（浙江）【參五丙 10】（上海）【參五丙 9】（耿村）

D　變化、法術、法寶

D101　神化成動物

D101- 。神人化爲白鶴【參一 2（2）】（《異苑》《廣記》）、神人爲白鶴飛去【參一 2（1）】（《幽明錄》《御覽》）

D150　人變成鳥

D150- 。人變成白鶴飛去【參一 2（3）】（《廣記》）

D150- 。人變老鷹【伍二丙 3】（浙江）

D300　動物變成人

D300- 。魚精化人【陸一 3】（《集微》）《稗史彙編》

D430　物體變成人

D430- 。。風水異徵：金娃娃面黃肌瘦【貳二乙 8】（耿村）

D430- 。。風水異徵：銀娃娃作孝衣女子形【貳二乙 8】（耿村）

D430- 。。風水異徵：鐵娃娃作熊腰虎背黑大漢形【貳二乙 8】（耿村）

D430- 。捏泥成兵【參五丙 3】（浙江）

D430- 。種豆成兵【參五丙 3】（浙江）

D430- 。撒豆成兵【參五丙 2】（五庫村，上海）

D430- 。撒豆成兵，豆倒成殘兵【參五丙 4】（新場鄉，上海）

D440　物體變成動物

D440- 。牆變馬【參五丙 3】（浙江）

D450　物質形體的變化

D450- 。金銀變成土【陸五 3】（耿村）

D450- 。龍袍變成灰【陸五 3】（耿村）

D1110　神奇物件（法寶）：神奇的交通工具

D1110-　。神奇的寶物：奇特的手杖：欲有所往，攜杖則傾刻至【貳二甲7】（《粵西叢載》）

D1170　神奇物件（法寶）：神奇的器皿和工具

D1170-　。神奇的寶物：水鍼能測地中埋物所在【陸二丙 5】（嘉慶松江府志）《卜人傳》

D1170-　。。神奇的寶物：奇鏡（「錠珠」）遇風水吉地，鏡面自動凸起，置風水眞穴則凸起如針，離其地則復平若鏡【陸一3】（《集微》）《稗史彙編》

D1170-　。。神奇的寶物：風水寶物：八人抬的大羅盤，可以呼喝山水【陸一5】（《太陽和月亮》）

D1170-　。神奇的寶物：神奇的墨斗，無論木材曲直，剖斷俱不須刀斧鑿鋸，只須把墨線一彈，墨汁所染的部位自會分開【陸一5】（《太陽和月亮》）

D1505　奇物能療眼疾

D1505.5.6.　。墓水洗眼，恢復視覺【壹三甲6】（金門）

D1505.5.7.　。豬血洗眼，恢復視覺【陸三6】（上海）

D1620　自動操作的法寶

D1620-　。風水羅盤能呼山喝水【陸一5】（《太陽和月亮》）

D1620-　。。精魅所贈寶物，能自動偵測風水【陸一3】（《集微》）《稗史彙編》

D1720　法力的獲得

D1720-　。。風水術得自石龜授書（＋D1830-　能移山轉水，下地如神，自下其家風水，科第仕宦甚眾，無一不應其所求）【陸一 1】（《湖海新聞夷堅續志》）

D1720-　。。風水術得自動物：右眼抹烏龜眼淚，得賦觀地術【陸一7】（澎湖）

D1720-　。。風水術得自夢中人授印（＋D1800-　因忽解青鳥家言，能爲人作佳城圖，其人即數千里外，按圖求之輒得）【陸一2】（《粵劍編》）

D1720-　。。風水術得自夢中人授書【陸一6】（震澤紀聞）《卜人傳》

D1720-（F640-　）　。。風水術得自先天秉賦：左目仙眼【陸一4】（同治《桂東縣志》）《卜人傳》

D2080　傷害性的魔力：反抗道具

D2080-　。符鎮僵屍【陸三 6】（上海）

D2120　其他魔法：神奇的運輸

D2120-　。卜者（汪仲京）奇能：卜者咒語能招金魚飛入墓壙中【壹三甲 4】（《婺源縣志》）（《中國歷代卜人傳》《古今圖書集成》）

D1840　防禦的魔法

D1840-　。法術：置石於塘水間，為禁制法，小兒嬉戲在側，將失溺，輒有覺者，歷久不爽【陸一 4】（同治《桂東縣志》）《卜人傳》

其他

D　。印投江中風浪平【陸一 2】（《粵劍編》）

E　鬼、亡魂

E340　善意的亡靈報恩或償責

E340-　。墓中產子【壹三甲 9】（潮州）

E410　惡意的鬼：擾亂墳墓

E410-　。靈異：埋於土中的棺材夜中被鬼推出地面【貳一 7】（河北保定）

E600　輪迴、再生

E600-　。女子轉世為男子，又託夢請轉世之男子為己修墓【壹一丁 C5】（《春渚紀聞》）

E720　靈魂附身或離身

E720-　。神靈藉人身與人言語：揭發偷風水者【伍三甲 1】（耿村）

E720-　。亡靈現形與人言：責子孫惑於風水而奪人墓地，並叱風水術士【肆四 1】（《子不語》）

E720-　。亡靈藉他人之口與人說話：責人踏棺，將索人命【肆四 2】（《諧鐸》）藉工人之口自述身世並責罵壞其墳墓之主事者【肆三 5】（《子不語》）

E730　靈魂寄於動物

E730-　。。風水靈物（白鶴）符應於人：宅基地下有白鶴，打死其中三隻，宅主三雙胞胎之有異相（黑紅白臉）者亦夭亡【參五丙 11】（台灣）

E730-　。。風水靈物應後代：人亡物亦死【壹三甲 3】（《稗史彙編》）風水破，出現靈物獨具一眼，其後人同時事敗並失一眼【伍一甲 5】（《柳崖外編》）、墓溝有鯰魚，其家要人身亡魚亦亡【伍一甲 4】（《堅瓠廣集》）、祖先墓中白鶴殘障，後代子孫殘障部位與之同【壹三甲 5】（金門）、【壹三甲 6】（金門、澎湖）、【壹三甲 7】（台灣）、【壹三甲 8】（澎湖）

E760　生命的指標

E760-　。宗族〔村莊〕命運寄動物【壹三乙 3】（金門）

E760-　。泥像作替身，像毀人亡【參五丙 7】（上海）

E　。。風水寄靈物：黃鱔【伍二丙 2】（上海）

E　。宗族命運寄竹叢【參四乙 4】（金門）

其他難以分類的鬼與靈魂

E　。。風水的作用：死人埋在活地，死後仍能行爲如活人【壹三甲 9】（潮州）

F　奇人、奇事、奇地、奇物

F220　神仙（精靈）的住所

F220-　。神仙化人借物留住址，按址尋著原是廟，方知是神仙【肆一乙 6】（廣州）

F230　神仙（精靈）現身

F230-　。祖靈現身與人言【壹一甲 1】（《御覽》《幽明錄》）土地公現身阻止人佔有風水地【貳一 6】（台灣）

F260　神仙（精靈）的舉止、反應或態度

F260-　。神仙（呂洞賓）化人（漁夫）教示葬法【參四丁 3】（無錫）上海）

F260-　。神仙（張古佬）趕石頭屯地以改善風水【伍四丁 2】（翁源）《太陽和月亮》））

F260-　。神仙（郭璞）指吉地，竟是他人遷葬遺留之所【參一 5】（《昨非庵日纂》）

F260-　。神明自選風水地：將寶劍簽書掛在風水地的樹上，使人默知神意而遷廟【壹一乙 2】（《太陽和月亮》）

F330　神仙（精靈）和凡人：感恩的神仙

F330-　。神仙化人，爲人指示吉地以酬雨天讓傘與老人者【肆一乙 6】（廣州）

F340　神仙（精靈）和凡人：神仙的禮物

F340-　。神（司命）化少年爲人指示吉地【參一 2（1）】（《幽明錄》《御覽》）。神（司命郎）【參一 2（2）】（《異苑》《廣記》）。神化書生【參一 1（1）】（《後漢書》《御覽》）

F340-　。神爲人指示示吉地【壹一甲 3】（《晉書》《錦繡萬花谷》）【壹一甲

3】（《志怪集》《御覽》）

F340-　。神仙（羅漢中第四尊者）化人（蔣山人）示吉地並助葬【參一　4（1）】（《湖海新聞夷堅續志》《稗史彙編》）。神仙（李鐵拐）【貳二乙 10】（潮州）。神仙化為風水師，為人指示龍穴地【參五丙 5】（台灣）化為人，指示風水吉地

F　　。空中神語示吉地【參一 3】（《北史》）

F360　　神仙（精靈）和凡人：惡意或具破壞性的神仙

F360-　　。神明與人爭風水：有人看好了一處風水地，將行下葬或築居時，神明搶先放置了神像佔據該地【壹一乙 1】（《太陽和月亮》）

F490　　精怪和惡魔：其他的精怪和惡魔

F490-　　。。風水有靈（白鶴）能移動：風水地靈白鶴從地破處長鳴沖天而去【伍四丁 1】（稽神錄）《廣記》【伍四丙 1】（無錫）

F490-　　。。風水有靈會說話：葬龜頭地有傷風水的危險，龜出來說不要緊，還差一線（未中龜頭）【陸三 6】（上海）

F500　　引人注意的人

F500-　　。產婦一胎連生三子，膚色各不同：紅黑白【參五丙 8】（浙江）

F510　　怪異、畸形的人

F510-　　。初生嬰兒大花臉【參五丙 9】（耿村）

F510-　　。初生嬰兒鋸齒鐐牙【參五丙 9】（耿村）

F540　　顯著的身體器官

F540-　　。奇人異相：舌前餂人鼻中【肆三 4】（《地理人子須知》）

F540-　　。奇人異相：面純黑，頸以下白如雪，相傳烏龍轉世，官至大學士【肆四 1】（《子不語》）

F570　　其他非常人

F570-　　。初生嬰兒落地跑【參五丙 8】（浙江）

F570-　　。初生嬰兒撞頭自殺【參五丙 8】（浙江）

F570-　　。初生嬰兒會說話【參五丙 8】（浙江）

F570-　　。貴人屍骨異相：髮根入腦骨，皮託毛著髑髏【壹二丙 5】（（《朝野僉載》《廣記》《錦繡萬花谷》《稗史彙編》）

F570-　　。貴人異徵：所居上常有雲氣【伍一乙 1】（《史記》《漢書》《宋書》

F640　　非常的察覺或認識能力

F640-　。卜者（姚廷鑾）相宅知宅地下有寶器：古錢、古劍【陸二丙 5】（（嘉慶松江府志）《卜人傳》）

F640-　。卜者（淳于智）奇能：卜宅者不見宅而能知安宅者性別及其身命【壹一丁 C3】（《御覽》）

F640-　。卜者（畢宗義）觀地知地下異物：有石卵大如升【陸二丙 4】（（民國洛陽縣志）《卜人傳》）

F640-　。卜者相墓宅知未見之事如已見：「墳中若爲女子，則其子爲三公」，訪其墳家，果如其言【陸二乙 1】（《錄異記》）

F640-　。卜者（舒綽）堪土能知地形：憑某地所取之土，能知其土所在地高下形勢一應細節及其下所埋物【陸二丙 1】（（朝野僉載）《廣記》《茶香室四鈔》《稗史彙編》《古今圖書集成》）

F640-　。卜者（郇亦鳳）相墓知墓中狀況：卜云穴有地風，棺已欹側。發墓見之果然【陸二乙 5】（光緒通州志）（《卜人傳》）【壹二丙 7】（《明齋小識》）

F640-　。卜者（管輅）奇能：能測壁內埋骨形狀及其持械器具如目見【壹一丁 C1】（《魏志》《搜神記》《三國志》）

F640-　。卜者奇能：卜者（溫其中）相宅知有怪，畫地掘物得白骨，宅怪遂息【壹一丁 C7】（《中國歷代卜人傳》）

F640-　。卜者奇能：不到其地而圖其地形，即千里外可按圖求得【陸一 2】（《粵劍編》）

F640-　。獨有所見：文曲星轉世之人，於羅猴七煞日見起宅之樑上有妖怪而叱退之，一般常人卻未見其怪【陸二丁 15】（潮州）

F640-　＋　F950-（奇蹟治愈）　。卜者（淳于智）奇能：卜宅者不見宅而能知安宅失宜並知宅周之物，令宅主取以治貧病【壹一丁 C2】（（《晉書》）《搜神記》《御覽》《錦繡萬花谷》《稗史彙編》《古今圖書集成》）

F640-　＋　M301-（先知、預言家）　。卜者（管輅）預言應驗：卜者見墓相兆凶，云其家當滅族，果如其言【壹二丙 2】（《三國志》）

F640-　＋　M301-　。卜者（蕭吉）預言應驗：卜者見某墓凶兆，云其家有兵禍滅門之象。其家後以謀反族誅，果應其言【壹二丙 1】（《北史》《焦氏類林》）

F640-　＋　M301-　。卜者（張景藏）預言應驗：卜者云葬者有「棺中見灰」之象，後其棺果被焚見灰【壹二丙 6】（（《朝野僉載》）《廣記》）

F640- ＋ M301- 。卜者（書生）預言應驗：卜者見墓，云葬壓龍角，其棺必斷，後該墓果爲仇人斲棺焚屍【壹二丙 5】(（《朝野僉載》)《廣記》《錦繡萬花谷》《稗史彙編》)

F640- 。卜者（張鬼靈）相墓宅知未見之事如眼見：卜者視墓圖云其家某年有人乘馬墜墓潭，墜馬人次年必被薦送登第，自此發祥。語皆符已驗之實【陸二乙 2】(《春渚紀聞》《湖海新聞夷堅續志》《宋稗類鈔》)

F640- ＋ M301- 。卜者（張鬼靈）預言應驗：相墓知後來事：預言墓主家中麥甕飛出鶴鶉時將出貴人。不久有野鳥入室，其家兄弟被薦爲魁選【陸二乙 2】(《春渚紀聞》《湖海新聞夷堅續志》《宋稗類鈔》)

F640- ＋ M301- 。卜者預言應驗：宅相當出貴甥【壹一甲 2】(《晉書》《御覽》)

F640- ＋ M301- 。卜者相墓知將來事：出暴貴而不久，又出失行女子。不久其家之女將嫁而逃，子則敗亡【陸二甲 2】(《宋書》《御覽》《南史》)

F640- ＋ M301- 。卜者（弘師）預言應驗：卜者見宅，占云得居其宅者大富貴，有十九年能居相位，惟一旦易製中門則禍至。果如其然【壹二丁 1】(《宣室志》《稗史彙編》)

F640- ＋M301- 。卜者預言應驗：相墓知未來事：墓主家人丑年赴試必登第【壹一甲 10】(《春渚紀聞》)

F640- ＋M301- 。卜者（紹興術士羅正甫）預言應驗：相宅居地形預言「當出宰相，但受洪害，應遲百年」。後宅主拜相，其時果然距其居地山岡發洪後百年【陸二乙 6】(《夷堅志》)

F640- ＋M301- 。卜者（僧）預言應驗：風水師察人塋墓坐向與某人同，預言該地葬者子孫亦將同某人子孫之命運：先有卒於非命者，再有富貴者，後果如其然【壹一丙 2】(《揮麈三錄》)

F640- ＋ M301- 。卜者（書生）預言應驗：卜者相墓云墓主後人，時爲落拓平民者，來春將赴朝廷職，至期果然受薦服職【貳二甲 3】(《過庭錄》)

F640- ＋ M301- 。卜者預言應驗：卜者相墓言其子孫數年之間當出狀頭，果然【陸二甲 16】(《松窗夢語》)

F640- ＋ M301- 。卜者（駱太常）預言應驗：卜者相墓言其地十年當出宰輔，其後果然；又言某墓主之子來歲大魁，即如其言【陸二甲 15】(《松窗夢語》)

F640- ＋ M301- 。卜者（王府尹）預言應驗：指墓前小阜言後嗣將由偏出，後累世皆驗【陸一6】（〈震澤紀聞〉《卜人傳》）

F640- ＋ M301- 。卜者（兵部侍郎英年）預言應驗：卜者視王侯園地，言將來再世皇帝不在帝王家而在其王侯家。後皇帝（清德宗）薨，該王侯之子入承帝位，果應其言【伍一乙13】（《中國歷代卜人傳》）

F640- ＋ M301- 。卜者預言應驗：風水師云葬者墓旁古墓將不利葬者後代長房，果然長子及各房長孫均陸續夭逝【壹一丙7】（《中國歷代卜人傳》）

F640- ＋ M301- 。卜者預言應驗：卜者相宅云門牆靈芝葉向外，福運應在女婿家：婿家貴人果然皆出生於此門中【壹三甲10】（金門）

F640- ＋ M301- 。卜者預言矛盾竟皆應驗：卜者相墓，先云其墳子孫當至公相；及見主人，又云其人福不克當其地，子孫合為賊盜而不令終。後其子孫致仕於小國，官至節將，而小國後為朝廷制併，果不令終，一皆如卜者言【陸二甲23】（《古今圖書集成》）

F642 非凡的視界

F642- 。卜者奇能：觀地能知下有埋棺或拾骨甕（以草色判斷，埋人骨者色微黃）【陸二丙3】（《在野遹言》）

F642- 。卜者相墓知墓中狀況：卜云墳上木根已貫墓中人目。發墓見之果然【陸二乙4】（《稗史彙編》〈后山談叢〉《事文類聚》）

F660 非凡的技巧

F660- 。風水師定穴出人意表：一線之差不犯忌【陸三6】（上海）

F660- 。卜者（嚴道者）測地奇中，點穴無差：新作記號正中地下舊記號：竹簪正插銅眼中【陸二丙2】（〈光緒龍泉縣志〉《卜人傳》）【陸二甲26】（〈雍正《高陽縣志》〉《卜人傳》）【陸二丙6】（高雄鳳山）

F660- 。卜者卜地符人所求：人願得牛千頭，卜地以葬其人，葬後其子果累歲得耕牛千頭【陸二戊1】（《夷堅志》）

F660- 。卜者卜地符人所求：人願得人丁大旺，卜地以葬其父母，葬後其人果生十子，人丁大旺【陸二戊3】（《人子須知》）

F680 其他令人驚奇的力量

F680- 。貴人（有官命者）罵河河改道【貳二乙9】（耿村）

F700 不尋常的地方

F700- 。。風水異徵：石頭像元寶【肆一丙8】（遼寧）

F700-　。。風水異徵：地脈挖不斷：獅形地上砌石塊，石塊隔夜不見，地上復爲原狀【伍二甲 6】（《太陽和月亮》）

F700-　。。風水異徵：地脈挖不斷：風水地上挖井（挖溝），隔夜土地復爲原狀【伍二丙 1】（上海）【伍二丙 2】（上海）

F700-　。。風水異徵：地脈挖不斷，即挖即復原（有詔夷鏟洋，故有神工，每欲成，則役萬鬼而填之，役夫不得休）【伍一乙 12】（《程史》），龍脈風水地，其土即挖即崩，復爲原狀【伍二甲 5】（台灣）

F700-　。。風水異徵：鑿地通水，川流如血【伍四甲 1】（《新唐書》），挖井地流血【伍二丙 1】（上海），風水破，地冒鮮血【陸三 9】（上海崇明），劍刺地中石盤出紅泉【壹三乙 3】（金門）

F700-　。。風水異徵：風水地風爐穴，早午晚皆有煮飯聲自地中發出【陸四 3】（台灣）

F700-　。。風水異徵：寶地中金鼓之聲晨夕不絕【壹二甲 4】（《湖海新聞夷堅續志》）

F700-　。。寶地中有聲如遠鍾【陸一 3】（《集微》《稗史彙編》）

F700-　。。風水異徵：寶地土五色，或土黏滑【陸一 3】（《集微》《稗史彙編》）

F700-　。。風水異徵：寶地有物若龍蟄於其中，或有古器在下【陸一 3】（《集微》《稗史彙編》）

F702-　。。風水異徵：寶地鑿之有暖氣【陸一 3】（《集微》《稗史彙編》）

F702-　。。風水異徵：寶地有煙若輕綿起【陸一 3】（《集微》《稗史彙編》）

F702-　。。風水異徵：水底洞，紅如火燒【參四丙 1】（浙江）

F704-　。。風水異徵：七尺之地，夜不著露【參四乙 3】（金門）

F710-　。。風水異徵：泉有翰墨香【壹一甲 14】（《人子須知》）

F730　奇異的島

F730-　。奇事：怪山，一夕之間生於海中【伍三乙 1】（《吳越春秋》）

F790　不尋常的天氣現象

F790-　。。風水異徵：風水被雷雨擊破，大雨落地盡成赤色【伍二丁 2】（福建漳州）

F800　不尋常的岩石

F800-　。。風水異徵：山頂石尖夜發光【壹二戊 4】（《湧幢小品》）

F800- 。。風水異徵：石筍會長高【參五丙3】（浙江）地中生石柱，年年長高【參五丙11】（台灣）

F800- 。。風水異徵：懸岩間石形如龍，龍口在每年天中節的三更三點開【參四甲3】（《朱元璋故事》）

F810　不尋常的植物

F810- 。。風水異徵：木樁埋地，隔夜長大【參四乙5】（耿村）

F810- 。。風水異徵：竹杖插地能生葉【壹一甲5】（《唐年補錄紀傳》《廣記》《稗史彙編》）竹越宿而萌【肆一甲15】（《北東園筆錄三編》）【參五甲2】（吉林）生葉開花【參四丁3】（無錫上海）地氣暖能使枯枝生葉【參四乙2】（《中國堪輿名人小傳記》）

F810- 。。風水異徵：地生金筍【壹一甲7】（《桂林風土記》《廣記》）

F810- 。。風水異徵：墓壙生花，有幹無葉【壹二戊6】（《原李耳載》）

F810- 。。風水異徵：伐樹以洩地氣，其樹流血【伍一乙13】（《中國歷代卜人傳》）

F810- 。。風水異徵：地靈鑿不斷：風水地上老樹，斧鋸交施，終日不能入寸，而血從樹中迸出，隔夜斷痕復合如故【伍一乙13】（《中國歷代卜人傳》）

F810- 。。風水異徵：樹根流血【壹二戊3】（（《紀聞》）《廣記》《稗史彙編》）

F810- 。異種植物葉形成扇，易地而植則變尋常焦葉不成扇【肆一乙5】（《客窗閒話》）

F810- 。竹節中有孩子【參五丙1】（（通州）《董仙賣雷》）

F840　其他不尋常的物體和地方

F840- 。。風水異徵：人在龍地尾處跳動，龍頭之井會起泡【參五甲1】（上海）

F840- 。。風水異徵：龍地風水，跳地會動【參四甲2】（福建福清）

F840- 。。風水異徵：虎頭嶺地挖開流黃綠色膽汁【伍二丙3】（浙江）

F840- 。。風水異徵：龍角山龍角有龍心，鑿其山岩地流血【伍二丙3】（浙江）

F840- 。。風水異徵：枯骨血潤如生，遍身皆長黃白毛，二三四寸不等【伍一甲5】（《柳崖外編》）

F840-　。。風水異徵：燃燈於其地，風中火不搖【參一 4（1）】（《湖海新聞夷堅續志》《稗史彙編》）【參一4（2）】（《四川通志》《中國歷代卜人傳》）

F840-　。奇事：室壁埋骨持茅，能使屋主頭痛，持弓箭，使屋主心中懸痛【壹一丁 C1】（《魏志》《搜神記》《三國志》）

F898（不尋常的墓地）〔註1〕

F898.26.　。。風水異徵：地中出白鶴【伍四丁 1】（《稽神錄》《廣記》）【伍四丙 1】（無錫）墓中出白鶴【壹三甲 5】（金門）【壹三甲 6】（金門、澎湖）【壹三甲 8】（澎湖）

F898-　。。風水異徵：墳中出鴛鴦【陸三 8】（上海嘉定）

F898-　。。風水異徵：靈物：墓中出烏鴉 【壹三甲 7】（台灣）

F898-　。。風水異徵：靈物：墓出甘泉有金魚【壹三甲 1】（《癸辛雜識》）【參五丙 10】（上海）

F898-　。。風水異徵：葬後墓中有聲如蟬久不歇【壹一丁 B8】（《明齋小識》）

F898-　。。風水異徵：墓中有赤幘大蠅萬萬飛出【伍一甲 4】（《堅瓠廣集》）【壹三甲 3】（《稗史彙編》）

F930　有關海或水的不尋常事件

F930-　。。風水異徵：風水挖破河流血【參五丙 2】（（五庫村）上海）【參五丙 4】（（新場鄉）上海）

F950　奇蹟似的治癒疾病

F950-　＋　M301-　卜者（王子貞）預言以意外之事應驗：預言某日東來青衣者能為某宅主療瘤失明，然其人不解療醫，但解做犁，便取宅主宅中臨井之條桑做犁，臨井桑條斫下時，失明宅主立即復明【壹一丁 C4】（《朝野僉載》）

F950-　。卜者奇能：卜者（唐文錦）相墓能察墓主親人病因【壹一丁 C8】（《中國歷代卜人傳》）

F950-　。卜者奇能：卜者（溫其中）相宅能知宅中人病【壹一丁 C7】（《中國歷代卜人傳》）

F950-　。奇事：懸鞭於宅舍之樹三年，居室之病者疾病自癒【壹一丁 C2】

〔註1〕　F898 號碼湯普遜書無，此據金師　榮華先生為《金門民間故事集》頁 57 中「墓中出白鶴」情節單元訂 F898.26.號而擬。參見本文附錄一〈中國風水故事彙編〉第【壹三甲 6】故事提要。

（《晉書》《搜神記》《御覽》《古今圖書集成》）

F960　不尋常的自然象：自然力和天氣

F960-　。天葬：土自壅爲墳：抬棺出葬，中途遇雨，索斷而棺落，土自壅爲墳【貳二甲 8】（《明史紀事本末》）【參四乙 2】（《中國堪輿名人小傳記》）

F960-　。。天葬：繩索自斷就地葬：舁棺出葬，繩索忽斷，俄頃雷雨作而土壤起高隴蓋棺，遂就葬其地【貳二甲 8】（《明史紀事本末》）【參四乙 2】（《中國堪輿名人小傳記》）【貳二甲 7】（《粵西叢載》）

F980　有關動物的離奇現象

F980-　。人乘白鶴飛去【參一 2（3）】（《宋書》）

F980-　。奇特的馬：排泄金或銀【壹三甲 6】（金門）

F989-　。。風水異徵：靈物：金雞自石中飛出【壹三甲 2】（《茶香室叢鈔》）

F1010　其他奇異的事件

F　。。風水的作用：葬地蔭葬者：只穿褲子下葬的人變成穿褲子的龍【參五乙 2】（上海）

F　。。風水異徵：地裡飛出龍【參五乙 1】（遼寧）【參五乙 2】（上海）

G　妖魔精怪

G610　竊自妖魔

G610-　*　。精怪大意洩秘方：欲破壞風水者夜宿風水地，偷聽鬼言得知該風水地所畏者：犬厭【伍一乙 12】（《桯史》）偷聽守護地靈者對話，得知地靈要害所在而破其風水【伍二甲 6】（《太陽和月亮》）

H　考驗、檢定

H240　真相的檢驗：其他

H240-　。破人風水以查驗風水作用虛實【壹一甲 23】（《北東園筆錄》）

H240-　。將風水地贈人行葬，視其後人發展，以徵驗卜者預言及風水之效【壹一甲 23】（《北東園筆錄》）

H1500　耐力的考驗

H1500-　。神的考驗：以不合理的要求考驗行善者的誠意：丐婦請博施濟眾至貧匱者，捨其僅存之宅爲寺【肆一乙 5】（《客窗閒話》）

J　聰明人、傻瓜

J230　抉擇：真理與表象

J230- 。。卜者的判斷：人外有人，一見精於一見：獻地者云是地有天子氣象，觀地者云是地當出夫子（果出大儒朱夫子）【壹一甲 14】（《人子須知》）

J230- 。。風水師的判斷：一見高於一見：人以為地臥牛形為吉地。其實地為牡牛，性好觝觸，反為凶地【陸二丙 4】（（民國洛陽縣志）《卜人傳》）

J230- 。。風水師的判斷：人外有人，一見高於一見：一師云「朱雀和鳴，子孫盛隆」，另一師云「朱雀悲哀，棺中見灰」，後其棺果被焚而見灰【壹二丙 6】（（《朝野僉載》）《廣記》《錦繡萬花谷》《稗史彙編》）

J230- 。。風水師的判斷：人外有人，一見高於一見：某師選用上梁吉時，另一師云其時辰必巨室可用，若貧家用之則驟富即衰，而當時上梁之宅正是貧家，後果如其言【壹二乙 1】（《庚巳編》《古今圖書集成》）

J230- 。。風水師的判斷：人外有人，一見詳於一見：一云葬地可使子孫發祥，另一云只可發一代，但富貴壽三全，果如其然【壹一甲 24】（《錫金識小錄》《中國歷代卜人傳》）

J230- 。。風水師的判斷：人外有人，一見詳於一見：一師云葬某地子孫貴壽，一師云子孫雖貴，須在六、七世後，果如其然【壹二戊 7】（《子不語》）

＊J230- （F660-） 。。風水師的判斷：風水師定穴出人意表：人以為葬龍角，將致滅族，其實葬龍耳，能致天子來問【陸二甲 4】（《晉書》）

＊J230- 。。風水師的判斷：人外有人，一見高於一見：某卜（張約）以為某葬不吉而訪其墓主，不料訪者（皇帝）之行正為原卜者（崔巽）所料而致吉（安龍頭，枕龍耳，不三年，萬乘至）【陸二甲 5】（《青瑣高議》《地理人子須知》）

J600　深慮；先見之明

J600- 。。卜者的判斷：一見高於一見：某卜因占得知來人數目，不料來人已先其占卜而改變某卜所得【陸二甲 8】（（《聞奇錄》）《葆光錄》《古今圖書集成》）

J600- 。。卜者的判斷：卜者預知葬地應貴然不利其初代，而以巨石封葬地以防遷葬，後果以不利欲遷而未果【壹一甲 14】（《人子須知》）

J 。改吉祥地名為樸拙土名，以避免皇室徵佔為陵【柒四 2】（河北保定）

J710　在食物預備上的慎見

J710- 。被人誤會的善行：揚糠止急飲，以防飲者內傷，飲者卻誤以為作弄之舉【肆一丙 1】（耿村）【肆一丙 2】（河北保定）【肆一丙 4】（福建）【肆

一丙 5】（金門）【肆一丙 6】（台灣）

J1270　關於親子關係的巧妙應答

J1270- 　。關於親子關係的巧妙應答：「採瓜揪藤」以瓜落乙地而根於甲地，比喻養子長於養家而仍根於生身之家的關係【壹一丙 8】（金門）

J1650　各式各樣的聰明行動

J1650- 　。（910E*）風水師父親的遺言：命倆兒子合力抬棺，至繩斷二截才落葬，便得好日子過。藉以訓練不和睦的兒子同心【柒四 1】（耿村）

J1650- 　。針線跡怪【參四丙 1】（浙江、江蘇、河北保定）【伍二乙 5】（泉州）

J2070-　不合理（愚昧）的期望

J2070- 　。不合理的期望：醫地：用名貴藥材埋地，企圖改善地理風水【柒二 5】（《竹葉亭雜記》《北東園筆錄三編》）

J2400-　愚蠢的模擬（仿造）

J2400- 　。摹繪人家墓地形狀，以求相同形勢之風水地【壹一丙 7】（《中國歷代卜人傳》）

K　機智、欺騙

K100　迷惑的買賣

K100- 　。揚糠劃地【陸二甲 28】（福建晉江）

K330　瞞過所有人的方法

＊K330- 　。。風水師的詭計：計獻女子討風水：獻女子予葬得風水吉地者之後代，待女子懷孕後取回女子，占有其得風水之蔭的後代【參四丙 7】（四川）

K1110　詐人自我傷害

K1110- 　。。取得風水的方法：以反話誘騙敵人落入圈套：欲幫助某甲的風水先生，告訴某甲云某物（竹叢）為其本命，使某甲加意維護，某乙以為某甲將壯大而不利於自己，遂除去其物（竹叢），然其實某物（竹叢）為不利於甲而利於乙之本命象徵，其物除後，甲遂獨大而乙則沒落【參四乙 4】（金門）

K1110- 　。。風水師的詭計，使不知情的人自破風水：地方官以修路為處分條件，使土豪自行修建不利其家門風水之路【伍四甲 8】（福建漳州）

—— 　。。風水師的詭計，使不知情的人自破風水：假扮風水師的政敵，

誘騙思念兒子的對手母親破壞自家風水，使做官的兒子被迫罷官回家　【伍四甲 5】（金門）

－　　　　。。風水師的詭計，使不知情的人自破風水：騙道觀徒弟放低觀前橋，可出更多眞人（有法術之道人），結果地靈破土出，觀中眞人變瘋癲【伍四丙 1】（無錫）

－　　　　。。風水師的詭計，使不知情者自破風水：風水師詭言風水有變須調整，藉機破其風水以懲其怠慢【陸三 10】（上海崇明）

－　　　　。。風水師的詭計，使不知情者自破風水：風水師詭言修改風水可改善風水和官運，藉機破其風水以懲其怠慢【陸三 4】（《咫聞錄》）【陸三 8】（上海嘉定）風水師懲主人背信（未付酬）【陸四 2】（台灣）

＊K1110-　　　。。風水師的詭計，使不知情者自破風水：風水師知主人將佔自己死後所葬風水地，預埋錦囊書於己墳，詭言主家風水未完成，實爲破其風水法。主人果然得其錦囊而如法修正，不久即敗【陸四 1】（台灣）

＊K1110-　　　。。風水師的詭計：使不知情的人自破風水：風水有異徵，主人不知，風水師向主人僞稱風水有異須重整，藉機破壞其風水【伍二甲 6】（《太陽和月亮》）

＊K1110-　＋　K330-　。。風水師的詭計，使葬得貴地者之貴氣歸於他家：葬得「將軍扶劍形」風水地者，將出國后，風水師詭稱劍上堆九星，則風水之應神速。後其家貴女選妃，臨行發癭，風水師使私交善者取其女，女產子皆貴顯，是貴氣歸於其家【陸二戊 2】（《人子須知》）

K1310　以假裝或掉包誘騙

K1310-　　。井中加糖令水甜，吸引擇地者的注意【柒四 3】（遼寧）

K1310-　　。藉假裝或掉包來引誘：事先買通風水師，藉風水師之口使他人欣然接受自己的意見【柒三 1】（《司馬文正集》）

K1600　行騙者落入自己的圈套

K1600-　　。。風水師看中主人家吉地，意欲自葬，而婉辭曰請主人營葬，以爲主人必自諱凶事而將轉讓之。不料主人口辭而竟依言而行，其子葬父後果然登第，風水師終不得其風水【陸三 2】（《夷堅志》）

K1810　以僞裝（隱瞞）詐騙

K1810-　　。。取得風水的方法：佯聾偷聽風水師論風水秘密【參四乙 2】（《中國堪輿名人小傳記》）

K1800-　。（藉模擬兩可的話詐騙）「愈高李（你）愈好」【壹一甲 29】（金門）

＊K1810-　。。取得風水的方法：實驗作假取風水：隱瞞風水吉地特徵（假裝唸咒，其實沒唸，使風水地山門會因唸咒而開門的特徵不見），令主人誤以為不是風水地而放棄。【參五甲 2】（吉林）

＊K1810-　。。取得風水的方法：實驗作假取寶地：隱瞞風水吉地特徵（百步聞聲如雷，假裝不聞；木樁埋地隔夜長，持鎚打樁使不長），令主人誤以為不是風水地而放棄。【參四乙 5】（耿村）

＊K1810-　。。取得風水的方法：實驗作假取寶地：隱瞞風水吉地特徵（蹲上蹲下假裝跳動，其實不動，使風水地井水會因跳動而起泡的特徵不見），令主人誤以為不是風水地而放棄【參五甲 1】（上海）

K1840　以替代詐騙

＊K1840-　。。取得風水的方法：計取風水：隱藏風水吉地特徵（拔除生葉枯枝，以無葉枯枝取代，使風水地能使枯枝生葉的特徵不見），令主人誤以為效用不驗而放棄（K1840. 藉代替詐騙）【肆一甲 15】（《北東園筆錄三編》）【參四乙 2】（《中國堪輿名人小傳記》）令主人誤以為風水地成熟時候未到而放棄【參五甲 2】（吉林）

＊K1840-　。。取得風水的方法：實驗作假取寶地：製造風水吉地特徵（吉地夜不著露，作假者灑水於不著露的真風水地上，覆席於他地使不沾露，令主人誤認假風水地而棄真風水地）。【參四乙 3】（金門）

K1900　冒牌；詐欺

K1900-　。盲人卜者卜地皆能言其地形，原來是同伙事先堪察地形告之熟記，使雇主信其術【柒二 4】（《竹葉亭雜記》）

K1900-　。不尋常的特定狀況，原來是卜者的設計，不是異常：卜者埋五色土於地下，再告知雇主某地風水佳，必有異色土，使雇主見土而信其術【柒二 6】（《志異續編》）

K1900-　。不尋常的特定狀況，原來是卜者的設計，不是異常：卜者埋地下鐵管通墓穴，燃燒其棺，再告知雇主因葬地不佳，棺應已焦，使雇主見棺而信其術【柒二 3】（《墨餘錄》）

K1900-　。偶發的特定狀況，原來是卜者的設計：卜者與同伙預先埋藏奇物（無根菌芝）於地下，假卜言地下有物，使雇主起土得之，而相信卜者的占

卜【柒二 3】（《墨餘錄》）

K1900-　。偶發的特定狀況，原來是卜者的設計：卜者向主人預言某時當有「鳳凰過」，至時使預約之人抱雞經過，主人以爲預言信而有徵，而相信卜者的占卜【柒二 4】（《竹葉亭雜記》）「頭戴鐵帽，鯉魚上樹」【柒二 2】（河北保定）

K2000　僞善者

K2000-　。僞善者：皇帝知某重臣祖墓有凶象，便勸大臣改葬爲吉，但未說明原因；大臣則以爲是祖墓吉祥而引起皇帝注意，推說忙碌而未改葬，後凶象應驗，大臣以謀反被殺【壹二丙 1】（《北史》《焦氏類林》）

L　天命無常、事有意外

L100　意料之外的主角

L100-　。人謀不敵天意：一地主夢人云地當歸某姓，覺以告人，聞言者正有某姓人，便購其地，不料終得其地者是另一同姓人【貳一 4】（《墨餘錄》）

L140　超乎預期（沒意料到的大於所預期的）

L140-　。人算不如天算，機關算盡有意外：富貴人卜葬，希望後世子孫富貴如其況，卜者指某地云子孫將發達於六七世後，不料開穴造墓，卻見有古墓，墓主即卜葬者七世祖。【壹二戊 7】（《子不語》）

L140-　。事有意外，人算不如天算：卜者（異僧）自知爲人卜葬吉地將不利己，與葬家約之待其返寺鳴鐘才葬。及僧行至半路，偶鄰寺鳴鍾，葬家不知，應鍾而下，卜者隨即遇雷擊亡【陸三 3】（《人子須知》）

L140-　。人算不如天算：治死龍穴地，使不出天子以爭天下，不料天子竟死於該龍穴地【伍二丁 4】（上海）

L140-　。人算不如天算：風水師預知地下有靈物，不料靈物在水中，未見靈物先見水，靈物已自飛去【壹三甲 4】（（《婺源縣志》）《中國歷代卜人傳》《古今圖書集成》）

L140 ＋ M0（天意）-　。讖記預言意外應驗：人算不如天算：誤會符讖：讖語傳「錢塘五百年間出帝王」，錢塘王改其末語爲「異姓王」以免宋朝君主疑其臣事之心。後北宋覆亡，南宋皇帝避難於該地，並定爲首都，果應其讖【陸二己 6】（《桯史》）

L140-　＋　M306-。卜者預言應驗：卜時之應：卜云行葬之日「見人騎人方可下葬」。至期，有人父逝，欲做滿七，至城中購紙人等祭品回，扛紙人

於肩上過其墳前，乃葬。不意葬後又有迎親儀隊經過，新娘之弟伴嫁，以年幼，人扛於肩上行走【陸二丁 12】(《中國堪輿名人小傳記》)

L140- ＋ M306- 。卜者預言應驗：卜時之應：卜云行葬日須「於夜間後鼓樂聲至而下葬」。至期，有迎神者先傳鑼鼓聲，乃葬。不意葬後又有官吏上路以鼓樂壯威聲傳來【陸二丁 13】(《中國堪輿名人小傳記》)

L210　謙讓反而選到最好的

L210- 。。誤打誤撞得風水：一個懂風水的人須靠某人幫忙才能得到天子地，天子地旁是王侯地，懂風水者謊稱該王侯地即天子地，意使某人取得王侯地，自己可得天子地。不料某人想當王侯不當天子，而取其所假稱為王侯之天子地。後來某人成為皇帝，懂風水者後代為其朝中王侯【參四丙 1】(浙江、江蘇、河北保定)

其他難以分類的

L 。。誤打誤撞失風水：急取骨包搶風水，誤拿別家骨，風水他家得【參四丙 4】(浙江蕭山)【參四丙 6】(上海)

M　預言、宿命

M0　斷言和公告（天意）

M0- 。讖語應驗：地方讖語云「山移出狀元」，後某山果然移行而自止，次年當地有人名「玉峰」者狀元及第【陸二己 13】(《稗史彙編》)

M0- 。讖語應驗：地方讖語云「首石山鳴出大魁，十羊成市狀元來」，後其山果然大鳴，有軍隊駐當地十洋街，當年該地有人狀元及第【陸二己 14】(《稗史彙編》)

M0- 。讖語應驗：地方讖語云「獅兒走，狗兒吼，狀元在門首」，後某戶對屋瓦獅墜地，群犬吠之，某戶當年即有人應試得魁【陸二己 12】(《稗史彙編》)

M0- 。讖語應驗：某地有讖云「下渡沙漲出宰相」，後當地某人拜相時，其地果然沙湧可涉【陸二己 16】(《茶香室四鈔》)

M0- 。讖語應驗：某地有讖云「潮過唯亭出狀元」，後某年中秋海潮過其亭，次年當地有人狀元及第【陸二己 15】(《茶香室叢鈔》)

M0- 。讖語應驗：某地有讖云「蓬山朝著我，狀元到清河」，然蓬山與當地地形恰相背，後一夕風雨改蓬山山樹朝向當地，數年後當地有人登狀元第，其人郡望即清河【陸二己 17】(《聽雨軒筆記》)

M0-　。讖語應驗：某河有石，面銳，古記云「尖石圓，出狀元」，後大水去其銳，次年當地有人狀元及第【陸二己 15】(《茶香室叢鈔》)

M0-　。讖記應驗：某地童謠云「綿綿之岡，勢如奔羊，稍前其穴，后妃之祥」，後葬該地者果出后妃【參四甲 1】(《宋稗類鈔》)

M0-　。後驗之事實印證先前卜卦之結果：某人求卜問先祖葬事，得卦云某山，後歸其家，其祖果然已葬某山【貳一 1】(《能改齋漫錄》)

M0-　。鬼語應驗：夜中鬼語與他日所卜葬地名稱應合【肆一甲 4】(《湧幢小品》)

M0-　。石刻預言應驗：地下舊石室（或墓室）銘文所載石室見世時間與發現者姓名均符其實【陸二甲 10】((《獨異志》《稗史彙編》)【陸二甲 11】(《稗史彙編》)【陸二甲 24】(《古今圖書集成》)「此石爛，人來換」，人發其墓時，石果然斷【肆一甲 11】(《水東日記》)

M300　預言

M300-　。占候先知來事：知敵人數目及其行動【陸二甲 8】((《聞奇錄》)《葆光錄》《古今圖書集成》)

M301　先知；預言家

預言應驗 1

M301-　。卜者（神化形之書生）預言應驗：卜者云葬某地，當世爲上公，果然【參一 1（1）】(《後漢書》《御覽》)【參一 1（3）】((《廣記》《幽明錄》《小說》《廣記》))

M301-　。卜者（樗里子）預言應驗：葬後百歲，有天子之宮夾墓【陸二甲 1】(《史記》《古今圖書集成》)

M301-　＋F640-　。卜者（管輅）預言應驗：卜者見墓相兆凶，云其家當滅族，果如其言【壹二丙 2】(《三國志》)

M301-　＋F640-　。卜者預言應驗：宅相當出貴甥【壹一甲 2】(《晉書》《御覽》)

M301-　。卜者（郭璞）預言應驗：葬某處年幾減半，位裁卿校，而累世貴顯【壹一甲 4】(《南史》《御覽》《古今圖書集成》)

M301-　。卜者（郭璞）預言應驗：葬地近水，但云即將爲陸，果然沙漲爲陸成桑田【陸二甲 3】(《晉書》《御覽》《稗史彙編》《古今圖書集成》)

M301-　。卜者（神秘老人）預言應驗：葬某地當出某官【壹一甲 3】(((《志

怪集》《御覽》)《晉書》《錦繡萬花谷》)

M301- 。卜者預言應驗：卜者（神化形之書生）云葬某地，當世爲上公，果然【參一 2（1）】（《幽明錄》《御覽》)

M301- 。卜者（道士）預言應驗：葬某處當得壽，而兩世方伯)【壹一甲 5】（(《唐年補錄紀傳》《廣記》《稗史彙編》))

M301- 。卜者預言應驗：葬某處可置大錢，而不久即散【壹一甲 8】((《中朝故事》《廣記》))

M301- 。卜者（陳希夷）預言應驗：某人將爲貴人並名聞天下【壹一甲 9】((《邵氏錄》)《錦繡萬花谷》))

M301- 。卜者（陳希夷）預言應驗：葬某地將世世出名將【壹一甲 9】((《邵氏錄》)《錦繡萬花谷》))

M301- 。卜者預言應驗：葬某地，六十年後發家，至期果然科甲富貴並至【壹一甲 16】（《庚巳編》)

M301- ＋F640- 。卜者預言應驗：卜者相墓言其子孫數年之間當出狀頭，果然【陸二甲 16】（《松窗夢語》)

M301- 。卜者（神仙）預言應驗：「葬某地，子孫官爵至一升麻子之數」，後代子孫世代登第【肆一乙 2】（《昨非庵日纂》)

M301- 。卜者（神仙）預言應驗：「葬某地，五世出宰相」，後第五世子孫果爲宰相【肆一乙 3】（《昨非庵日纂》)

M301- 。卜者（地師）預言應驗：吉地葬之出大魁，並位登宰相，後果然【肆一甲 10】（《香飲樓賓談》)

M301- 。卜者預言應驗：葬後十五年及三十年發科甲【貳二甲 4】（《恩福堂筆記》)

M301- 。卜者預言應驗：葬某地，（子孫）必出三公，後（子孫）果然居相【壹一甲 23】（《北東園筆錄》)

M301- 。卜者預言應驗：遷葬卜者云父子丙辛年當發甲，已而果然【壹一丁 A2】((《松江府志》《中國歷代卜人傳》))

預言應驗 2

M301- ＋F640- 。卜者相墓知將來事：出暴貴而不久，又出失行女子。不久其家之女將嫁而逃，子則敗亡【陸二甲 2】((《宋書》)《御覽》《南史》)

M301- ＋F640- 。卜者（蕭吉）預言應驗：卜者見某墓凶兆，云其家有

兵禍滅門之象。其家後以謀反族誅，果應其言【壹二丙 1】(《北史》《焦氏類林》)

M301- ＋F640- 。卜者（張景藏）預言應驗：卜者云葬者有「棺中見灰」之象，後其棺果被焚見灰【壹二丙 6】((《朝野僉載》)《廣記》)

M301- ＋F640- 。卜者（書生）預言應驗：卜者見墓，云葬壓龍角，其棺必斷，後該墓果爲仇人斷棺焚屍【壹二丙 5】((《朝野僉載》)《廣記》《錦繡萬花谷》《稗史彙編》) M301- ＋F640- 。卜者（弘師）預言應驗：卜者見宅，占云得居其宅者大富貴，有十九年能居相位，惟一旦易製中門則禍至。果如其然【壹二丁 1】(《宣室志》《稗史彙編》)

M301- 。卜者預言應驗：某王改舊宅爲新宅，卜者云改舊爲新，有國止及百年。其國九十八年後亡【陸二乙 3】((幕府燕閒錄)《稗史彙編》)

M301- 。卜者（徐仁旺）預言應驗：卜者據皇陵所在方位預言國家某年各有某災，災如「火起，盜興」等，後果如其言【壹二甲 3】(《春渚紀聞》)

M301- ＋F640- 。卜者預言應驗：相墓知未來事：墓主家人丑年赴試必登第【壹一甲 10】(《春渚紀聞》)

M301- ＋F640- 。卜者（張鬼靈）預言應驗：相墓知後來事：預言墓主家中麥甕飛出鶺鴒時將出貴人。不久有野鳥入室，其家兄弟被薦爲魁選【陸二乙 2】(《春渚紀聞》《湖海新聞夷堅續志》《宋稗類鈔》)

M301- 。卜者預言應驗：某縣有天子氣，地被皇帝鑿斷，卜云其氣猶在而不克有終。後僭稱帝而終廢者果爲該縣之人【伍一乙 11】(《桯史》)

M301- 。卜者預言應驗：墓地風水「越打越發，不打不發」，某年宗人因官事發配，止而不打，其家不發；又打，其人赦回【陸二甲 6】(《堪輿雜著》)

M301- ＋F640- 。卜者（紹興術士羅正甫）預言應驗：相宅居地形預言「當出宰相，但受洪害，應遲百年」。後宅主拜相，其時果然距其居地山岡發洪後百年【陸二乙 6】(《夷堅志》)

M301- 。卜者（朱晦庵）石刻預言應驗：舊墓中墓石銘文所載後來墓損及修其墓時間、修墓人身份均符其實【陸二甲 20】(《堅瓠秘集》)

M301- ＋F640- 。卜者（僧）預言應驗：風水師察人塋墓坐向與某人同，預言該地葬者子孫亦將同某人子孫之命運：先有卒於非命者，再有富貴者，後果如其然【壹一丙 2】(《揮麈三錄》)

M301- ＋F640- 。卜者（書生）預言應驗：卜者相墓云墓主後人，時爲落

拓平民者，來春將赴朝廷職，至期果然受薦服職【貳二甲 3】(《過庭錄》)

M301- 。卜者預言應驗：葬地風水佳能致速拜官封侯，但葬穴稍差不久喪身。已而果然拜官後被殺【壹二甲 4】(《湖海新聞夷堅續志》)

M301- 。卜者（徐武功）預言應驗：某墓當出一繫金帶者，後其墓主後代果然登第居副使官（繫金帶）【壹一丁 B2】(《庚巳編》)

M301- 。卜者異能：預知解治己疾之人及其歸家之期【壹一甲 16】(《庚巳編》)

M301- 。卜者（誠意公劉伯溫）預言應驗：卜者云某貧戶吉時上梁將驟富，一旦更置其屋即衰敗如故，果如其然【壹二乙 1】(《庚巳編》《古今圖書集成》)

M301- ＋F640- 。卜者（駱太常）預言應驗：卜者相墓言其地十年當出宰輔，其後果然；又言某墓主之子來歲大魁，即如其言【陸二甲 15】(《松窗夢語》)

M301- 。卜者（朱晦庵）預言應驗：卜地者云地形變化之狀及子孫仕宦之況均應驗（其墓對面之江沙開時子孫入朝）【陸二甲 13】(《稗史彙編》)

M301- 。卜者（鄧寧河王）預言應驗：葬某地，六十年後發家，至期果然科甲富貴並至【壹一甲 21】(《稗史彙編》)

M301- 。卜者（風水師閩人簡堯坡）預言應驗：葬某地，至孫乃大發，發必兄弟同之，不僅一世，後皆如其言【壹一甲 22】(《熙朝新語》)

M301- 。卜者（吳景鸞）預言應驗：卜云太上皇墓葬之失，將致「厄當主母離宮、禍當至尊下殿、位失南朝」語，一一應驗【陸二甲 9】(《昨非庵日纂》)

M301- 。卜者預言應驗：卜者云若葬某地，該地有墳者之家必絕。果然葬後其家兩代孀居之孤子未數月而夭【肆五 3】(《北東園筆錄三編》)

M301- 。卜者預言應驗：卜者占某故犯禁忌營葬者，不出二月將卒，已而果然【壹二乙 2】(《清稗類鈔》)

M301- 。卜者（廖應國）預言應驗：卜地者云葬者後代將初出三品世襲，後當開府，且有登甲第而司台衡者，一皆應驗【陸二甲 25】(《清稗類鈔》)

M301- 。卜者（董華星）預言應驗：應試者夜臥各按本命方位而臥則中第，否則落第。放榜結果果如所料【壹一丁 B5】(《簷曝雜記》《清稗類鈔》)

M301- 。卜者相墳圖能測後來事：墳主子孫十年內敗，已而果然【陸二甲

25】（《清稗類鈔》）

M301- 　。卜者（嵩眞）預卜自己死亡年月日時及葬地位置情況，一皆應驗如已見【陸二甲 21】（《古今圖書集成》）

M301- 　。卜者（王若木）預言應驗：預言後來地形地勢之變如已見：卜者自卜葬地並云「五十年後，山下有大水當吾塚」，至時果然蛟起山麓淹爲巨浸【陸二甲 22】（《古今圖書集成》）

M301- 　。卜者（霞峰道人）預言應驗：卜者託人葬己於廟中，並預告葬後鐘鼓當不聲響，廟宇將爲火所焚，果如其然【陸二甲 27】（（長樂縣志）《卜人傳》）

M301- 　。卜者（熊丙）預言應驗：卜地者云葬者後代發科之年與應其發科之人均如期應驗【壹一甲 26】（（《新化縣志》）《中國歷代卜人傳》、（韓允））【陸二甲 26】（（雍正《高陽縣志》）《卜人傳》）

M301- ＋ F640- 　。卜者（王府尹）預言應驗：指墓前小阜言後嗣將由偏出，後累世皆驗【陸一 6】（（震澤紀聞）《卜人傳》）

M301- ＋ F640- 　。卜者（兵部侍郎英年）預言應驗：卜者視王侯園地，言將來再世皇帝不在帝王家而在其王侯家。後皇帝（清德宗）薨，該王侯之子入承帝位，果應其言【伍一乙 13】（《中國歷代卜人傳》）

M301- ＋ F640- 　。卜者預言應驗：風水師云葬者墓旁古墓將不利葬者後代長房，果然長子及各房長孫均陸續夭逝【壹一丙 7】（《中國歷代卜人傳》）

M301- ＋ F640- 　。卜者預言應驗：卜者相宅云門牆靈芝葉向外，福運應在女婿家：婿家貴人果然皆出生於此門中【壹三甲 10】（金門）

M301- ＋ F950- 　。卜者（王子貞）預言以意外之事應驗：預言某日東來青衣者能爲某宅主療瘃失明，然其人不解療醫，但解做犁，便取宅主宅中臨井之條桑做犁，臨井桑條斫下時，失明宅主立即復明【壹一丁 C4】（《朝野僉載》）

卜時奇應

M301- 　。卜者預言應驗：卜時奇應：卜云葬日將有「乘白馬逐鹿者經墳」。至時果然 【陸二丁 1】（《南史》《陳書》《古今圖書集成》）

M301- 　。卜者（仙人）預言應驗：卜時奇應：卜云行葬之日見白貍眠處即葬地，白貍起時爲葬時。至期果見白貍【陸二丁 4】（《湧幢小品》《人子須知》、（道人））【陸二丁 3】（《稗史彙編》）

M301- 。卜者預言應驗：卜時奇應：預卜葬日「大雨時安葬」，行葬之日果然大雨【陸二丙 3】(《在野遺言》)

M301- 。卜者（周昌豫）預言應驗：卜時奇應：卜云行葬之日必陰雲微雨，「聞小兒謳歌」則爲下壙吉時。至期果然【陸二丁 7】((光緒廣安州志)《卜人傳》)

M301- 。卜者（劉子羽）預言應驗：卜時奇應：卜云葬時當有虎鳴。及葬，山鳴如虎【陸二丁 5】(《卜人傳》)

M301- 。卜者預言應驗：卜時之應：卜云行葬之日有「神鳥飛來報喜，有鐵枴仙人到山，有靈蛇出現爲應」。至期，有白鶴三隻，飛在上空而過；繼則有牧童手持一棒，前來參觀；不一會有巨蛇自傍出現橫過墳前【陸二丁 11】(台灣)

M301- 。卜者預言應驗：卜時之應：抬棺的繩子斷成兩截時才能落葬，繩果然斷成兩截【柒四 1】(耿村)

M301- 。卜者預言應驗：卜時之應：煞日逢貴人，不煞反吉：皇帝與大臣偶然造訪民宅，宅正上梁，時日均凶，詢之卜者，卜者卻云有貴人到則吉【陸二丁 14】(上海松江)

預言以令人意外的事實應驗

M301- 。卜者預言以令人意外的事實應驗：葬某地可置大錢：因皇帝巡視當地帶來人潮，廣收商稅而致富【壹一甲 8】((《中朝故事》《廣記》))

M301- +F640.— 。卜者預言矛盾竟皆應驗：卜者相墓，先云其墳子孫當至公相；及見主人，又云其人福不克當其地，子孫合爲賊盜而不令終。後其子孫致仕於小國，官至節將，而小國後爲朝廷制併，果不令終，一皆如卜者言【陸二甲 23】(《古今圖書集成》)

M301- 。卜者（清老者）預言以意外之事應驗：言某男前身爲女子，並預言某男將於某地獲證。後某男果於該地獲前身女子託夢並引其驗棺得證【壹一丁 C5】(《春渚紀聞》)

M302　預言的方法

M302- 。卜者（屬布衣）預知後學將改其墓，於是刻訓於石以埋墓中，使後之發墓者獲誡而止【陸二甲 14】(《水東日記》)

M302- 。預知紀事救子孫：風水師預知數世後的子孫將遭遇大難，傳世紙條救了子孫性命【陸一 7】(澎湖)

M302.7-　。亡者託夢預言應驗：亡者託夢云葬某地，子孫定出狀元宰相，若下穴過深則遲發：深葬，百年後出宰相【參二4】（《夷堅志》）

M304　預言來自謎般的笑話

M304-　。卜者行逕反常：卜日建祠堂，卻取羅猴七煞日。原來主人是文曲星，羅猴七煞日遇到文曲星，就會轉凶為吉【陸二丁15】（潮州）

M304-　。卜者（丁養虛）預言應驗：卜時奇應：卜云行葬之日有「天微雨，二狗啣花戲墓側，一男子戴鐵帽，一孝婦索取石炭」時，即為行葬吉時。至期果有兩小狗爭蘆花一枝來墓前，有農夫頭戴新鍋以代雨具，孝婦亦至【陸二丁6】（（天長宣瘦梅夜雨秋燈錄）《卜人傳》）

M304-　。卜者（耶律乙不哥）預言應驗：卜時奇應：卜云葬日有「牛乘人逐牛過者」，即啓土下葬之吉時。至期，有人負乳犢引牸牛而過，果應其言【陸二丁2】（《遼史》）

M304-　。卜者預言應驗：卜時奇應：卜云行葬之日有「頭戴鐵帽馬騎人，鯉魚上樹正時辰」。至時，天下大雨，有人買了一口鑊，便將鑊舉在頭上當傘笠；一個騎馬的，馬忽然生了一頭小馬，小馬不能走，馬主只好背著小馬走；還有一人買了鯉魚在樹下避雨，一時手痠，把魚掛在樹枝上。【陸二丁8】（《太陽和月亮》）

M304-　。卜者預言應驗：卜時奇應：卜云行葬之日會見有人「銅斗遮雨、牛騎人、魚上樹」。至期天雨，果見一和尚用銅鈸遮雨，一個牧童在牛腹下避雨，一個漁夫在樹下避雨，把魚掛在樹上【陸二丁9】（台灣桃竹苗）鍋扣頭上以擋雨【參五丙9】（耿村）

M304-　。卜者預言應驗：卜時奇應：卜云葬日「見一驢騎人」即可葬。至期果然有人背初生之驢經過【陸三1】（《夷堅乙志》）

M304-　。卜者預言應驗：卜時奇應：卜云行葬之日有「鳥號鎗鳴」即下吉時。至期，有海盜上岸鳴鎗，海鳥驚號【陸二丁10】（金門）

M305　多義的預言（神諭）

M305-　。卜者（崔巽）預言應驗：墓葬「龍頭、龍耳」，能使「萬乘」至：葬後不久，皇帝打獵經過【陸二甲5】（《青瑣高議》《地理人子須知》）

M305-　。卜者（郭璞）預言以令人意外的事實應驗：墓葬「龍耳」，不出三年「致天子」。皇帝聞之而來訪墓，果然致天子來問【陸二甲4】（《晉書》）

M305-　。卜者（陰陽占候人杜元紀）預言意外應驗：卜云某官居宅有獄氣，

須發積錢乃可厭勝，某官於是聚斂更甚，因而犯罪下獄【肆五 1】(《舊唐書》)

M305-　。卜者（蕭吉）預言意外應驗：卜者為皇后葬地卜國運云「卜年二千，卜世二百」。後其國祚三十年而亡，原來其卜詞眞意是：卜年二千者，是三十字也（合字見義）；卜世二百者，取三十二運也（引申見義）【陸二己 3】(《北史》《隋書》《御覽》)

M305-　。卜者預言以意外之事應驗：卜者指葬先禍後福之風水地，約定主人「青龍纏腰再相見」，不料主人卻因家產蕩盡而身穿布袋，腰纏草索，卜者此時果然再度出現與他相見重葬福地而驟富【陸二甲 28】(福建晉江)

M305-　。卜者預言意外應驗：人算不如天算：誤會符讖：望氣者云某地有「鬱葱之符」，有意竊位之權臣請爲宅第而居。後權臣勢衰，宅收入皇室改築新宮，而帝王均生於其宮，果應其讖【陸二己 7】(《桯史》)

M305-　。卜者預言意外應驗：人算不如天算：誤會符讖而蹈禍：卜者（司天監苗昌裔）相宋太祖陵地云「太祖之後，當再有天下」。後大臣相繼謀立太祖後代爲帝，卻相繼事敗被殺。後北宋覆亡，太祖七世孫孝宗繼高宗承南宋帝位，果應符讖【陸二己 5】(《揮麈錄》《稗史彙編》)

M305-　。卜者預言意外應驗：卜兆云「葬後當出八公」。然其葬地名曰「五公」，後其後代共子、孫、曾孫合有三公【陸二己 4】((朝野僉載)《太平廣記》)

M305-　。卜者預言意外應驗：卜者（劉伯溫）卜國祚云「國祚悠久，萬子萬孫方盡」。傳朝至「萬曆」皇帝之子（泰昌）孫（天啓、崇禎、弘光）時，國即覆亡【陸二己 9】(《堅瓠六集》)

M305-　。卜者預言意外應驗：卜者（劉伯溫）爲皇城卜，云「除非燕子能飛入」。後「燕王」據城篡國【陸二己 9】(《堅瓠六集》)

M305-　。卜者預言意外應驗：卜者云「東莞有帝者之祥」，（帝）於是徙東莞王於他地，不料後來登帝位者即東莞王（東晉元帝）【陸二己 2】(《晉書》)

M305-　。卜者預言意外應驗：卜者云「豫章有天子氣」。其後竟以豫章王爲皇太弟【陸二己 1】(《晉書》)

M305-　。卜者預言意外應驗：卜者云某地爲「君山龍脈」。後有「三皇廟」起於該地【陸二己 8】(《南村輟耕錄》)

M306　不可思議（謎樣難解）的預言

　　M306-　。卜者預言意外應驗：卜者云某風水地應爲「未了未」者所得。後

得其地者姓李，又受帝賜姓木，果符「未了未」拆字（爲木）及合字（爲李）之兆【壹一丙 5】（《人子須知》）

M306-　。卜者預言意外應驗：卜者云某葬地「出飛來金帶」。後葬家之子受親族爲官者助，冒名襲同姓者侯爵，「飛來金帶」乃驗【陸二己 10】（（耳談）《堅瓠餘集》）

M306-　。卜者預言意外應驗：卜者爲人卜葬地，云「有龍歸後唐之兆」人莫知所以。他日偶至異地，得「後唐龍歸」地名，往訪果得葬地【陸二己 11】（《稗史彙編》）

M306-　。卜者預言意外應驗：營葬者行葬時打傷墓上之猴，卜者云其家他日「見猴必敗」。後其墳風水爲侯姓人所破，其家隨即衰敗【伍二甲 6】（《太陽和月亮》）

M306-　。卜者預言以意外之事驗：卜者預言某葬地能致「半夜夫妻八百丁」，果然葬後獨子新婚半夜爲虎傷而卒，新婦即孕而得子，後子孫蕃盛【陸二甲 19】（《人子須知》）

M306-　＋N630　。卜者預言以意外之事驗：卜者預言某葬地將「半夜敲門送契來」，果然葬後有富而無子之遠親與其姪負氣而夜半來投，並贈以田產家業，因而驟富【陸二甲 18】（《人子須知》）

M306-　＋N630　。卜者預言以意外之事驗：卜者預言某葬地將「寅葬卯發」，葬後孝子秉燭以歸，路逢群盜分贓，忽見火光人眾，驚疑捕盜者至，棄財走散，孝子因以得之，遂至驟富【陸二甲 17】（《地理人子須知》）

M306-　＋N630　。卜者預言以意外之事驗：卜者預言某葬地將使主人「寅葬卯發」，葬後主人歸家撞破和尚姦情，和尚以龐大廟產與之和解而驟富【陸二甲 28】（福建晉江）

M306-　＋ L140-　。卜者預言應驗：卜時之應：卜云行葬之日「見人騎人方可下葬」。至期，有人父逝，欲做滿七，至城中購紙人等祭品回，扛紙人於肩上過其墳前，乃葬。不意葬後又有迎親儀隊經過，新娘之弟伴嫁，以年幼，人扛於肩上行走【陸二丁 12】（《中國堪輿名人小傳記》）

M306-　＋ L140-　。卜者預言應驗：卜時之應：卜云行葬日須「於夜間後鼓樂聲至而下葬」。至期，有迎神者先傳鑼鼓聲，乃葬。不意葬後又有官吏上路以鼓樂壯威聲傳來【陸二丁 13】（《中國堪輿名人小傳記》）

M310　有益的預言

M310- 。。風水的作用：造宅者口彩吉，居宅者得其吉【伍二甲 3】(《此中人語》)【伍二甲 4】((江浙)《董仙賣雷》)

M310- 。。卜葬符人所求：人求家族有人入泮，卜葬後果然一孫入泮【陸二丁 6】((天長宣瘦梅夜雨秋燈錄)《卜人傳》)

M310- 。卜者（太常少卿濟南周公繼）預言應驗：卜者云去學堂舊牆，則來年學堂必出大魁，已而果然【壹一丁 B4】(《客坐贅語》)

M310- 。卜者（淳于智）預言應驗：懸鞭於宅舍之樹，三年後能得暴財，至期果然浚井得錢【壹一丁 C2】((《晉書》《搜神記》《御覽》《古今圖書集成》))【壹一丁 C3】(《御覽》)

M310- 。卜者（郭璞）預言應驗：福建省城係郭公所遷，留鉗云「南臺砂合，橋口路通，先出狀元，後出宰相」，果然【陸二甲 7】(《堪輿雜著》)

M310- 。言語無徵事後驗：某人聞無形人語，呼己爲某公，後果然爲公【壹一甲 2】(《晉書》《御覽》)【壹一甲 5】((《唐年補錄紀傳》《廣記》《稗史彙編》))

M340 不利的預言

M340- 。卜者（乞丐）預言應驗：見人築室將落成，云其屋美然（其家）將絕。不數月其家之子相繼死，僅主人存【陸二丙 3】(《在野遺言》)

M340- 。卜者（桑道茂）預言應驗：卜者云發其所埋鎮地之鐵者，家長當死。果如其然【壹二丁 2】((《宣室志》)《稗史彙編》)

M340- 。。風水的作用：祝語應驗：下葬時，風水師呼龍說：「食就食長寧，瘠就瘠翁源。」因此長寧那地方都種不到東西吃，而翁源則米穀豐熟【伍三甲 6】(《太陽和月亮》)

M390 其他預言（宿命）

M390- 。命中註定的財寶：財寶未遇所有人時，已先刻有所有人的名字【貳一 6】(台灣)

M390- 。命中註定爲天子（皇帝）：平民皇帝在母胎時，其母所在地聞空中人語，云爲天子地，後其人果爲天子（皇帝）【貳一 7】(河北保定)

M400 咒語；詛咒

M400- 。咒語應驗：造宅匠人埋「三十年必拆」之咒語於宅主之門，該宅果於三十一年拆卸變賣【伍二甲 2】(《此中人語》)

M 其他難以分類的

M 　。預言意外應驗【伍一乙5】(《晉書》)

M 　。卜者（求宿之客）預言以令人意外的結果應驗：卜葬可得官之地，後人果以葬地所生異物（金筍）賄賂得官【壹一甲7】((《桂林風土記》《廣記》))

N　好運、壞運

N100　幸與不幸的本質

N100- 　。擇善地葬祖求狀元，果然得取狀元，然不久即夭【柒三 3】(《昨非庵日纂》)

N130　幸或不幸的轉變

N130- 　*。謀意不中反違願：某子以倒葬嚇不孝翁姑之母，母暗使人事先倒置其首以入棺，意其子將反之而暗合己意也，不料其子終竟未倒葬其棺，其母願終不得遂【貳二甲13】(金門)

N130- 　*。謀意不中反違願：某子常違父意，父將亡，故以反語告之，意其子將反之而暗合己意也，不料某子悔前過而竟如父語，其父願終不得遂【貳二乙1】((《酉陽雜俎》《廣記》《古今圖書集成》))【貳二乙2】(《昨非庵日纂》)

N130- 　*。寶物未成熟而被啓動，寶物失效或不見【陸五3】(耿村)

N130- 　*。寶地葬之未得其法，寶地風水失效或轉凶【陸五2】(《人子須知》)

N130- 　*。寶地葬之得其法，寶地風水轉吉【陸五1】(《人子須知》)

N200　命運的佳禮

N200- 　。。福人得福地：善心人葬惡地，不料自然現象改變環境特徵，風水凶地變寶地【肆一丙8】(遼寧)

N360　無心的罪過

N360 - 　。致命的誤會：誤聽致禍：皇帝命傳天子地，受命者誤「傳」爲「斷」【壹三乙6】(金門)

N610　意外發現罪行

N610- 　*。。福人得福居：造宅匠人欲埋不祥物以厭主人，主人即時發現，匠人以吉語辨告其行，往後宅主居所均如其言【伍二甲3】(《此中人語》)【伍二甲4】((江浙)《董仙賣雷》)

N630　意外獲得寶藏或錢財

N630- 　＋　M306- 　*。誤打誤撞得財富（寅葬卯發）【陸二甲17】((《地

理人子須知》)【陸二甲 18】(《人子須知》)【陸二甲 28】(福建晉江)

N630- 。。誤打誤撞得風水：弄拙成巧：陰陽先生置小鬼鎮宅，要使小鬼搬光宅主家財。不料宅主名字叫閻王，閻王管小鬼，因此小鬼搬財只進不出【貳二丙 1】(耿村)

N630- 。。誤打誤撞得風水：兒子戲言將母倒葬以懲其不孝婆婆，母恐倒葬而暗囑人將之倒置入棺，兒卻未如戲言行葬，而所葬母地正好是倒葬得吉之「畚箕穴」【貳二甲 13】(金門)

N630- 。。誤打誤撞得風水：窮人無棺而代以米籃殮屍，所葬之地正好是無棺乃發的風水地（米籃穴）【貳二甲 10】(金門)，以棉衣殮屍（毛筆穴）【貳二甲 12】(澎湖)　草蓆殮屍，(毛蟹穴)　以草蓆殮屍【貳二甲 9】(《朱元璋故事》)【貳二甲 10】(漳州)　無棺而葬【貳二甲 11】(澎湖)【貳二甲 12】(澎湖)

N630- 。。福人得福地：出殯遇大雨（狂風），路中停下就葬，所葬竟是福地【貳二甲 5】(《地理人子須知》)【貳二甲 9】(《朱元璋故事》)【貳二甲 10】(金門、漳州)

N630- 。。福人得福地：窮人辭貴地，然別葬之地即貴地【貳二甲 1】((《感定錄》《事文類聚》))

N630- 。。福人得福地：人不黯風水術，然所葬皆合風水之道【貳二甲 2】(《稗史彙編》)【貳二甲 3】(《過庭錄》)

P　社會

P110　社會階層：大臣

P110- ✳。。破風水的原因：自破風水洩王氣：人言某官祖墓有帝王氣，某官聞之自鑿破【伍四乙 1】(《晉書》、《御覽》、(幽明錄、世説))《廣記》、《錦繡萬花谷》、《稗史彙編》、《古今圖書集成》)【伍一乙 13】(《中國歷代卜人傳》)祖墓側澗水當出天子，某聞之自塞其水【伍四甲 2】(《夷堅丙志》)

P110- 。。舍棄（不得）吉地的原因：公侯卜地，恐遭天子忌【壹一甲 6】((《戎幕閒談》《廣記》))

P420　專精的職業者

P420- ＋ W10- 。風水師自葬凶地，以防他人誤葬凶地遭禍【貳二乙 2】(《昨非庵日纂》)【壹三乙 6】(金門)【肆一丙 3】(上海)

P600　風俗習慣

P600-　。報恩方式：朝夕焚香，遙祝恩人福壽【肆一甲 8】(《前徽錄》)【肆一甲 10】(《香飲樓賓談》)

P 其他難以分類的情節單元

P　。平民難堪貴人拜：高官家人祭拜平民遺骨，遺骨家人受折騰【參四丙 3】(耿村)

Q　獎勵、懲罰

Q10　受獎勵的行為

Q10-　&神示吉地以賞善（累世修善）【參一 4（1）】(《湖海新聞夷堅續志》《稗史彙編》(佈施、忠孝))【參一 5】(《昨非庵日纂》)酬孝悌之後【肆一乙 3】(《昨非庵日纂》)

Q10-　*。德行獲天報吉地：兄代弟贖罪受死，弟反凌兄嫂孤子，神仙為孤子指吉地葬母，後世出宰相【肆一乙 3】(《昨非庵日纂》)

Q10-　*。德行獲天報吉地：每日施食無厭色，神仙為指吉地【肆一乙 2】(《昨非庵日纂》)

Q10-　*。德行獲天報吉地：拾金不昧還原主，天予吉地【肆一乙 1】(《地理人子須知》)

Q10-　*。德行獲天報佳地：博施濟眾不惜家業盡，猶減口糧以施食，神仙贈異果及佳地以致富數代【肆一乙 5】(《客窗閒話》)

Q10-　*。德行獲報吉地：不昧遺金千里還，獲報吉地【肆一甲 14】(《咫聞錄》)

Q10-　*。德行獲報：不奪人墓宅，獲報得孫【肆一甲 11】(《水東日記》)【肆一甲 12】(《昨非庵日纂》)【肆一甲 13】(《妙香室叢話》)

Q20　孝行獲獎賞

Q20-　*。孝行獲天報：孝子願代父墓受雷擊而感動神，使神不發其父墓，因獲其父墓葬地風水之蔭而科第不絕【肆一乙 4】(《庸盦筆記》)

Q20-　。枯苗感孝而復生：孝子力耕為修父墳，苗稼遇旱焦枯，孝子號哭訴天而苗更生　【陸二丁 1】(《南史》《陳書》《古今圖書集成》)

Q40　仁慈獲獎賞

Q40-　。受惠者（乞丐）為施惠者（施丐之主婦）指吉地以為報答【伍三乙 4】(金門)

—　。受惠者（古墳之亡者）為施惠者（見自購葬地有棺而不遷其棺）指示

吉地以爲報答【肆一甲 13】(《妙香室叢話》)

一 。受惠者（旦暮索食之嫗）爲施惠者（自減口糧以施食者）指吉地以爲報答【肆一乙 5】(《客窗閒話》)

一 。受惠者（借宿道人）爲施惠者（留人宿之讀者人）指佳地以爲報答【陸二丁 4】(《湧幢小品》《人子須知》)

一 。受惠者（神化形之書生）爲施惠者（飲食饗之）指佳地以爲報酬【參一 1（3）】((《廣記》)《幽明錄》《小說》)

一 。受惠者（地師）爲施惠者（雪夜渡舟並留宿）指佳地以爲報酬【壹一丙 5】(《人子須知》)

一 。受惠者（死囚衰八卦）爲施惠者（武寧令蕭霽）獻吉地以爲報答【肆一甲 6】(《湧幢小品》)

一 。受惠者（形家）爲施惠者（謹事形家）指吉地以爲報答【肆一甲 4】(《湧幢小品》)

一 。受惠者（神化形之書生）爲施惠者（飲食饗之）指佳地以爲報酬【參一 2（1）】(《幽明錄》《御覽》)【參一 2（2）】(《異苑》《廣記》)

一 。受惠者（神仙）爲施惠者指示吉地，以爲經年招待之報酬【陸二戊 1】(《夷堅志》)

一 。受惠者（魚精）贈堪輿寶物以報人放生之恩【陸一 3】((《集微》)《稗史彙編》)

一 。受惠者（渡水道人）爲施惠者（渡船翁）指佳地以爲報酬【陸二丁 3】(《稗史彙編》)

一 。受惠者（路倒之風水師）爲施惠者（救人之財主）指佳地以爲報答【貳二丙 8】(遼寧)

一 。受惠者（藍縷生）爲施惠者（每日施食無吝色）指吉地以爲報答【肆一甲 1】(《地理人子須知》)

一 。受惠者爲施惠者（厚待求宿者）指風水佳地以爲報答【壹一甲 7】((《桂林風土記》《廣記》))

一 。受惠者爲施惠者（療疾）指風水佳地以爲報答【壹一甲 16】(《庚巳編》)

一 。受惠者爲施惠者（貧而好客）指風水佳地以爲報答【壹一甲 24】((《錫金識小錄》《中國歷代卜人傳》))

一　。受惠者爲施惠者（贈食羊肉）指風水佳地以爲報答【壹一乙 3】（金門

一　。受惠者爲施惠者指示吉地以爲報答【參四丁 2】（《堪輿雜著》）

一　。神仙（觀自在菩薩）化人爲人指示吉地以酬好善樂施不惜家業散盡者【肆一乙 5】（《客窗閒話》）

Q40-　。神仙化道人，指示風水吉地以酬好善施食者【肆一乙 2】（《昨非庵日纂》）

Q110　獎賞的性質：物質獎賞

Q110-　。。福人報福地：相地者所卜吉地，爲昔日曾救助者之地，地主因付地以報恩【肆一甲 8】（《前徽錄》）【肆一甲 14】（《咫聞錄》）【肆一甲 2】（《昨非庵日纂》）【肆一甲 3】（《昨非庵日纂》）【肆一甲 5】（《昨非庵日纂》）【肆一甲 10】（《香飲樓賓談》）【肆一甲 16】（《履園叢話》）

一　。受惠者（夜盜鄰家之賊）計取他人風水吉地以贈施惠者（不發盜行並贈金者）爲報答【肆一甲 15】（《北東園筆錄・三編》）

一　。受惠者（夜盜鄰家之賊）獻贈自家風水吉地以報施惠者（不發盜行並贈金者）【肆一甲 16】（《履園叢話》記）

Q110-　。信守承諾的朋友：答應酬謝風水師的人，在風水師出外期間，悄悄爲他備置了家產【貳一 6】（台灣）

Q110-　＋　N630（意外獲寶）-　。。福人得福地：路不拾遺、代人還穀，得石山爲償，不料石山之頂，正是所求風水吉地【肆一乙 1】（《地理人子須知》）

Q170　宗教性的獎賞

Q170-　。持法不濫，天祚有德：謹守禮制以儉葬，行葬忽見石室現成，遂葬得吉【壹二丙 3】（《大唐新語》《御覽》《古今圖書集成》）

Q200　受懲罰的行爲

Q200-　＊　。。天遣惡行不授吉地：奸臣造橋做龍穴地欲葬祖先，圖謀篡奪皇位，神仙（八仙）路過抬走橋，洩漏龍地氣，奸臣難爲皇【肆二 5】（上海）

Q200-　＊　。。天遣惡行不授吉地：貪官倨請風水名師堪吉地，風水師夜夢二使叱之而止【肆二 3】（《稗史彙編》）【肆二 2】（《昨非庵日纂》《闇然錄》《堅瓠集》《北東園筆錄續編》）

Q200- ＊。。天遣惡行不授吉地：貪官僱請風水名師堪吉地，風水師夢神誡勿點吉穴，師貪重利仍爲點穴，葬後雷擊破其穴，風水師無病而亡，官家亦寖衰【肆二 4】（《北東園筆錄四編》）

Q200- ＊。。天遣惡行不授吉地：貪官僱請風水名師堪吉地，風水師夢鬼罩其眼，堪地後又夢鬼持去罩，方悟所堪吉地原爲凶壤，果然貪官付葬後不久零落【肆二 1】（《昨非庵日纂》）

Q340　做不應當做的事受懲

Q340- 。欺神遭懲：風水師違神命而爲惡人卜吉地，隨即無病而亡【肆二 4】（《北東園筆錄四編》）

Q550　不可思議的懲罰

Q550- 。。風水靈異：風水有靈，壞其形者得病痛，止之即瘳【伍四丁 3】（《客坐贅語》）

Q580- 。特殊的懲罰：皇帝命風水師葬絕子絕孫地以懲其斷絕風水佳地之失【壹三乙 6】（金門）

Q 其他難以分類的懲罰

Q 。。以風水惑人受報：受鬼唾而滿身白蟻，久而爲蟲，終生不去【肆四 1】（《子不語》）

Q 。。以風水惑人受報：風水師死後受生前業主狀告城隍種種惑人之罪，城隍判其押赴惡狗村，受無量怖苦；其棺中朽骨，被野犬銜嚼【肆四 2】（《諧鐸》）

Q 。。以風水惑人受報：假風水師爲人卜葬，識風水者指云凶地，假風水師被雇主摧辱而告官。官當堂考諸風水師陰陽之理，不得對，均受責 【柒二 7】（《明齋小識》）

Q 。。佔人陰地受報：卜建宗祠之地有舊棺，主事者因風水所關，堅持立柱其埋棺之地，棺中亡者藉他人之口責喝，主事者隨即因病不起【肆三 5】（《子不語》）

Q 。。佔人陰地受報：卜葬得風水佳地，該地舊棺之亡者夢告將葬其地者勿復葬其棺上，營葬者卻違亡者之請而葬其棺上，後遘凶禍【肆三 3】（《堪輿雜著》）

Q 。。佔人陰地受報：某人已知卜葬之地將不利臨墳之家使之絕後，而仍葬其地。其家孤子果然不久即夭，自稱必報此怨而亡，不久其所怨者相繼皆

亡【肆五 3】（《北東園筆錄三編》）

Q　。。佔人陰地受報：某人謀佔他人墓穴，埋僞誌於墓而訟官，官爲堪驗地，皓月中忽轟雷擊散【肆三 6】（《尾蔗叢談》）

Q　。。佔人陰地受報：移人棺木而葬其風水佳地，後代隨即遇禍衰亡【肆三 2】（《能改齋漫談》《湧幢小品》《宋稗類鈔》）

Q　。。佔人陰地受報：蛇精夢告卜葬其穴居地者緩葬以待其徙，營葬者卻焚其穴並穴中之蛇，蛇投生其家爲官而遭赤九族【肆三 4】（《地理人子須知》）

R　捕捉、拯救、逃亡（從缺）

S　乖戾、殘忍

S10　殘忍的父母

S10-　。。取得風水的方法：活埋親骨取風水：生取親生兒女之骨肉埋於他人之墓以分其風水【伍三甲 1】（耿村）

S20　殘忍的子孫

S20-　。兒子以佔風水爲由，逼母親自殺埋入風水地，以掩藏不可告人的身世【參五甲 3】（耿村）

S200-（S20-）　。。取得風水的方法：活埋親骨取風水：活埋母親取風水【參五甲 2】（吉林）【參五甲 1】（上海）

S200　殘忍的犧牲行為

S200-　。殘忍的犧牲行爲：自殺方式：當斬肉人舉刀斬肉時，忽然將頭伸過去讓斬肉人劈死【參五乙 2】（上海）

S200-　。。取得風水的方法：活埋親骨取風水：活埋自己以求得到術士宣稱的風水效果（子孫位及三公）【柒一 1】（《清稗類鈔》）

S200-　。。取得風水的方法：活埋親骨取風水：母親自葬（活埋）風水地，以求蔭後代得高官【參五甲 2】（吉林）

S330　謀殺或遺棄小孩的情況

S330-　。。破風水的方法：殺童男女爲「童丁」瘞於風水地下爲厭勝【伍一乙 12】（《桯史》）

T　婚姻、生育

T570　懷孕期

T570-　。人懷胎三月生子【參五丙 10】（上海）

T670　收養

　　T670-　。。取得風水的方法：不尋常的交易：交換後代還風水【參四丙6】
（上海）

U　生活的本質

U60　生活的不平等：貧與富

　　U60-　。豪奢的行徑：飯乳、食蜜飯、以絳爲地道【參一1（2）】（（《御覽》）
《錄異傳》《御覽》）

U110　騙行敗露

　　U110-　。術士的謊言：術士告訴來求卜者更改竈之方向，家人即可病癒，
但更改數次，病仍不癒，術士之言也前後矛盾【柒一2】（《清稗類鈔》）

U120　本質自然呈現

　　U120-　。卜者預言一驗，其後皆不驗【陸二乙6】（《夷堅志》）

　　U120-　。風水師的後見之明：某人葬祖父，風水師云葬地凶；然葬後子孫
發達，風水師又稱其祖墳善【柒三2】（《松窗夢語》）

　　U120-　。偶發的特定狀況，原來是自然的結果，不是偶發：當風水師的父
親臨終要求倆兒子爲他抬棺，至抬棺繩子斷成兩截再落葬，兄弟倆便能得風
水蔭過好日子。兒子依言照辦，並因此相信將得好風水之蔭而努力工作，果
然過了好日子【柒四1】（耿村）

　　U120-（K1600 詐欺者落入自己的圈套）　。。以風水惑人受報：惡人起誓
表明自己的清白，不料誓言竟應驗：假風水師宣稱若所選葬地風水無效，自
己將會失明，不久果然失明，卻聲稱是洩露天機的結果【柒二6】（《志異續
編》）

　　U120-（K1600）　。。以風水惑人受報：以風水惑人者絕後並得奇疾，所
得暴利均盡於療疾【柒二5】（《竹葉亭雜記》《北東園筆錄三編》）

U170　盲目的舉止

　　U170-　。。取得風水的方法：在風水所在地自殺，逼使地主準其就地埋葬
【參五乙2】（上海）【參五乙2】（台灣）　懸屍於人家門前以逼占門下風水
地【參五乙1】（遼寧）

　　U170-　。卜人行徑違反常情，以神其術而惑雇主：擲碗碎盤，以爲不屑食
也；拆屋裂帳，以爲不屑居也，雇主因而侍奉更誠【肆四1】（《子不語》）

　　U170-　。盲目的舉止：大族之家，因擇日各與族人犯沖，致久不落葬【柒

三4】(《古今圖書集成》)，為了等待理想風水而停棺數十年不葬【柒一3】
（耿村）

U170-　　。盲目的舉止：坐靠風水毀前程：認為已得到風水而游手好閒，坐以待發，最後潦倒【柒一4】（上海金山）

U170-　　。盲目的舉止：假卜人行徑故意違反常情，雇主反而因此相信其術不凡【柒二3】(《墨餘錄》)【柒二2】（河北保定）【柒一5】（耿村）

U170-　　。假術士自稱卜得好葬地，訛稱其地須葬生人才能得驗效果，不料主人竟信其言而自求活埋【柒一1】(《清稗類鈔》))

U170-（J2300 易受騙的傻子）　　。。取得風水的方法：墳前等風水，看見打死，以防風水跑了【貳二乙8】（耿村))

V　宗教

V10　宗教儀式：犧牲；祭品

V10-　　。奇異的風俗：祭神完畢須用狗血灑祭【壹一乙2】(《太陽和月亮》)

V60　喪葬儀式

V60-　　。奇特的葬法：伏身而埋【參五乙2】（台灣）

V60-　　。奇特的葬法：米籃殮葬 F1010.【貳二甲10】（金門）

V60-　　。奇特的葬法：身首倒置而葬【貳二甲13】（金門）

V60-　　。奇特的葬法：裸葬【參五乙1】（遼寧）【參五乙2】（上海）

V80　其他的宗教儀式

V80-　　。「聽香」卜前途：隨機聽取路人話語以卜吉凶【壹一甲28】（金門）

V400　施捨；宗教性的美德

V400-　*。盡付財金濟人困：罄奩飾代贖貧病受誣之罪犯【肆一甲2】(《昨非庵日纂》))

V400-　　。盡付財金濟窮人：去質庫、賣田宅以博施濟眾，自減口糧以施食【肆一乙5】(《客窗閒話》)

V400-　*。盡付財金濟人困：(濟助歲暮貧困將賣妻者)【肆一甲5】(《昨非庵日纂》)【肆一甲10】(《香飲樓賓談》)、塾師一年所得，盡濟歲暮貧困將賣妻者（750B.2 窮秀才年關濟窮人）【肆一甲4】(《湧幢小品》)【肆一甲8】(《前徽錄》)【肆一甲3】(《昨非庵日纂》)濟歲暮貧困將典賣先人墳地者【肆一甲9】（台灣）

V400-　　。見盜不發，贈金濟之使向善（*958A1 寬大使賊改邪歸正）【肆一

甲 15】（《北東園筆錄三編》）、【肆一甲 16】（《履園叢話》）

V400- 。見盜不發：人盜葬祖墓風水吉地，不發其盜，但請其稍遠而偏，使兩家並享其利（＊958A1 寬大使賊改邪歸正）【肆一甲 17】（《北東園筆錄四編》《履園叢話》）

V400- 。拾金不昧，辛苦路遙送還原主【肆一甲 14】（《咫聞錄》）

V400- 。捨宅為寺施丐婦【肆一乙 5】（《客窗閒話》）

V410　慈善的回報

V410- 。。福人得福地：善心人葬絕地，風水凶地竟自動變為吉地【肆一丙 5】（金門）

V410- ＋ N200- 。。福人得福地：風水師自葬絕地以防他人葬之絕後，不料自然現象改變環境特徵，風水凶地竟變吉地【肆一丙 3】（上海）

V500　其他宗教（或信仰）

V500- 。。風水靈物有象徵：長蟲（蛇）是玉帶，蛤蟆是烏紗帽【伍二戊 2】（耿村）

V500- 。求人遷墓以求免災：他墓影響己墓風水，故求他墓遷移【壹一丙 7】（《中國歷代卜人傳》）

W　個性的特點

W0　有助益的個性特點

W0- 。吉宅風水能出魁，宅主捐作學堂以惠眾【壹一甲 11】（《春渚紀聞》）、【壹一甲 15】（《昨非庵日纂》）

W0- 。吉地能致富貴，地主讓與族人同葬，子孫均得富貴【壹一甲 19】（《稗史彙編》）

W0- 。正直的人：經紀人用計以廉價取得葬地，主人聞之，尋得地主以復償其值【參四乙 1】（《桯史》）

W10　仁慈；好意

W10- 。善心人尋葬地，凡妨礙他人風水之吉地皆不用【肆一丙 7】（耿村）、【肆一丙 8】（遼寧）

W10- 。善良的德行：風水相煞，寧可不利己墳而不嫁禍臨墳【伍三甲 2】（《清稗類鈔》）

W10- ＋ P420- 。風水師自葬凶地，以防他人誤葬凶地遭禍【貳二乙 2】（《昨非庵日纂》）【壹三乙 6】（金門）【肆一丙 3】（上海）

X　詼諧、笑話

X0　狼狽困窘的笑話

X0-　狼狽困窘的笑話：偶發的特定狀況，原來是卜者的設計，不是偶發：卜云葬時必「有人自南方將鐵器來」，至時果然，來人卻問卜者「雇我將鐵器來給誰？」【柒二 1】(《笑海叢珠》)

Z　其他

Z100　把事物象徵化的情節單元

Z100-　＊。。破風水的方法：諧音比義應風水：出帝風水出二帝，建「關帝」和「玄天上帝」廟應之使風水失效【伍二戊 1】(金門)

Z100-　＊。。破風水的方法：諧音比義應風水：地方風水將出十個閣老(朝臣)，以石頭壓住風水靈物(長蟲玉帶、蛤蟆烏紗帽)，出了石閣老就不出十閣老【伍二戊 2】(耿村)

Z100-　。。破風水的方法：改地名厭風水：醉李城改爲由拳縣，掘污其地【伍一乙 3】(《後漢書》)、改金陵曰秣陵；掘污其地，表以惡名(囚卷縣)【伍一乙 4】(《宋書》)、【伍一乙 5】(《晉書》)田其間，表惡名(銅釘坵、狗骨洋、掘斷嶺)【伍一乙 12】(《桯史》)、改吉祥地名爲樸拙土名【柒四 2】(河北保定)、龍穴地改名鯉魚上岸【參五丙 2】((五庫村)上海)

Z100-　＊。。破風水的方法：擬象破風水：在「鱸魚上灘穴」風水地上搭橋象魚網以破風水，風水遂破而吉應不再【陸三 4】(《尺牘錄》)

Z100-　＊。。破風水的方法：擬象破風水：鋪一個形似關刀的石埕，可以破使石獅成精的風水活穴【伍二乙 5】(泉州)

Z100-　。。破風水的方法：擬象破風水：建壁、挖水壙，使撲向「犍牛形」風水的飛虎撞壁淹死【伍三乙 2】(耿村)

Z100-　。。破風水的方法：建塔象釘以刺死風水地「獅牛望月」之獅頭山【伍二乙 4】(金門)

Z100-　。。破風水的方法：建塔象馬栓以鎖「五馬拖車穴」之馬【伍二戊 1】(金門)、【伍二乙 4】(金門)

Z100-　。。破風水的方法：建雙塔於「老婆現解」風水地的雙腳上以鎮壓風水作用【伍二乙 2】(福建廈門)

Z110　把事物人格化的情節單元

Z110-　。。破風水的方法：挖掉龍角山的龍心(流出紅色的血)以及虎頭

嶺的虎膽（流出黃綠色的膽汁），龍盤虎踞的好風水被破掉了【伍二丙 3】（浙江）

Z110- 。。破風水的方法：在「烏鴉穴」風水地要害（心）相對應的位置建廟，以攘制其風水，不使「烏鴉」踐踏附近稻麥【伍三甲 4】（《太陽和月亮》）

Z110- ✳。。破風水的方法：擬象破風水：龍穴地能出天子，挖深龍地之河心作開膛破肚象，在龍口造石橋撐住龍嘴，築墳壓住龍尾，使龍穴地不活【參五丙 2】（（五庫村）上海）

Z110- ✳。。破風水的方法：擬象破風水：龍穴地能出天子，在龍頸埋屍以爛龍頸，在龍身種竹劈竹以劈龍鱗，使龍穴地不活【伍二丁 4】（上海）

Z100- 。。破風水的方法：築塔蓋於地肖女陰之井口，女多淫亂之地頓少淫案【伍一丙 2】（漳州）

Z150　其他象徵化或擬人化的情節單元

Z150- （V500-）　。。風水靈物有象徵：長蟲（蛇）是玉帶，蛤蟆是烏紗帽【伍二戊 2】（耿村）

Z150-　斷絕地脈破風水

Z150- 。。破風水的方法：掘斷地脈以洩其氣【伍四乙 1】（《晉書》、《御覽》、（幽明錄、世說）《廣記》、《錦繡萬花谷》、《稗史彙編》、《古今圖書集成》）、【伍一乙 11】（《程史》）、鑿山以絕其勢【伍一乙 4】（《宋書》）【伍一乙 5】（《晉書》）、斷墓隴，田其間【伍一乙 12】（《程史》）、鑿地破風水【壹三甲 2】（《茶香室叢鈔》）、挖深坑掘斷地脈【伍三甲 6】（《太陽和月亮》）

Z150- 。。破風水的方法：累石為封，斬鳳皇山以毀其形【伍一乙 7】（《北史》）

。。破風水的方法：挖井之地自動復原，不能成井，將鐵器置所挖井中，遂不再復原【參五丙 2】（（五庫村）上海）【伍二丙 1】（上海）、寄住土中之風水靈物（黃鱔）流血死，土地遂不再復原【伍二丙 2】（上海）

Z150-　建物鎮風水

Z150- 。。破風水的方法：建騎龍廟、造浪搭橋，以破牛穴風水【陸三 10】（上海崇明）

Z150- 。。破風水的方法：建塔鎮出帝風水【參五丙 3】（浙江）

Z150- 。。破風水的方法：建太陽廟與月亮廟於皇命掘斷之風水地上，使

皇室相信風水已斷【伍二乙1】（吉林）

Z150- 。。破風水的方法：建關帝廟鎮毒蟲，使不致過度繁殖【伍二乙3】（耿村）

Z150- 。。破風水的方法：解除風水效力：在受「牛形地」風水之害而減產的地方建廟，以禳制其風水【伍三甲5】（《太陽和月亮》）

Z150- 。。破風水的方法：解除風水效力：建廟正向「虎形地」，以免該地居民飼豬被虎形地攝去遭受損失【伍三甲3】（廣東曲江）

Z150- 。。破風水的方法：以形制形破風水：修路象蛇，破天鵝卵蛋穴【伍四甲8】（福建漳州）

Z150- **破壞地靈象徵物**

Z150- 。。破風水的方法：解除風水效力：拆除建於「魴魚穴」上壓迫魴魚鼻孔的宗祠屋瓦，使魴魚不再因喘息而吹飛沙石【伍一丙1】（金門）

Z150- 。。破風水的方法：解除風水效應：取出牡牛地中二石卵，去其牴觸之性，使不致於凶【陸二丙4】（（民國洛陽縣志）《卜人傳》）

Z150- 。。破風水的方法：去除「牯牛地」墓前石牛【壹三乙2】（上海）、【壹三乙3】（金門）

Z150- 。。破風水的方法：打擊風水地靈之象徵物：雙鳳穴之石鳳罩丸【伍四甲6】（金門）

Z150- 。。破風水的方法：挖出風爐穴風水地中的黑色泥土（如炭），使其穴破而葬者家敗【陸四3】（台灣）

Z150- 。。破風水的方法：官員將皇帝所賜寶劍插「鯉魚穴」池中，池水沸騰至乾【伍四丙2】（澎湖）

Z150- **厭勝鎮風水**

Z150- 。。破風水的方法：埋物厭宅以敗主人：造宅主人苛匠人，匠人暗埋咒語（三十年必拆）及不祥物（破筆）於其門首使其家門屢遭不祥致敗【伍二甲2】（《此中人語》）、（套枷泥孩）【伍二甲3】（《此中人語》）【伍二甲4】（（江浙）《董仙賣雷》）

Z150- 。。破風水的方法：厭勝以解除風水效應：地不利長子，埋物（蠟鵝）於先人墓側之長子位以厭伏其凶【伍二甲1】（《南史》《御覽》《古今圖書集成》）

Z150- 。。破風水的方法：厭勝法：以大鐵釘長五六尺釘墓四周【伍一乙

8】((左道《南史》))

Z150- 。。破風水的方法：厭勝法：使人於墓左右校獵【伍一乙 8】(《南齊書》、踐踏其墓《南史》)

Z150- 。。破風水的方法：皇帝（始皇）親游天子地以厭其（天子）氣【伍一乙 1】(《史記》《漢書》《宋書》)【伍一乙 5】(《晉書》)【伍一乙 7】(《北史》)

Z150- 。。破風水的方法：釘以銅、書符篆以絕地脈【伍一乙 12】(《桯史》)

Z150- 。。破風水的方法：釘銅釘、潑狗血，使堆石之地不再自動復原為土地【伍二甲 6】(《太陽和月亮》)、【伍二甲 5】(台灣)、灑黑狗血【陸二丙 6】(高雄鳳山)

Z150- 。。破風水的方法：烹羣犬而竇骨於風水地【伍一乙 12】(《桯史》)

Z150- 　風水法術

Z150- 。。風水巫術：建物以應風水形象：作塔於馳形之山峰，以應「馳負重則行」，使風水生效【壹三甲 2】(《茶香室叢鈔》)

Z150- 。。風水巫術：風水師入夢去踏山（踏平山岡），汗流七桶才喚醒，可以做成出帝風水【參五丙 6】(浙江)

Z150- 。。風水巫術：埋鐵於樹下，以防古木蕃茂致土衰，土衰則居人有病【壹二丁 2】((《宣室志》)《稗史彙編》)

Z150- 。。風水巫術：捏好泥人當替身，以便藉龍穴風水顯靈【參五丙 7】(上海)

Z150- 。風水巫術：馬桶作燈蓋，保護出帝風水【參五丙 1】((通州)《董仙賣雷》)

Z150- 。。風水巫術：黑狗和青藤置屋頂，保護出帝奇光不外洩【參五丙 2】((五庫村)上海)

Z150- 。。風水巫術：懷恨宅主之風水師暗置小鬼於其宅，欲使小鬼搬財敗其家【肆一丙 1】(耿村)、【肆一丙 2】(河北保定))

Z150- 。。風水法術：置石於塘水間，為禁制法，小兒嬉戲在側，將失溺，輒有覺者，歷久不爽【陸一 4】((同治《桂東縣志》)《卜人傳》)

Z150- 　風水名稱

#風水名稱：五子墢（效果：代代出帝王）【伍二丙 1】(上海)

#風水名稱：五馬拖車穴（效果：出皇帝）【伍二乙 4】(金門)【伍二戊 1】

（金門）

#風水名稱：獅牛望月（未說明風水效果或作用）【伍二乙 4】（金門）

#風水名稱：七尺無露水（作用：人丁興旺成大族）【壹一甲 27】（金門）

#風水名稱：七星墜地（作用：富戶連生瘟疫致衰敗）【伍四甲 7】（高雄鳳山）

#風水名稱：七鶴戲水（效果：出七個貴人；作用：出進士）【壹三甲 5】（金門）【壹三甲 6】（金門），七鶴穴【壹三甲 6】（澎湖）

#風水名稱：九龍窩（作用：非大福德者強葬該地，遭龍入宅傷人致死）【肆五 2】（《原李耳載》）

#風水名稱：九龍頭（作用：出天子__明太祖）【參四乙 2】（《中國堪輿名人小傳記》）

#風水名稱：虎形地（作用：攝食活豬）【伍三甲 3】（廣東曲江）

#風水名稱：二犬拖屍（凶地，未說明風水效果或作用）【貳二甲 11】（澎湖）

#風水名稱：二龍搶珠（作用：有大魁，位登宰輔）【肆一甲 10】（《香飲樓賓談》）

#風水名稱：二龍戲珠（效果：出皇帝）【伍二乙 1】（吉林）

#風水名稱：兩狗拖屍（凶地，未說明風水效果或作用）【貳二丙 5】（金門）

#風水名稱：大鵬展翅形（未說明風水效果或作用）【肆三 3】（《堪輿雜著》）

#風水名稱：天子地（效果：葬之可出天子）【伍二丁 1】（《太陽和月亮》）

#風水名稱：天門拜相山、狀元山、照天燭（作用：出狀元）【貳二甲 6】（《粵西叢載》）

#風水名稱：天鵝卵蛋穴（效果：將出貴人）【伍四甲 8】（福建漳州）

#風水名稱：毛筆穴（作用：出狀元）【貳二甲 12】（澎湖）

#風水名稱：毛蟹穴（作用：得富貴）【貳二甲 10】（漳州）

#風水名稱：火燒麒麟穴（作用：煞及四房，須他鄉創業，始可平安）【陸二丁 12】（《中國堪輿名人小傳記》）

#風水名稱：牛穴（作用：子孫有萬貫家財）【陸三 10】（上海崇明）

#風水名稱：牛形（在該地施工建牆者頭痛不可忍，止之即瘥）【伍四丁 3】（《客坐贅語》）

#風水名稱：牛形地（作用：該地對面農地作物難有收成）【伍三甲 5】（《太陽和月亮》）

#風水名稱：犍牛形（作用：村莊男丁健壯）【伍三乙 2】（耿村）

#風水名稱：仙人摘掌形（作用：子孫大發）【肆三 3】（《堪輿雜著》）

#風水名稱：半月沉江穴（未說明風水效果或作用）【壹一丙 8】（金門）

#風水名稱：母雞穴（作用：子孫興旺）【壹一甲 29】（金門）

#風水名稱：生龍穴（作用：後代成巨富）【貳一 7】（台灣）

#風水名稱：白鶴穴（作用：出進士）【壹三甲 8】（澎湖）

#風水名稱：仰天湖形（作用：粟陳貫朽房屋有，若要求官半個無）【壹一甲 13】(《人子須知》)

#風水名稱：米籃穴（作用：致富百萬）【貳二甲 10】（金門）

#風水名稱：老婆現解（效果：能出狀元、進士）【伍二乙 2】（福建廈門）

#風水名稱：虎穴（作用：宗祠建於該地之弱勢者，逼離宗祠在「豬槽香穴」之大世族，衍成大族取而代之）【伍三乙 4】（金門）

#風水名稱：虎額穴（作用：葬時有虎鳴，其後科第官祿繼起）【陸二丁 5】（《卜人傳》）

#風水名稱：金蓋山（作用：子孫繁衍，科第連綿）【肆一甲 8】（《前徽錄》）

#風水名稱：金鎖玉鉤形（作用：登第得官）【肆一甲 3】（《昨非庵日纂》）

#風水名稱：青龍進湖（效果：真龍正穴，可能出真龍天子）【伍二丁 2】（福建漳州）

#風水名稱：牯牛地（作用：子孫力大如牛，恃強欺人）【壹三乙 2】（上海），公牛穴（作用：子孫力大如牛，恃強欺人）【壹三乙 3】（金門）

#風水名稱：美女梳妝形（作用：廷試第一）【肆一甲 4】（《湧幢小品》）

#風水名稱：美女撒尿形（作用：富貴不絕）【壹一甲 12】（《堪輿雜著》）

#風水名稱：美女獻花穴（作用：大發財丁成望族）【參五乙 3】（台灣）

#風水名稱：風爐穴（作用：大發財利）【陸四 3】（台灣）

#風水名稱：飛鳳沖霄形（作用：衣紫腰金，四海名傳，但無家產）【壹一甲 13】（《人子須知》）

#風水名稱：飛鷹逐雞【伍三乙 3】（金門）

#風水名稱：倒插金釵【陸二甲 28】（福建晉江）

#風水名稱：羅帶挂屏風【貳二甲 5】（《地理人子須知》）

#風水名稱：烏鴉穴（作用：出貴人）【壹三甲 7】（台灣）

#風水名稱：烏鴉落陽（作用：使附近農地歉收）【伍三甲 4】（《太陽和月亮》）

#風水名稱：畚箕穴（作用：倒葬母親，兒子發財）【貳二甲 13】（金門）

#風水名稱：眞獅穴【參四丙 4】（浙江蕭山）

#風水名稱：剪刀穴（作用：豎葬楯眼，代代單丁）【壹三乙 6】（金門）

#風水名稱：將軍大座形【陸五 2】（《人子須知》）

#風水名稱：將軍扶劍形【陸二戊 2】（《人子須知》）

#風水名稱：猛虎出林形、猛虎跳澗形，又曰猛虎下山形（作用：新郎婚夜被虎噬，遺腹子財丁旺）【陸二甲 19】（《人子須知》）

#風水名稱：野駝飲水形（宰相祖墳）【參二 2】（《春渚紀聞》）

#風水名稱：渴虎飲水勢，又曰寒虎飲水形【陸二甲 17】（《地理人子須知》）

#風水名稱：順騎龍穴（出后妃）【陸二戊 3】（《人子須知》）

＃風水名稱：照天燭（作用：登科）【壹二戊 4】（《湧幢小品》）

#風水名稱：照天蠟燭穴（作用：登科拜相）【肆一乙 1】（《地理人子須知》）

#風水名稱：獅形地（縣官祖墳）【伍二甲 6】（《太陽和月亮》）

#風水名稱：貍貓洗臉穴（作用：人丁旺盛成大族）【壹一甲 28】（金門）

#風水名稱：豬槽香穴（作用：人丁旺盛之族）【伍三乙 4】（金門）

#風水名稱：燕子入窠穴（財丁並旺）【陸四 2】（台灣）

#風水名稱：螃蟹穴【壹三乙 4】（（作用：穴破子孫多但外遷）金門）【壹三乙 5】（（作用：穴破人丁閒散）澎湖）

#風水名稱：螃蟹吐沫形（作用：墓前流水不絕科甲不絕）【壹三乙 1】（《地理人子須知》）

#風水名稱：駱駝飲海勢、駞形（宰相祖墳）【壹三甲 2】（《茶香室叢鈔》）

#風水名稱：龍穴地（效果：出帝王）【陸三 8】（上海嘉定）

#風水名稱：龍喉地（作用：死人墓中生子）【壹三甲 9】（潮州）

#風水名稱：龜穴【參四丙 4】（浙江蕭山）

#風水名稱：蟒蛇穴（作用：後代致富）【陸二丁 11】（台灣）

#風水名稱：雙蛇鎖口【貳二丙 4】（福建）

#風水名稱：雙龍搶珠【貳二丙 3】（上海）【貳二丙 4】（福建）【貳二丙 5】（金門）【貳二甲 11】（澎湖（效果：發後代））

#風水名稱：鯉魚穴【參五丙 10】（上海）【伍四丙 2】（澎湖）

#風水名稱：朝天鯉魚穴【陸二丁 13】（《中國堪輿名人小傳記》）

#風水名稱：鰱魚上灘穴（作用：財源滾滾）【陸三 4】（《咫聞錄》）

#風水名稱：鵝形地、飛鵝喘水【伍三甲 6】（《太陽和月亮》）

第三編　風水故事特見的情節單元分類目錄

一、風水的各種特徵

甲、風水異徵

甲1、天象之異

。。風水異徵：天子地禁穴，有盜葬者，則天不雨【貳二乙6】(《堪輿雜著》)

。。風水異徵：非當其地者欲葬其地，臨地則雲霧障隔【貳二乙6】(《堪輿雜著》)

。。風水異徵：破土甫下鍬，忽微雲中迅雷一聲，更掘得二石毬，深紫色膩而潤【肆五2】(《原李耳載》)

。。風水異徵：天子降生處，方圓丈許，數年不生草木【參四乙2】(《中國堪輿名人小傳記》)

。。天葬：雷雨壅土起高隴以埋棺【貳二甲8】(《明史紀事本末》)

。。天葬：天雨湧沙埋棺【肆一乙3】(《昨非庵日纂》)、【貳二甲10】(金門)、山崩埋棺【貳二甲10】(漳州)、狂風捲土埋沒棺【貳二甲9】(《朱元璋故事》)、水溝淤泥堆積埋棺成邱【參五丙9】(耿村)

。。天葬：天象助葬福地：雷雨助下，使葬者得風水正穴【肆一甲5】(《昨

－293－

非庵日纂》)

。。天葬：風水地肖浮牌，須水溢即應。葬後未幾，官浚濠堰，會雨暴漲，水環墓，風水吉勢遂成（是歲子登第）【肆一甲 7】(《湧幢小品》)

F790　不尋常的天氣現象

F790-　。。風水異徵：風水被雷雨擊破，大雨落地盡成赤色【伍二丁 2】(福建漳州)

F960　不尋常的自然象：自然力和天氣

F960-　。。天葬：繩索自斷就地葬：舁棺出葬，繩索忽斷，俄頃雷雨作而土墳起高隴蓋棺，遂就葬其地【貳二甲 8】(《明史紀事本末》)

F960-　。。天葬：抬棺出葬，中途遇雨，索斷而棺落，土自壅爲墳【參四乙 2】(《中國堪輿名人小傳記》)

B590-　。。天葬：繩索自斷就地葬：舁棺出葬，繩索忽斷，棺木舉之不動，俄頃螻蟻銜土蓋棺成塚，遂就葬其地【貳二甲 7】(《粵西叢載》))

甲 2、地異

。。風水異徵：(寶地)百步聲聞如雷響【參四乙 5】(耿村)

。。風水異徵：「烏鴉穴」山形像烏鴉，墳背四周不生茅草，是因爲烏鴉白頸的緣故，墳場對面石崗，遠望像是烏鴉子【伍三甲 4】(《太陽和月亮》)

。。風水異徵：土有龍形，其膩如脂【壹二戊 5】(《湧幢小品》)

。。風水異徵：葬穴中有石，形如守宮，支體首尾畢具【伍四乙 2】((酉陽雜俎)《太平廣記》)

。。風水異徵：獅形地山邊有鑼鼓交響【伍二甲 6】(《太陽和月亮》)

。。風水異徵：獅頭風水被塔釘死，紅土水流出三日夜【伍二乙 4】(金門)

。。風水異徵：寶地盛夏無蚊【陸一 4】((同治《桂東縣志》)《卜人傳》)、居所無蚊【壹一甲 27】(金門)

。。風水異徵：「鯉魚穴」池中有鯉魚，池水終年不乾【伍四丙 2】(澎湖)

。。風水異徵：沸騰的井【參四丙 6】(上海)

。。風水異徵：門牆長靈芝【壹三甲 10】(金門)

。。風水異徵：門簷左右各一蛇一蟾盤伏門板，各哺其卵，卵大如龍眼【壹二丁 4】(《金壺七墨全集》)

。。風水異徵：門簷屋瓦內有十數萬蛇【壹二丁 1】(《宣室志》《稗史彙編》)

。。風水異徵：山後唸咒，山前開門【參五甲 2】(吉林)

。。風水異徵：地靈千年一開【參四丙4】（浙江蕭山）

。。風水異徵：龍穴三千年吐一次水【貳二乙10】（潮州）

。。風水異徵：海水退潮露牛頭，牛嘴即風水穴【參四丙2】（（杭州）上海）

。。風水異徵：美女梳妝形，前有銀環金鎖，珠簾玉鉤【肆一甲4】（《湧幢小品》）

。。風水異徵：風水地死出紅水（劍刺石盤出紅泉）【壹三乙3】（金門）

。。風水異徵：地脈挖不斷：隆冬雪天挖地脈，其地即挖即被雪填復爲原狀【伍二乙1】（吉林）

F700 不尋常的地方

F700- 。。風水異徵：獅形地上砌石塊，石塊隔夜不見，地上復爲原狀【伍二甲6】（《太陽和月亮》）

F700- 。。風水異徵：地脈挖不斷，即挖即復原：有神工，每欲成，則役萬鬼而填之【伍一乙12】（《桯史》）、風水地上挖井，數天後井都不見（土地復爲原狀）【伍二丙1】（上海）、挖溝，隔夜溝沿全塌【伍二丙2】（上海）、【參五丙2】（（五庫村）上海）、【伍二甲5】（台灣）

F700- 。。風水異徵：風水地風爐穴，早午晚皆有煮飯聲自地中發出【陸四3】（台灣）

F700- 。。風水異徵：鑿地通水，川流如血【伍四甲1】（《新唐書》）、【伍二丙1】（上海）、地冒鮮血【陸三9】（上海崇明）

F700- 。。風水異徵：寶地中有聲如遠鍾【陸一3】（（《集微》）《稗史彙編》）、金鼓之聲晨夕不絕【壹二甲4】（《湖海新聞夷堅續志》）

F700- 。。風水異徵：石頭像元寶【肆一丙8】（遼寧）

F700- 。。風水異徵：寶地土有五色，或土黏滑【陸一3】（（《集微》）《稗史彙編》）

F700- 。。風水異徵：寶地有物若龍蟄於其中，或有古器在下【陸一3】（（《集微》）《稗史彙編》）

F704- 。。風水異徵：風水寶地，夜不著露【參四乙3】（金門）

F702- 。。風水異徵：寶地鑿之有暖氣【陸一3】（（《集微》）《稗史彙編》）

F702- 。。風水異徵：寶地有煙若輕綿起【陸一3】（（《集微》）《稗史彙編》）

F702- 。。風水異徵：水底洞，紅如火燒【參四丙1】（浙江）

F710- 。。風水異徵：泉有翰墨香【壹一甲14】（《人子須知》）

F800　不尋常的岩石

　　F800- 。。風水異徵：山頂石尖夜發光【壹二戊 4】(《湧幢小品》)

　　F800- 。。風水異徵：石筍會長高【參五丙 3】(浙江)、地中生石柱，年年長高【參五丙 11】(台灣)、【參五丙 11】(台灣)

　　F800- 。。風水異徵：懸岩間石形如龍，龍口在每年天中節的三更三點開【參四甲 3】(《朱元璋故事》)

F840　其他不尋常的物體和地方

　　F840- 。。風水異徵：人在龍地尾處跳動，龍頭之井會起泡【參五甲 1】(上海)、跳地會動【參四甲 2】(福建福清)

　　F840- 。。風水異徵：虎頭嶺地挖開流黃綠色膽汁【伍二丙 3】(浙江)

　　F840- 。。風水異徵：龍角山龍角有龍心，鑿其山岩地流血【伍二丙 3】(浙江)

　　F840- 。。風水異徵：枯骨血潤如生，遍身皆長黃白毛，二三四寸不等【伍一甲 5】(《柳崖外編》)

　　F840- 。。風水異徵：燃燈於其地，風中火不搖【參一 4（1）】(《湖海新聞夷堅續志》《稗史彙編》)【參一 4（2）】(《四川通志》《中國歷代卜人傳》)

F898（不尋常的墓地）〔註 1〕

　　F898.26. 。。風水異徵：地中出白鶴【伍四丁 1】((稽神錄)《廣記》)【伍四丙 1】(無錫) 墓中出白鶴【壹三甲 5】(金門)【壹三甲 6】(金門、澎湖)【壹三甲 8】(澎湖)

　　F898- 。。風水異徵：墳中出鴛鴦【陸三 8】(上海嘉定)

　　F898- 。。風水異徵：靈物：墓中出烏鴉 【壹三甲 7】(台灣)

　　F898- 。。風水異徵：靈物：墓出甘泉有金魚【壹三甲 1】(《癸辛雜識》)【參五丙 10】(上海)

　　F898- 。。風水異徵：葬後墓中有聲如蟬久不歇【壹一丁 B8】(《明齋小識》)

　　F898- 。。風水異徵：墓中有赤幀大蠅萬萬飛出【伍一甲 4】(《堅瓠廣集》)【壹三甲 3】(《稗史彙編》)

F930　有關海或水的不尋常事件

〔註 1〕 F898 號碼湯普遜書無，此據金師榮華先生為《金門民間故事集》頁 57 中「墓中出白鶴」情節單元訂 F898.26.號而擬。參見本文附錄一〈中國風水故事彙編〉第【壹三甲 6】故事提要。

F930- 。。風水異徵：風水挖破河流血【參五丙2】（（五庫村）上海）、【參五丙4】（（新場鄉）上海）

甲3、物異

植　物

。。風水異徵：水中蓮花半夜開，花心即風水穴【參四丙7】（四川）

。。風水異徵：水盈墓壙，其熱如湯【壹一丙3】（《夷堅志》）

。。風水異徵：墓中漆燈不滅（則後人必興。後出李自成）【伍一甲6】（《簷曝雜記》）

。。風水異徵：方葬，而甘泉出，芝草生（後爲進士）【壹一甲18】（《湧幢小品》《卜人傳》）

。。風水異徵：墓滿清泉，棺浮水上【壹二戊6】（《原李耳載》）

。。風水異徵：紫藤繞棺，白氣氤氳【壹二戊2】（《泊宅編》）、【壹二戊1】（《閑窗括異志》）、【伍一甲5】（《柳崖外編》）

。。風水異徵：樹根繞棺，離地懸空【壹二戊3】（（《紀聞》）《廣記》《稗史彙編》）

F810　不尋常的植物

F810- 。。風水異徵：木樁埋地，隔夜長大【參四乙5】（耿村）

F810- 。。風水異徵：竹杖插地能生葉【壹一甲5】（（《唐年補錄紀傳》《廣記》《稗史彙編》））竹越宿而萌【肆一甲15】（《北東園筆錄三編》）【參五甲2】（吉林）生葉開花【參四丁3】（無錫上海）地氣暖能使枯枝生葉【參四乙2】（《中國堪輿名人小傳記》）

F810- 。。風水異徵：地生金筍【壹一甲7】（（《桂林風土記》《廣記》））

F810- 。。風水異徵：墓壙生花，有幹無葉（取出供之祠，經風而癟。厥後子孫雖繁，不乏名士，科第不繼）【壹二戊6】（《原李耳載》）

F810- 。。風水異徵：伐樹以洩地氣，其樹流血【伍一乙13】（《中國歷代卜人傳》）

F810- 。。風水異徵：地靈鑿不斷：風水地上老樹，斧鋸交施，終日不能入寸，而血從樹中迸出，隔夜斷痕復合如故【伍一乙13】（《中國歷代卜人傳》）

F810- 。。風水異徵：樹根流血【壹二戊3】（（《紀聞》）《廣記》《稗史彙編》）

F810-　。異種植物葉形成扇，易地而植則變尋常焦葉不成扇【肆一乙 5】(《客窗閒話》)

F810-　。竹節中有孩子【參五丙 1】((通州)《董仙賣雷》)

動　物

　。。風水異徵：靈物：棺下坎中雙鯽游（地氣聚靈）【壹二戊 9】(《北東園筆錄三編》)

　。。風水異徵：靈物：屋脊函中紅蛇【壹三甲 10】(金門)

　。。風水異徵：靈物：骨函中有血色蜘蛛【伍一甲 4】(《堅瓠廣集》)、【壹三甲 3】(《稗史彙編》)

　。。風水靈物：異物鱗甲滿身【伍一甲 3】(《堅瓠九集》)、【伍一甲 4】(《堅瓠廣集》)

　。。風水異徵：靈物：墓溝有鯰魚長六、七尺【壹三甲 3】(《稗史彙編》)

　。。風水異徵：風水地之老樹根下有巨蛇和無數小蛇【伍一乙 13】(《中國歷代卜人傳》)

　。。風水異徵：靈物：蠍子【陸五 4】(耿村)

　。。風水靈物：河裏魚龍吃骨灰【參四丙 1】(江蘇)

　。。風水異徵：白羊眠處鷓鴣啼【肆一乙 3】(《昨非庵日纂》)

　。。風水異徵：鹿臥其地【肆一甲 3】(《昨非庵日纂》)

　。。風水異徵：牛眠之地【壹一甲 20】(《稗史彙編》)

　。。風水異徵：鴨生雙蛋【壹一甲 27】(金門)

　。。風水異徵：雞蛇打架龍鳳鬥【肆一丙 8】(遼寧)

B170　神奇動物：鳥魚爬蟲

B170-　。。風水靈物：墓出金魚能飛【壹三甲 4】((《婺源縣志》)《中國歷代卜人傳》《古今圖書集成》)

B170-　。。風水靈物：白蛇頭角成龍形，遍身黃白毛，止一眼【伍一甲 5】(《柳崖外編》)

B170-　。。風水靈物：蛇遍體生毛，向日光飛出而墮【伍一甲 6】(《簷曝雜記》)

B180　神奇動物：四足獸

B180-　。。風水靈物：河裏神牛吃骨灰【參四丙 1】(河北保定)

B180-　。。風水靈物：黃腰異獸、石桶與長劍，獸見人則自撲而死【伍一

甲1】（《揮塵後錄》）【伍一甲3】（《堅瓠九集》）【伍一甲4】（《堅瓠廣集》）
【伍一甲6】（《簷曝雜記》）

B190　其他神奇動物

B190-　。。風水靈物：青色無頭腳，大如水牛，刀刺不入，投水有聲如雷
【伍一乙9】（《異苑》《廣記》《稗史彙編》）

B590　其他友善動物的幫助

B590-　。。天葬：蟻集土封屍成墓【貳二甲6】（《粵西叢載》）【貳二甲7】
（《粵西叢載》）【貳二甲7】（《粵西叢載》）【伍三甲4】（《太陽和月亮》）

D430-　。。風水異徵：金娃娃面黃肌瘦【貳二乙8】（耿村）

D430-　。。風水異徵：銀娃娃作孝衣女子形【貳二乙8】（耿村）

D430-　。。風水異徵：鐵娃娃作熊腰虎背黑大漢形【貳二乙8】（耿村）

F490　精怪和惡魔：其他的精怪和惡魔

F490-　。。風水有靈會說話：葬龜頭地有傷風水的危險，龜出來說不要緊，
還差一線（未中龜頭）【陸三6】（上海）

F490-　。。風水有靈（白鶴）能移動：風水地靈白鶴從地破處長鳴沖天而
去【伍四丁1】（（稽神錄）《廣記》）【伍四丙1】（無錫）

F840　其他不尋常的物體和地方

F840-　。。風水異徵：枯骨血潤如生，遍身皆長黃白毛，二三四寸不等【伍
一甲5】（《柳崖外編》）

F980　有關動物的離奇現象

F989-　。。風水靈物：金雞自石中飛出【壹三甲2】（《茶香室叢鈔》）

甲4、氣異

　。。風水異徵：王府（醇王府）古柏有王氣【伍二乙1】（吉林）

　。。風水異徵：有帝王氣【伍四乙1】（《晉書》、《御覽》）

　。。風水異徵：冢上有氣觸天【參一2（1）】（《幽明錄》《御覽》）、（凶兆：
兵禍滅門之象）【壹二丙1】（《北史》《焦氏類林》）

　。。風水異徵：墓上五色雲氣連天，延伸數里【參一2（3）】（《宋書》《廣
記》）、有龍出其中【伍一乙8】（《南齊書》《南史》）

　。。風水異徵：墓相凶兆：林木雖茂，無形可久；碑誄雖美，無後可守，法
當滅族【壹二丙2】（《三國志》）

甲 5、事異

　　F　　。。風水的作用：葬地蔭葬者：只穿褲子下葬的人變成穿褲子的龍【參五乙2】（上海）

　　F　　。。風水異徵：地裡飛出龍【參五乙1】（遼寧）、【參五乙2】（上海）

　　F990-　　。。風水異徵：人以厭勝法欲破某墓所樹華表柱忽龍鳴，震響山谷【伍一乙8】（《南齊書》《南史》）

　　。。無福人不得有福地：福地損人：福人葬之後人居官；無福德而葬者，子孫病目或盲障【貳二乙3】（《夷堅志》《稗史彙編》）

　　。。無福人不得有福地：福地擇人：欲葬則宅廚灶屋梁皆折，葬者起之則已【貳二乙4】（《堪輿雜著》）、非當其地者欲葬則一山竹皆爆響【貳二乙5】（《堪輿雜著》）、非當其地者欲葬則聞虎作怒聲【貳二乙5】（《堪輿雜著》）、有大福的人才能消受這塊地，否則地理先生上山時不是肚子痛就是拐了腳，【伍二丁2】（福建漳州）

　　。。凶宅：居其宅者皆以凶殺終【壹二甲1】（《宋書》、《南史》《稗史彙編》《御覽》《宋書》）

　　。墓葬逾制遭凶：墳墓逾制，家毀子死【壹二丙3】（《大唐新語》《御覽》《古今圖書集成》）

　　。床下掘出龜【壹二丙6】（《朝野僉載》《廣記》《錦繡萬花谷》《稗史彙編》）

甲 6、靈異

　　。。風水異徵：夜中鬼語云為牛王爺的避暑之地【貳一7】（河北保定）

　　。。靈異：死者自尋葬地，使隨棺燈籠飛落其地示家人【壹三乙4】（金門）

　　。。風水靈物（鯉魚）符應於人：葬者墳中有三鯉，後代三子夭其二，三鯉亦夭二存一【參五丙10】（上海）

　　E730-　　。。風水靈物（白鶴）符應於人：宅基地下有白鶴，打死其中三隻，宅主三雙胞胎之有異相（黑紅白臉）者亦夭亡【參五丙11】（台灣）

　　E730-　　。。風水靈物應後代：人亡物亦死【壹三甲3】（《稗史彙編》）、風水破，出現靈物獨具一眼，其後人同時事敗並失一眼【伍一甲5】（《柳崖外編》）、墓溝有鯰魚，其家要人身亡魚亦亡【伍一甲4】（《堅瓠廣集》）、祖先墓中白鶴殘障，後代子孫殘障部位與之同【壹三甲5】（金門）、【壹三甲6】（金門、澎湖）、【壹三甲7】（台灣）、【壹三甲8】（澎湖）

E 。。風水寄靈物：黃鱔【伍二丙 2】（上海）

E 。。風水的作用：死人埋在活地，死後仍能行為如活人【壹三甲 9】（潮州）

Q550 不可思議的懲罰

Q550- 。。風水靈異：風水有靈，壞其形者得病痛，止之即瘳【伍四丁 3】（《客坐贅語》）

乙、風水的特性

乙1、客土難填地脈之缺

。。客土無氣，與地脈不連，不能補宅之缺【壹二丙 4】（《焦氏類林》）

乙2、人地無福不相稱

。。無福人不得有福地：福不稱貴地，葬之反招禍【貳二甲 2】（《稗史彙編》）、福德不足者葬之，則將遭雷擊發之【肆一乙 4】（《庸盒筆記》）、【肆五 2】（《原李耳載》）、無福者葬風水吉地，風水自行丕變為凶地【貳二甲 11】（澎湖）、無福之人葬龍穴，山靈移走【參五丙 5】（台灣）

。。無福之地難載真命天子（真命天子天亡）【參五丙 6】（浙江）、【參五丙 8】（浙江）

乙3、風水有靈能移轉

。。風水有靈能移轉：風水地被破壞，風水地靈飛往他處【壹三甲 2】（《茶香室叢鈔》）、白鶴自移轉他地【伍一丙 1】（金門、（鳳穴））【伍四甲 5】（金門）、鱗角長全之龍【伍二丙 1】（上海）、石鳳飛去【捌一 8】（《吳地記》）

。。風水有靈能移轉：吉地風水被破壞，風水之靈轉移他處出貴人（皇后）【伍四甲 5】（金門）、【伍一丙 1】（金門）

乙4、風水特徵符應於人

。。風水的作用：地形風水肖女人，土人取水之井恰在女陰，故該地婦女多淫亂【伍一丙 2】（漳州）

。。風水的作用：風水特性影響子孫：「螃蟹穴」地中冒出泥漿，象徵蟹殼破裂卵分散，因此後代子孫多散丁（閩散人）【壹三乙 5】（澎湖）

。。風水的作用：風水特性影響子孫：「螃蟹穴」墓石破裂，有如蟹殼破裂卵外流，因此後代子孫多離祖外遷【壹三乙 4】（金門）

。。風水的作用：風水特性影響子孫：「螃蟹吐沫形」墓穴前流泉被石堵，泉濁涸而墓主家人損，去石則泉復清流如故【壹三乙 1】（《地理人子須知》）

。。風水的作用：風水特性影響子孫：祖先墓葬於「公牛穴」，後代子孫力大如牛【壹三乙 3】（金門）、「牯牛地」【壹三乙 2】（上海）

。。風水的作用：風水特性影響子孫：豎葬「剪刀穴」之楯眼（單釘），代代出單丁【壹三乙 6】（金門）

。。風水的作用：風水特徵符應於人：祖先葬豆腐店門下，後代子孫白且胖【參四丙 6】（上海）

。。風水的作用：風水特徵符應於人：祖先葬龍虎山，後代子孫黑且壯【參四丙 6】（上海）

。。風水的作用：風水特徵符應於人：「母雞穴」屋牆過高，象徵母雞高立，則雛雞不聚窩，因此後代子孫多離祖外遷【壹一甲 29】（金門）

。。風水的作用：風水特性影響後代：祖先葬高崖，後代得風水之蔭者，非鬢髮上指，則目睛仰生【參四丁 1】（《稗史彙編》）

。。風水負作用：風水形象符應於人：祖先墓樹偏側不正，後代子孫頭側偏【參二 4】（《夷堅志》）

。。風水的作用：風水符應後代：先人左目為墳上木根貫穿，後代世患左目，出其木根，目疾不藥而癒【陸二乙 4】（《稗史彙編》（后山談叢）《事文類聚》）

。。風水的作用：風水葬法影響後代：骨灰斷續葬，後代封爵亦斷續【參四丁 1】（《稗史彙編》）

。。風水的作用：祖先墳葬流水地，子孫不存財【貳二乙 8】（耿村）

。。風水的作用：風水靈物符應於人（命寄風水靈物）：屋脊函中紅蛇被擊斃，宅生之人遽亡【壹三甲 10】（金門）

。。風水的作用：墓樹枯榮兆子孫禍福【壹一甲 17】（《湧幢小品》）

乙 5、其他

。。風水的效果：塋墓坐向同，葬者子孫遭遇亦同【壹一丙 2】（《揮麈三錄》）

丙、風水奇地

。。奇怪的風水地：穴沉水底【參四丁 2】（《堪輿雜著》）

。。奇怪的風水地：在高崖峻險處，人不能到【參四丁 1】（《稗史彙編》）

。。奇怪的風水地：在他人墳前之明堂【肆四 1】(《子不語》)、在寺廟大殿中【陸二甲 27】((長樂縣志)《卜人傳》)、在人家門口下【參五乙 1】(遼寧)、在豆腐店的房門口下【參四丙 6】(上海)、在某肉店砧墩下【參五乙 2】(上海)

。。風水吉地惡形狀：水洞竟是龍穴【貳二乙 10】(潮州)

。。風水吉地惡形狀：怪石嶙峋【貳二乙 10】(潮州)

。。風水吉地惡形狀：螞蟻洞【貳二乙 11】(高雄鳳山)

丁、與風水有關的各種禁忌

C70　禁忌：冒犯聖靈

C70-　。。風水靈異：誤踏土中朽棺而染無名惡疾【肆四 2】(《諧鐸》)

C70-　。。風水靈異：廟在海邊風水地，行經其地不入廟禮拜者，船行繞海離不開【伍四丙 2】(澎湖)

C150　有關分娩的禁忌

C150-　。。生產禁忌：忌女兒在母家分娩，將奪母宅靈氣【壹三甲 10】(金門)

C830-C899　其他尚未分類的禁忌

C830-　。。風水禁忌：風水地上石筍會長高，有人以馬桶刷量石筍高度，石筍不再生長風水破【參五丙 3】(浙江)

C830-　。。風水禁忌：塚上培土墓穴塌【壹二戊 6】(《原李耳載》)【壹二戊 8】(《歸田鎖記》)

C830-　。。風水禁忌：即將出現天子的風水地無人能破，只有正懷著眞命天子的孕婦例外，她破了能出眞命天子的風水地，她的孩子沒當成天子【參五丙 4】((新場鄉)上海)

C830-　。。破壞風水的方法：以婦女專用物(綁腳的木屐)碰觸或打擊地靈象徵(鳳穴墳石即鳳冠)，使地靈受傷或離開【伍四甲 5】(金門)

C830-　。。風水師的助手(媳婦)誤犯禁忌，(打斷了風水師的替身泥人)，風水師巫術失敗身亡【參五丙 7】(上海)

其他難以分類的禁忌

。。助手(母親)誤犯禁忌(提早喚醒)，風水師夢中踏山身亡【參五丙 6】(浙江)

。。助手（妹妹）誤報時（提早喚醒），眞命天子早發神箭刺皇帝招殺身禍【參五丙 5】（台灣）

。。助手（媳婦）誤殺畸形兒，眞命天子落地夭【參五丙 8】（浙江）、【參五丙 10】（上海）、【參五丙 9】（耿村）

二、風水的效果和作用

說明：這裡所謂的「效果」和「作用」分別是指：「效果」是風水故事中被預期應該發生而未發生的事件或情況；「作用」是指在故事中被認爲是因風水的影響導致而發生的事物或情況。不論發生或未發生，總之都反映出對風水效用的期待及聯想，因此別出一類以繫之。

甲、正面效果和作用

甲1、出帝后

。。風水吉作用：葬地佳者福子孫：數代天子【參一 2（1）】（《幽明錄》《御覽》）、【參一 2（2）】（《異苑》《廣記》）

。。風水吉作用：葬地佳者福子孫：出皇帝【貳二甲 9】（《朱元璋故事》）、【參五乙 1】（遼寧）、出天子【參一 2（3）】（《宋書》《廣記》）、【壹三甲 1】（《癸辛雜識》）、出貴人（皇帝）【貳一 7】（河北保定）

。。風水吉作用：葬地佳者福子孫：出皇帝或宰相【參四丙 6】（上海）

。。風水吉作用：葬地佳者福子孫：出皇帝與王侯【參四丙 1】（浙江、江蘇）、河北保定、【參四丙 2】（（杭州）上海）、【參四丙 3】（耿村）

。。風水的效果：能出天子【伍四甲 2】（《夷堅丙志》）【伍二丁 1】（《太陽和月亮》）【伍二丁 2】（福建漳州）出眞命天子【伍二丁 3】（澎湖）出眞龍天子【伍二丁 4】（上海）、墓中三金魚，當出三天子【壹三甲 1】（《癸辛雜識》）、父葬天子地，遺腹子能做眞命天子【參五丙 8】（浙江）

。。風水的效果：四世爲吳帝【肆二 3】（《稗史彙編》）、代代出帝王【伍二丙 1】（上海）

。。風水的效果：當產帝王《古今圖書集成》）、【參四甲 3】（《朱元璋故事》）、【參五丙 1】（（通州）《董仙賣雷》）、【肆二 5】（上海）、【陸五 3】（耿村）、【陸二丙 6】（高雄鳳山）、出兩個皇帝【伍二戊 1】（金門）、人葬某地，能

投胎龍身【參五乙 2】（上海）

。。風水吉作用：葬地佳者福子孫：出后妃【參四甲 1】（《宋稗類鈔》）、出國后【陸二戊 2】（《人子須知》）

。。風水的作用：骨灰進牛嘴（魚龍嘴），後代做皇帝；骨灰掛牛角（魚龍角），後代做大臣【參四丙 1】（保定、江蘇）

。。風水的作用：戲子當皇帝，應出帝風水【伍二丁 3】（澎湖）

。。風水的效果：出反王【伍二甲 5】（台灣）

。。風水的效果：風水巫術：死者靈堂燈蓋馬桶、屋上蓋斗，四十九天後死者兒子能做皇帝

甲 2、登科致仕或升官

。。風水吉作用：葬地佳者福子孫：位極人臣【壹一甲 3】（《晉書》《錦繡萬花谷》）、【貳二甲 1】（《感定錄》《事文類聚》）、【參四甲 2】（福建福清，官至宰相）【貳二乙 3】（《夷堅志》《稗史彙編》）、【肆一乙 3】（《昨非庵日纂》）、致尚書【壹一甲 20】（《稗史彙編》）、出三公（位至三公居相位）【壹一甲 23】（《北東園筆錄》）、出三公【伍四乙 1】（《晉書》、《御覽》、（幽明錄、世說）《廣記》、《錦繡萬花谷》、《稗史彙編》、《古今圖書集成》）、出侍郎，又科第數人【陸五 1】（《人子須知》）

。。風水吉作用（和效果）：葬地佳者福子孫：出將帥【壹一甲 9】（《邵氏錄》《錦繡萬花谷》）、出將軍【參五丙 10】（上海）、出元帥【參五甲 2】（吉林）、【參四乙 5】（耿村）、【貳二甲 10】（漳州）、出將、致富【貳二甲 10】（金門）

。。風水吉作用：葬地佳者福子孫：出狀元【貳二甲 6】（《粵西叢載》）、【參四丙 5】（昆山《董仙賣雷》）、【陸二丁 10】（金門）、【貳二甲 12】（澎湖）

。。風水吉作用（和效果）：葬地佳者福子孫：封公侯【參一 3】（《北史》）、【陸二己 4】（朝野僉載）《太平廣記》）、【陸三 1】（《夷堅乙志》）、快速封侯【壹二甲 4】（《湖海新聞夷堅續志》），【壹一甲 17】（《湧幢小品》）、致公侯及縣長【壹一甲 1】（《御覽》《幽明錄》）、得壽及封侯【壹一甲 5】（《唐年補錄紀傳》《廣記》《稗史彙編》）、出王侯將相【參四丙 4】（浙江蕭山），【參五甲 2】（吉林），出大官【伍四甲 5】【伍四甲 6】（金門）後代做高官【參五甲 2】（吉林）

。。風水吉作用（和效果）：葬地佳者福子孫：出貴人：孝廉、功臣【壹三

甲 4】（（《婺源縣志》）《中國歷代卜人傳》《古今圖書集成》），孝子大貴（爲高官）【陸二丁 1】（《南史》《陳書》《古今圖書集成》），（官）【壹三甲 5】（金門）、（進士）【壹三甲 6】（金門、澎湖），【壹三甲 7】（台灣），【壹三甲 8】（澎湖），冒名得官【壹一甲 7】（《桂林風土記》《廣記》），後代驟貴爲官【壹二丁 3】（《揮麈後錄》）

。。風水吉作用（和效果）：葬地佳者福子孫：致仕宦【壹一甲 4】（《南史》《御覽》《古今圖書集成》），出仕宦貴人【貳二甲 3】（《過庭錄》）【伍四甲 3】（《稗史彙編》）【貳二甲 2】（《稗史彙編》），子孫官小佀相繼不絕【壹一甲 21】（《稗史彙編》），子孫科第官祿繼起【陸二丁 5】（《卜人傳》）

。。風水吉作用（和效果）：葬地佳者福子孫：登第致仕【壹一甲 10】（《春渚紀聞》）【參四丁 2】（《堪輿雜著》）【陸二甲 14】（《水東日記》）【參二 4】（《夷堅志》）【參二 3】（《夷堅志》）【陸三 2】（《夷堅志》）【陸二甲 20】（《堅瓠秘集》）【參三 1】（《補筆談》《宋稗類鈔》）【肆一甲 4】（《湧幢小品》）【肆一甲 7】（《湧幢小品》）【參二 6】（《湧幢小品》《中國歷代卜人傳》）【壹一甲 18】（《湧幢小品》《卜人傳》）【陸二甲 15】（《松窗夢語》）【陸二甲 16】（《松窗夢語》）【肆一乙 1】（《地理人子須知》）【陸二甲 13】（《稗史彙編》）【肆一甲 14】（《咫聞錄》）【陸三 4】（《咫聞錄》）【肆一乙 4】（《庸盦筆記》）【肆一甲 16】（《履園叢話》）【肆一甲 13】（《妙香室叢話》）【壹一甲 19】（《稗史彙編》）【貳一 3】（《稗史彙編》）【肆一甲 3】（《昨非庵日纂》（登第封侯））【參一 5】（《昨非庵日纂》）【肆一甲 5】（《昨非庵日纂》）【肆一甲 10】（《香飲樓賓談》）【肆一甲 15】（《北東園筆錄三編》）子孫登第致仕，五房六宰相【肆一甲 17】（《北東園筆錄四編》《履園叢話》）【貳二甲 4】（《恩福堂筆記》）【陸二甲 25】（《清稗類鈔》）【陸二甲 26】（（雍正《高陽縣志》）《卜人傳》）【壹一甲 26】（《新化縣志》《中國歷代卜人傳》），出狀元【伍二丙 2】（上海）【伍二乙 2】（福建廈門）

。。風水吉作用（和效果）：葬地佳者福子孫：子孫貴盛【肆一甲 6】（《湧幢小品》（爲太師））【陸二丁 4】（《湧幢小品》《人子須知》）【陸二戊 2】（《人子須知》）【陸二丁 3】（《稗史彙編》），世不絕貴【陸二丁 3】（《稗史彙編》）

。。風水吉作用（和效果）：葬地佳者福子孫：世爲上公【參一 1（1）】（《後漢書》《御覽》）、世爲方嶽【壹一甲 3】（《志怪集》《御覽》）、四世五公【參一 1（2）】（《御覽》《錄異傳》《御覽》）、世爲藩牧郡守【伍四丁 1】（（稽神

錄）《廣記》）），累世衣冠【伍四甲 1】（《新唐書》），公侯世世不絕【陸二丙 1】（（朝野僉載）《廣記》《茶香室四鈔》《稗史彙編》《古今圖書集成》），子孫昌盛，四世五公【參一　1（3）】（《廣記》《幽明錄》《小說》《廣記》）、并世刺史【壹一甲 3】（《志怪集》《御覽》）、世出二千石（刺史）【壹一甲 3】（《晉書》《錦繡萬花谷》）、累世清貴【參二　1】（《集異記》《廣記》），數代宰執【肆二 3】（《稗史彙編》），代代出紫衣【肆一乙 4】（《庸盦筆記》），世世作將相【參四乙 2】（《中國堪輿名人小傳記》）、【參四甲 3】（《朱元璋故事》）、子孫官爵至一升麻子之數【肆一乙 2】（《昨非庵日纂》），出三斗三升芝麻官，會萬代做官【柒一 4】（上海金山），【陸三 8】（上海嘉定）

。。風水吉作用（和效果）：葬地佳者福子孫：，世代科甲【肆一甲 1】（《地理人子須知》），連登科甲【貳二甲 5】（《地理人子須知》），【壹一甲 22】（《熙朝新語》），科甲蔚興【陸三 5】（《卜人傳》），世代登第【肆一甲 2】（《昨非庵日纂》），代代出狀元【壹一乙 1】（《太陽和月亮》）【壹二乙 3】（澎湖）

。。風水吉作用：葬地佳者福親人（父母）：葬殤子於吉地，父得列位卿【壹一甲 6】（《戎幕閒談》《廣記》）

。。風水吉作用：葬地佳者福親人：子女骨肉生埋他人福地，父親族人可分他人福祿：豐收、登科【伍三甲 1】（耿村）

。。風水的效果：吉宅能出大魁【壹一甲 11】（《春渚紀聞》）

。。風水的效果：生人葬某風水地，子孫必位及三公【柒一 1】（《清稗類鈔》）

。。風水的效果：風水佳地葬丈夫則無效，葬女人則子當為三公【陸二乙 1】（《錄異記》）

。。風水的效果：後應出受君命【伍四乙 1】（（幽明錄）《廣記》、（世說）《御覽》、《錦繡萬花谷》、《稗史彙編》）

。。風水的效果：吉宅能出卿相【壹一甲 15】（《昨非庵日纂》）

。。風水吉作用：宅地佳者福宅人：官途順遂【壹二戊 4】（《湧幢小品》）、【壹二戊 5】（《湧幢小品》）

。。風水吉作用：宅相預兆出貴甥：甥為公侯【壹一甲 2】（《晉書》《御覽》）

。。風水吉作用：修復地方圮塔，地方官員紛紛封爵拜相【壹一丁 B6】（《漁舟記談》）

。。風水吉作用：改復官署舊井，官署有司皆升官【壹一丁 B3】（《湧幢小品》）

。。風水吉作用：造宅上樑遇貴人口出吉言，宅主得吉如其言：出狀元【陸二丁 14】（上海松江）

。。風水吉作用：立燈竿於先人墳塋之某字向方位，子弟中該方位字向年生者皆登科甲【壹一丁 B5】（《簷曝雜記》《清稗類鈔》）

。。風水的作用：學堂竣工響礟之數，即當年登科學子之數【壹一丁 B7】（《清稗類鈔》《庸閒齋筆記》）

。。風水吉作用：吉宅作學堂，學子皆登科甲【壹一甲 11】（《春渚紀聞》）

。。風水吉作用：改建學堂門向，學子登科甲【壹一丁 B4】（《客坐贅語》），【壹一丁 B7】（《清稗類鈔》《庸閒齋筆記》），改學堂植樹方位，學子科第遂盛【壹一丁 B2】（《庚巳編》）

。。風水吉作用：改葬祖墓，後代連年登科第【壹一丁 B1】（《夷堅志》），【壹一丁 B8】（《明齋小識》），【壹一丁 A2】（《松江府志》《中國歷代卜人傳》）

。。風水的作用：破壞之風水稍復，子孫科第成績亦稍復【伍四甲 2】（《夷堅丙志》），去除風水障礙，子孫再登科舉【壹二戊 8】（《歸田鎖記》）

。。風水的效果：葬「七鶴戲水穴」，後代可出七位官員【壹三甲 6】（金門、澎湖）

。。風水的效果：生人葬某風水地，子孫必位及三公【柒一 1】（《清稗類鈔》）

。。風水的效果：風水佳地葬丈夫則無效，葬女人則子當為三公【陸二乙 1】（《錄異記》）

。。風水的效果：後應出受君命【伍四乙 1】（（幽明錄）《廣記》、（世說）《御覽》、《錦繡萬花谷》、《稗史彙編》）

。。風水的效果：葬「七鶴戲水穴」，後代可出七位官員【壹三甲 6】（金門、澎湖）

。。風水的效果：能出狀元、進士

。。風水的效果：「天鵝穴」七個卵形石象天鵝蛋，將出七位貴人（大官）【伍四甲 8】（福建漳州）

。。風水的效果：「犍牛形」的村莊會出在朝大官【伍三乙 2】（耿村）

甲3、添丁發財或長壽

。。風水吉作用：改宅相添丁：改房門方位【壹一丁 A3】（（《錢辛楣年譜》）《中國歷代卜人傳》）

。。風水吉作用：改京城地形使皇室添丁【壹一丁 A1】（《揮麈後錄》）

。。風水吉作用：改墓相添丁：鑿半月池【壹一丁A2】(《松江府志》《中國歷代卜人傳》)

。。風水的作用：改風水出丁：庭前種樹，逾年出丁【陸二丙3】(《在野遍言》)

。。風水的作用：改風水出丁：毀祖墓之門而生子【陸二丙3】(《在野遍言》)

。。風水的作用：改風水出丁：墓臺爲圓皆生女，改圓爲方則得子【陸二丙3】(《在野遍言》)

。。風水的作用：改風水得育子女：數生子不育，修祖墓則生而能育【陸二丙3】(《在野遍言》)

。。風水的作用：宅基石柱年年長，屋主連生雙胞胎【參五丙11】(台灣)

。。風水吉作用：宗祠風水佳，人丁鼎盛成大族【壹一甲298】(金門)

。。風水吉作用：葬地佳者福子孫：子孫蕃昌【壹一甲4】(《南史》《御覽》《古今圖書集成》)，人丁大旺【陸二戊3】(《人子須知》)，子孫繁衍、科第聯綿【肆一甲8】(《前徽錄》)，後代繁衍成大族【參四乙3】(金門)【壹一甲27】(金門)【壹一甲28】(金門)，子孫綿綿多福祿【肆一乙6】(廣州)，子孫興旺發達【參四丁3】((無錫)上海)

。。風水吉作用：葬地佳者福子孫：致富：子孫累富，得牛千頭【陸二戊1】(《夷堅志》)，富貴不絕【壹一甲12】(《堪輿雜著》)，寅葬卯發(驟富)【陸二甲17】【陸二甲18】(《地理人子須知》)【陸二甲28】(福建晉江)，致富、登科第【壹一甲16】(《庚巳編》)，致富貴壽【壹一甲24】【壹一甲25】(《錫金識小錄》《中國歷代卜人傳》)，挖到金元寶【陸三10】(上海崇明)，大發財利【陸四3】(台灣)，數年間財發百萬【陸四2】【陸二丁11】(台灣)，致富【貳二甲13】(金門)

。。風水吉作用：葬地佳者福子孫：財丁大旺，巨富冠鄉【壹一丙4】(《人子須知》)，財丁火旺【陸二丁13】(《中國堪輿名人小傳記》)，子孫興旺發達【參四丁3】((無錫)上海)，大發丁財【陸四1】(台灣)，大發財丁成望族【參五乙2】(台灣)

。。風水吉作用：姓名閻王者住小鬼鎮宅屋，越住越發財，因閻王管小鬼，故小鬼搬財只進不出【肆一丙1】(耿村)

。。風水的作用：葬地風水須經打，越打其家越發【陸二甲6】(《堪輿雜著》)

。。風水的作用：盜葬風水佳地，其人驟富；起棺出地，其人即窮【壹一甲

12】(《堪輿雜著》)

甲 4、神靈香火盛

。。風水吉作用：寺廟風水佳，神靈香火盛【壹一乙 1】【壹一乙 2】(《太陽和月亮》)【伍三乙 3】【壹一乙 3】(金門)【伍四丙 2】(澎湖)

。。風水的作用：得風水成仙：牧童在風水地上坐化成仙【陸二丁 9】(台灣桃竹苗)【壹一乙 3】(金門)

甲 5、治病

。。風水的作用：去除前身墓中之腋下蟻窩，其前身轉世者多年腋氣不藥而除【壹一丁 C5】(《春渚紀聞》)

。。風水的作用：死者靈堂蓋馬桶，家人皆生病，除之則病癒【參五丙 1】((通州)《董仙賣雷》)

。。風水的作用：宅中曲桑蓋井，宅主失明，桑去則復明【壹一丁 C4】(《朝野僉載》)

。。風水的作用：改葬父骸，去除父骸脊骨之蟲，子脊痛宿疾頓愈【壹一丁 C6】(《睽車志》)

。。風水的作用：改葬妻墓，夫病即癒【壹一丁 C8】(《中國歷代卜人傳》)

。。風水的作用：改葬病癒：葬後子孫皆病目，改葬他處，病者皆癒【貳二乙 3】(《夷堅志》《稗史彙編》)

。。風水吉作用：改宅貌（毀離位之山亭），雙瞽復明【壹一丁 A2】(《松江府志》《中國歷代卜人傳》)

。。風水的作用：牆橫曲木，宅主之母生病，去牆木則病癒【壹一丁 C7】(《中國歷代卜人傳》)

。。風水的作用：遷葬室內骸骨，居室人疾病自癒【壹一丁 C1】(《魏志》《搜神記》《三國志》)

甲 6、其他

。。風水吉作用：葬地佳者福子孫：出文章之士—蘇氏父子)【參一 4（1）】(《湖海新聞夷堅續志》《稗史彙編》)

。。風水吉作用：葬地佳者福子孫：出能人：道教天師【參四丙 4】(浙江蕭山)

。。風水的作用：出能人（刀筆屬害之訟師）【伍二丙 2】(上海)

。。風水吉作用：葬地佳者福子孫：子孫入泮【陸二丁 6】（《天長宣瘦梅夜雨秋燈錄》《卜人傳》）

。。風水的效果：泉有翰墨香，當產大賢【壹一甲 14】（《人子須知》）

。。風水的效果：朝天鯉魚穴若聞官吏壯威鑼鼓聲而葬，能出貴人【陸二丁 13】（《中國堪輿名人小傳記》）

。。風水的效果：榮其子孫【肆二 2】（《昨非庵日纂》《聞然錄》《堅瓠集》《北東園筆錄續編》）

。。風水的效果：出猛人【伍四丁 2】（（翁源）《太陽和月亮》）

。。風水的作用：墓葬「安龍頭，枕龍耳，不三年，萬乘至」，葬後不久，皇帝往訪其墓【陸二甲 5】（《青瑣高議》《地理人子須知》）

。。風水的作用：墓葬「龍耳」地，能致天子來問墓【陸二甲 4】（《晉書》）

乙、負面的效果和作用

乙 1、國衰或家敗

。。風水負作用：太上皇葬地不佳，致皇后皇帝相繼離宮，繼而失國【陸二甲 9】（《昨非庵日纂》）

。。風水負作用：皇陵葬地不佳，其國遭災【壹二甲 3】（《春渚紀聞》）

。。風水負作用：改建兆禍：京城（國都）橋式如弓架河上，如弓之有靶；橋樑改建平式則如弓去靶，威武不揚致外侵【壹二丁 5】（《清稗類鈔》）

。。風水負作用：上梁時日不稱宅，屋主驟富即衰【壹二乙 1】（《庚巳編》《古今圖書集成》）

。。風水負作用：改建致禍：築路盤山以便掃墓，不料卻破壞墓地風水，使路如長蛇注入巢形墓穴，形成衰相致家敗【壹二丁 6】（《履園叢話》《清稗類鈔》）

。。風水負作用：改葬致禍：紫藤蟠棺，斫藤遷葬，其後家衰【壹二戊 1】（《閑窗括異志》）

。。風水破壞的結果：富戶祠堂及祖墳風水壞，致一敗塗地【陸四 1】（台灣）

。。風水破壞的結果：風水異徵（龍角）被破壞，村莊剎那化汪洋【伍四乙 3】（（紹興）《古蹟傳說》）

。。風水破壞的結果：宗族鄉里荒廢【伍四甲 5】（金門）

乙2、生病或死亡

。。風水負作用：改葬遭凶：棺為樹根縈繞，強斷樹根以葬，其後家衰人亡【壹二戊3】（（《紀聞》）《廣記》《稗史彙編》）

。。風水負作用：改葬遭禍：官員被指以遷葬搔擾州縣，遷謫而死【壹二丁3】（《揮塵後錄》）

。。風水負作用：非公侯之命而葬公侯之地，子孫遭禍（財散人亡）【貳二乙7】（《茅亭客話》《中國歷代卜人傳》）

。。風水負作用：宅氣索然不得補，宅主之子不終壽【壹二丙4】（《焦氏類林》）

。。風水負作用：風水異徵（土中龍形）被被壞，宅居其地者未幾皆卒【壹二戊5】（《湧幢小品》）

。。風水負作用：風水異徵（棺下坎中雙鯽游）被破壞，移柩未久，柩主親人（丈夫）遽亡【壹二戊9】（《北東園筆錄三編》）

。。風水負作用：祖先墳地犯臨墳煞，子孫相繼故亡，後嗣遂絕【伍三甲2】（《清稗類鈔》）

。。風水負作用：強求風水非常之地，遭非常之禍至喪命：火球自飛，尋聲襲人致死【肆五2】（《原李耳載》）

。風水負作用：葬穴偏差，招喪身之禍【壹二甲4】（《湖海新聞夷堅續志》）

。。風水負作用：葬地不吉禍子孫：卜者云葬地不利長子。葬後數月，葬者之子亡，妻亦繼死【陸二丁7】（（光緒廣安州志）《卜人傳》）

。。風水負作用：營葬時間不吉，葬後家人意外傷斃【壹二乙2】（《清稗類鈔》）

。。風水負作用：葬地不佳禍親人：葬後家人皆病【壹二丙7】（《明齋小識》）

。。風水負作用：風水異徵（墓中清泉）被破壞，墓主後代遇變而傷【壹二戊6】（《原李耳載》）

。。風水的效果：墓葬「龍角」地，其家當滅族【陸二甲4】（《晉書》）

。。風水的作用：山川毒氣所鍾，故孕育多蛇，從而葬之，亦召奇毒之禍（夷九族）【肆三4】（《地理人子須知》）

。。風水破壞的結果：行葬技術不佳，鑿破風水異徵（葬地中形如守宮之奇石），家人不久相繼病亡或凶死【伍四乙2】（（酉陽雜俎）《太平廣記》）

。。風水破壞的結果：風水靈物死，後代淪胥殆盡【伍一乙9】（《異苑》《廣

記》《稗史彙編》）

。。風水破壞的結果：飛虎破「犍牛形」的村莊風水，村中年輕人大量死亡
【伍三乙2】（耿村）

。。風水破壞的結果：祖墳風水被掘破，風水靈物亡毀，後代子孫隨即衰亡
【伍一甲3】（《堅瓠九集》）【伍一甲4】（《堅瓠廣集》）【伍一甲1】（《揮塵
後錄》）【伍一甲5】（《柳崖外編》）【伍一甲6】（《簷曝雜記》）

。。風水破壞的結果：葬地風水破壞，其後代之榮顯者隨即衰亡【伍四甲3】
（《稗史彙編》）

。。風水破壞的結果：鑿破祖墳出帝風水者，墮馬折臂，兒亡【伍四乙1】
（《世說新語》《廣記》）

。。風水破壞的結果：富戶祖墳風水破，戶主一病不起，家業敗落【陸三9】
（上海崇明）

。。風水破壞的結果：拔除宅前樹根所埋鎮風水物（磨糖工具石車）宅主家
隨即染疫敗亡【伍四甲7】（高雄鳳山）

。。風水破壞的結果：風水地上廟失火，破風水者遇難死【伍四丙2】（澎湖）

。。風水破壞的結果：道觀風水破，道觀中法術高強之道人變瘋癲【伍四丙
1】（無錫）

。。風水破壞的結果：巫術風水（馬桶蓋靈台）被破壞，風水受蔭者（死者
丈夫及兒子）生病而死【參五丙1】（（通州）《董仙賣雷》）

。。故犯風水禁忌而遭禍：於祖屋之前，關門於白虎，陰宅之左，引水於黃
泉，數年間喪老幼十餘人【壹二丁4】（《金壺七墨全集》）

。。故犯風水禁忌而遭禍：塚上培土未久，襲前人之官者亡【壹二戊8】（《歸
田鎖記》）

乙3、失官或損財

。。風水負作用：風水異徵（發光石尖）被破壞，宅居其地者旋即失官【壹
二戊4】（《湧幢小品》）

。。風水破壞的結果：高官祖墳風水破，恰遇外族入侵，丟官家破，墳成荒
草【陸三8】（上海嘉定）

。。風水破壞的結果：村落風水象徵物破壞，村中為官者坐罪失官【伍四甲
6】（金門）

。。風水破壞的結果：葬地風水破壞，後代為官者失官，從此不出貴人【伍

四甲 5】（金門）

。。風水破壞的結果：富戶遭火家財全失並入獄【陸三 10】（上海崇明）

。。風水破壞的結果：風水做好，買賣做大；風水破壞，買賣著火遭賊又賠本【陸三 7】（耿村）

。。風水的作用：商人祖墳風水被破壞，所做生意皆敗，損丁破財【陸四 3】（台灣）

乙 4、禍及棺墓

。。風水負作用：葬地不佳遭凶：葬處不得眞穴，致被人發墳之厄【肆一甲 13】（《妙香室叢話》）

。。風水負作用：葬壓龍角，其棺必斷【壹二丙 5】（（《朝野僉載》）《廣記》《錦繡萬花谷》《稗史彙編》）

乙 5、其他

。。風水負作用：葬地不佳禍子孫：子孫零落【肆二 1】（《昨非庵日纂》）

。。風水負作用：葬地不佳禍家人：擇葬不精致葬者家中生怪：六畜能言並罵人，改葬則怪絕【壹二甲 2】（《廣異記》《廣記》）

。。風水負作用：葬地風水佳，營葬不吉則反其效：吉地能出狀元，葬時不佳則出臭頭【壹二乙 3】（澎湖）

。。風水負作用：葬地偏差，不吉反凶：發箭取地，應葬於箭尾卻葬箭口，發福不久即遭凶【壹二甲 5】（《粵西叢談》）

。。風水負作用：葬法不佳者禍子孫：草寇強梁不善終【陸五 2】（《人子須知》）

。。風水負作用：葬時觸犯風水禁忌而留下遺患：葬時傷猴，因此後代「見猴必敗」【伍二甲 6】（《太陽和月亮》）

。。風水的效果：火燒麒麟穴怪石嶙峋，煞及四房，四房須他鄉創業，始可平安【陸二丁 12】（《中國堪輿名人小傳記》）

。。風水破壞的結果：子孫宦緒不進，不復有人登科【伍四甲 2】（《夷堅丙志》）

。。風水破壞的結果：地氣鑿破，川流如血，子孫不振【伍四甲 1】（《新唐書》）

。。風水的作用：風水地「魟魚穴」被皇后祖廟鎮壓而喘息不已，致風水地

鄰近地區飛沙走石【伍一丙1】（金門）

。。風水的作用：鎮壓風水之石獅得風水靈氣成精魅【伍二乙5】（泉州）

丙、美中不足的風水效用

丙1、吉凶並濟的風水

。。風水的作用：先禍後福：風水之地，先損人丁家產，再有從武功中得貴者【壹一丙5】（《人子須知》）

。。風水的作用：先禍後福：葬風水地後家中不斷發生人命官司，把家產蕩盡後，卻因抓姦獲得和尚廟產驟富【陸二甲28】（福建晉江）

。。風水的作用：福禍並致的風水地：子孫四世大夫，但長房均夭【壹一丙7】（《中國歷代卜人傳》）

。。風水的作用：福禍並致的風水地：子葬風水地，其家三朝小凶（虎傷馬），一七大凶（父病），凶過而發福攸遠，富至萬石【壹一丙4】（《人子須知》）

。。風水的作用：福禍並致的風水地：先人葬「先絕後發」地，其後人亡盡而後遺腹子登第【壹一丙8】（金門）

。。風水的作用：福禍並致的風水地：先衰後發：子孫須先有卒於非命者，而後再有富貴者【壹一丙2】（《揮塵三錄》）

。。風水的作用：福禍並致的風水地：害兄福弟【壹一丙1】（《事文類聚》）

。。風水的作用：福禍並致的風水地：富貴之後不能壽【壹一丙3】（《夷堅志》）

。。風水的作用：福禍並致的風水地：葬者後代須先遇禍始有後福【壹一丙6】（（《古今圖書集成》）《中國歷代卜人傳》）

。。風水的作用：禍後得福：葬者之子死而後孫輩興【陸三5】（《卜人傳》）

。。風水的作用：禍福並致的風水地：「猛虎下山形」風水地可致「半夜夫妻八百丁」，卻是先失獨子，再由遺腹子傳繼後代致子孫繁盛【陸二甲19】（《人子須知》）

。。風水的作用：穴高水遠，不利初代（數代之後才發家）【壹一甲14】（《人子須知》）

丙2、損用互見，彼長此消的風水效力

。。風水負作用：穴妨術師，葬者得吉，卜者遭凶：卜者為人卜葬吉地，使

葬者子孫登第，卜者則得疾（病風攣）【陸三 2】（《夷堅志》），葬後三月術師死【陸三 1】（《夷堅乙志》），方葬而卜者為雷擊斃【陸三 3】（《人子須知》），葬者落葬完成燃鞭炮時，卜者一聽炮聲就倒地而死【陸二丁 8】（《太陽和月亮》）

。。風水負作用：穴（風水）煞地師：葬者得吉，卜者遭凶：風水師失明【陸三 4】（《咫聞錄》）【陸三 5】（《卜人傳》）【陸三 10】（上海崇明）【陸三 6】（上海）【陸三 7】（耿村）【陸三 8】（上海嘉定）【陸三 9】（上海崇明）【壹三甲 5】（金門）【壹三甲 6】（金門、澎湖）【壹三甲 8】（澎湖）

。。風水的作用：吉地風水破，因指地而失明之風水師復明【陸三 4】（《咫聞錄》）【陸三 6】（上海）【陸三 7】（耿村）【陸三 8】（上海嘉定）【陸三 9】（上海崇明）

。。風水的作用：風水剋應，彼消此長：「虎穴」宗祠面向「豬槽香穴」村莊，「豬槽香穴」村人紛紛外遷而沒落，「虎穴」宗族則昌盛於其地【伍三乙 4】（金門）

。。風水的作用：風水剋應，消長相奪：原葬風水地者每減產一分，後分葬其風水地者即增產一分，科甲得名亦如之【伍三甲 1】（耿村）

。。風水的作用：風水剋應，禍福相奪：兩墳相鄰，一墳得吉則臨墳不利，反之亦然【伍三甲 2】（《清稗類鈔》）

。。風水的作用：風水剋應：「牛形地」風水攝食農作物，使「牛頭」面對的鄰地農作物歉收【伍三甲 5】（《太陽和月亮》）

。。風水的作用：風水剋應：「虎形地」攝豬，使活豬自行前往墳前受宰供祭【伍三甲 3】（廣東曲江）

。。風水的作用：風水剋應：「烏鴉穴」風水地攝農作物，使該地附近農作物歉收【伍三甲 4】（《太陽和月亮》）

。。風水的作用：風水剋應：「鵝形地」風水攝食農作物，使該地附近農作物歉收【伍三甲 6】（《太陽和月亮》）

。。風水的作用：風水剋應：兩家墳地相鄰，一家葬後發達另一家絕後【肆五 3】（《北東園筆錄三編》）

。。風水的作用：兩姓風水靈氣相奪，一姓發則另一姓敗【壹一甲 28】（金門）

。。風水的作用：風水剋應：風水地吸盡附近地方靈氣，使他地草木不生【伍

三乙 3】（金門）【壹三甲 10】（金門）

。。風水的效用：藉風水稟賦物性的生剋原理制衡或奪取風水靈氣：製風獅石像張口向敵方以吸其風水靈氣【伍三乙 3】（金門）

。。風水的效用：藉風水稟賦物性的生剋原理制衡或奪取風水靈氣：製將軍持弓石像向敵方所立之風獅以攝其威【伍三乙 3】

。。風水的作用：淺深不同，乘氣有異：「先凶後吉」之地，先葬者遭凶，後葬者得吉【陸五 1】（《人子須知》）

。。風水的作用：淺深不同，乘氣有異：風水之地，葬之合法出王侯，不合法出賊頭【陸五 2】（《人子須知》）

。。風水的效用：以風水術制衡敵人：在敵國所在位置方向設象徵物（如巳位立蛇門），使其首朝己國，以示其國屬己【伍三乙 1】（《吳越春秋》）

。。風水的效用：以風水術制衡敵人：絕敵國方向之門以象絕其國【伍三乙 1】（《吳越春秋》）

。。風水的效用：以風水術取得地利：象天地之形築城以通天氣【伍三乙 1】（《吳越春秋》）

。。風水的效用：以風水術蒙騙敵人：外城開向敵國方向之門，以向敵國示臣服；內城則閉敵國方向之門，以象取其國【伍三乙 1】（《吳越春秋》）
金門

丙 3、兩美不可雙全的風水

。。風水的作用：貴者少富，富者少貴【壹一甲 13】（《人子須知》）

。。風水的效果：已貴者大福不再（葬貴地無效）【貳二甲 2】（《稗史彙編》）

。。風水的效果：旺丁口則不出貴【陸二戊 3】（《人子須知》）

。。風水的效果：一穴兩局：「先發後絕」或「先絕後發」【壹一丙 8】（金門）

。。風水的效果：一穴兩局：一主大富，一主大貴【參一 4（1）】（《湖海新聞夷堅續志》《稗史彙編》）

。。風水的效果：一穴兩局：上穴能使葬者後代即登富貴，但壽命不長；下穴則葬後三十年可出執政【壹一丙 3】（《夷堅志》）

。。風水的效果：一穴兩局：世世封侯，或數代天子【參一 2（1）】（《幽明錄》《御覽》）

。。風水的效果：一穴兩局：世世爲郡守，或一世爲都督【壹一甲 7】（《桂

林風土記》《廣記》)

。。風水的效果：一穴兩局：可得「萬年香煙」或是「萬人丁」【壹一乙3】（金門）

。。風水的效果：一穴兩局：百世諸侯，或四世為帝【參一2（2）】（《異苑》《廣記》)

。。風水的效果：一穴兩局：葬「鼎穴」之中代代出狀元，葬「鼎穴」之邊代代出賊王【陸一7】（澎湖）

。。風水的效果：一穴兩局：葬前，後代可出三宰相；葬後，後嗣可卜萬年有男丁【壹三乙4】（金門）

。。風水的效果：一穴兩局：葬某處，年過百歲，位至三司，而子孫不蕃；某處年幾減半，位裁卿校，而累世貴顯。【壹一甲4】(《南史》《御覽》《古今圖書集成》)

。。風水的效果：一穴兩局：葬死人，後代富貴；葬活人，後代封侯拜相【參五甲1】（上海）

。。風水的效果：一穴兩局：葬前可蔭後代出三宰相，葬後可保後代萬年有人丁【參四乙3】（金門）

丁、受損而有缺憾的風水

。。風水的作用：王陵墓前有小阜，後世皇嗣皆偏出【陸一6】（震澤紀聞）《卜人傳》

。。風水的作用：平民登帝者（孫權）祖葬天子地，未葬正穴，致後代稱帝者偏安【貳二乙6】(《堪輿雜著》)

。。風水的作用：行葬天子地，不料行葬觸犯風水禁忌（掀開禁忌之門），地靈逸出，致有後來篡位者【參五乙1】（遼寧）

。。風水的作用：人葬眞龍穴，龍穴脫身走，葬者龍袍穿一半，後代稱帝失敗【參五丙5】（台灣）

。。風水的作用：地脈挖破，仍出帶血天子（宋室濟王）【壹三甲2】《茶香室叢鈔》

。。風水的作用：在地宗族本命（竹叢）除，本族沒落而外姓壯大【參四乙4】（金門）

。。風水的作用：風水師密損主人風水，使其後代有財無丁，他人養子他人

福。後其家代代都是抱養承祧，正應了他人生子他人福之言【陸四2】（台灣）

。。風水的作用：葬時犯禁忌，掘地過深效果打折：風水靈物（白鶴）逸出，後代不出藩牧郡守，但出縣令【伍四丁1】（《稽神錄》《廣記》）

。。風水的作用：葬時犯禁忌，影響風水作用：葬白貍眠地，俟白貍自起而葬者世不絕貴；行葬者驚白貍起而葬，後子孫之貴，必中斷後數世再興【陸二丁3】（《稗史彙編》）

。。風水的作用：葬時觸犯風水禁忌而遭遇災難：風水師預告葬天子地之家人葬後不可返回葬地拾遺物，但仍有人回頭拾物，拍落覆物之蟻與泥，因而震動京城，使皇帝察覺而破其風水【伍二丁1】（《太陽和月亮》）

。。風水的作用：風水靈物死，狀元風水地只出訟師不出狀元【伍二丙2】（上海）

。。風水破壞的結果：鑿破祖墳出帝風水者，墜馬折臂而位至三公【伍四乙1】（幽明錄）《廣記》、（世說）《御覽》、《錦繡萬花谷》、《稗史彙編》，位至公而無子【伍四乙1】（《晉書》）、《御覽》、《古今圖書集成》

三、取得風水的方法

甲、風水術的使用與獲得

D1170　神奇物件（法寶）：神奇的器皿和工具

D1170-　。。神奇的寶物：奇鏡（「錠珠」）遇風水吉地，鏡面自動凸起，置風水真穴則凸起如針，離其地則復平若鏡【陸一3】（（《集微》）《稗史彙編》）

D1170-　。。神奇的寶物：風水寶物：八人抬的大羅盤，可以呼喝山水【陸一5】（《太陽和月亮》）

D1620　自動操作的法寶

D1620-　。。風水術倚賴能呼山喝水之寶物：羅盤【陸一5】（《太陽和月亮》）

D1620-　。。風水術倚賴精魅所贈之寶物，能自動偵測風水【陸一3】（（《集微》）《稗史彙編》）

D1720　法力的獲得

D1720-　。。風水術得自石龜授書，D1830-　能移山轉水，下地如神，自下其家風水，科第仕宦甚眾，無一不應其所求【陸一1】（《湖海新聞夷堅續志》）

D1720- ．。風水術得自動物：右眼抹烏龜眼淚，得賦觀地術【陸一 7】（澎湖）

D1720- ．。風水術得自夢中人授印， D1800- 因忽解青烏家言，能為人作佳城圖，其人即數千里外，按圖求之輒得【陸一 2】（《粵劍編》）

D1720- ．。風水術得自夢中人授書【陸一 6】（（震澤紀聞）《卜人傳》）

D1720-（F640- ） ．。風水術得自先天秉賦：左目仙眼【陸一 4】（（同治《桂東縣志》)《卜人傳》）

乙、殊地奇葬

。。殊地奇葬：「毛筆穴」草木不生，以棉衣殮葬其地，恰可補其筆毛而成局【貳二甲 12】（澎湖）

。。殊地奇葬：「畚箕穴」葬者首尾倒葬得吉【貳二甲 13】（金門）

。。殊地奇葬：地形為照天燭，其光在頂，適葬於絕巘之巔【貳二甲 6】（《粵西叢載》)

。。殊地奇葬：風水地犯三煞，人皆云不可葬，卜者擇三煞出遊日葬之【陸二丙 3】（《在野逸言》)

。。殊地奇葬：照天蠟燭穴，滿山皆石，唯山之頂巔有土可葬【肆一乙 1】（《地理人子須知》)

。。殊地奇葬：畸地風水巧葬法：水中做墳：木排圍樁於水中，中實土以造墳【參四丁 2】（《堪輿雜著》)、【參四丁 3】（（無錫）上海）

。。殊地奇葬：畸地風水巧葬法：骨灰作彈丸，以弓發至人不能登之崖上吉地【參四丁 1】（《稗史彙編》)

。。殊地奇葬：豎葬「剪刀穴」楦眼，單丁傳代免絕後【壹三乙 6】（金門）

。。殊地異葬：風水師指人葬後遭凶而遺棄之舊穴以示葬，言風水之穴「淺深不同，乘氣有異」，並云其地「先凶後吉」，先前凶氣已去，再葬得吉【陸五 1】（《人子須知》)

。奇特的葬法：以土繞於水邊成州，填石作塚【貳二乙 1】（《酉陽雜俎》《廣記》《古今圖書集成》)

丙、吉地取於物擇

。。取得風水的方法：吉地取於物擇：牛眠之地【壹一甲 3】（《志怪集》《御

覽》),【壹一甲 3】(《晉書》《錦繡萬花谷》),白狸眠處【陸二丁 4】(《湧幢
小品》《人子須知》)【陸二丁 3】(《稗史彙編》),取龜葬之處葬親【參三 1】
(《補筆談》《宋稗類鈔》)

丁、計取風水

。。取得風水的方法：計騙風水：訛告地主為圈豕以購其地,實為取該地風
水以廉價得【參四乙 1】(《桯史》)

。。取得風水的方法：骨灰做饅頭,投入風水地之牛嘴以得風水【參四丙 2】
((杭州)上海)

K330　瞞過所有人的方法

✳K330- 。。風水師的詭計：計獻女子討風水：獻女子予葬得風水吉地者
之後代,待女子懷孕後取回女子,占有其得風水之蔭的後代【參四丙 7】(四
川)

K1110　詐人自我傷害

K1110- 。。取得風水的方法：以反話誘騙敵人落入圈套：欲幫助某甲的風
水先生,告訴某甲云某物(竹叢)為其本命,使某甲加意維護,某乙以為某
甲將壯大而不利於自己,遂除去其物(竹叢),然其實某物(竹叢)為不利
於甲而利於乙之本命象徵,其物除後,甲遂獨大而乙則沒落【參四乙 4】(金
門)

K1110- 。。風水師的詭計,使不知情的人自破風水：地方官以修路為處分
條件,使土豪自行修建不利其家門風水之路【伍四甲 8】(福建漳州)

K1110- 。。風水師的詭計,使不知情的人自破風水：假扮風水師的政敵,
誘騙思念兒子的對手母親破壞自家風水,使做官的兒子被迫罷官回家　【伍
四甲 5】(金門)

K1110- 。。風水師的詭計,使不知情的人自破風水：騙道觀徒弟放低觀前
橋,可出更多真人(有法術之道人),結果地靈破土出,觀中真人變瘋癲【伍
四丙 1】(無錫)

K1110- 。。風水師的詭計,使不知情者自破風水：風水師詭言風水有變須
調整,藉機破其風水以懲其怠慢【陸三 10】(上海崇明)

K1110- 。。風水師的詭計,使不知情者自破風水：風水師詭言修改風水可
改善風水和官運,藉機破其風水以懲其怠慢【陸三 8】(上海嘉定)

K1110- 。。風水師的詭計，使不知情者自破風水：風水師詭言修改風水可改善風水和官運，藉機破其風水以懲其背信（未付酬）【陸四 2】（台灣）

K1110- 。。風水師的詭計，使不知情者自破風水：風水師詭言修改風水可改善風水和財運，藉機破其風水以懲其背信（未付酬）【陸四 3】（台灣）

K1110- 。。風水師的詭計，使不知情者自破風水：風水師詭言修改風水可使子孫登科甲，藉機破其風水以懲其怠慢【陸三 4】（《咫聞錄》）

＊K1110- 。。風水師的詭計，使不知情者自破風水：風水師知主人將佔自己死後所葬風水地，預埋錦囊書於己墳，詭言主家風水未完成，實為破其風水法。主人果然得其錦囊而如法修正，不久即敗【陸四 1】（台灣）

＊K1110- 。。風水師的詭計：使不知情的人自破風水：風水有異徵，主人不知，風水師向主人偽稱風水有異須重整，藉機破壞其風水【伍二甲 6】（《太陽和月亮》）

＊K1110- ＋ K330- 。。風水師的詭計，使葬得貴地者之貴氣歸於他家：葬得「將軍扶劍形」風水地者，將出國后，風水師詭稱劍上堆九星，則風水之應神速。後其家貴女選妃，臨行發瘂，風水師使私交善者取其女，女產子皆貴顯，是貴氣歸於其家【陸二戊 2】（《人子須知》）

K1810 以偽裝（隱瞞）詐騙

K1800- 。（藉模擬兩可的話詐騙）「愈高李（你）愈好」【壹一甲 29】（金門）

＊K1810- 。。取得風水的方法：實驗作假取風水：隱瞞風水吉地特徵（假裝唸咒，其實沒唸，使風水地山門會因唸咒而開門的特徵不見），令主人誤以為不是風水地而放棄。【參五甲 2】（吉林）

＊K1810- 。。取得風水的方法：實驗作假取寶地：隱瞞風水吉地特徵（百步聞聲如雷，假裝不聞；木樁埋地隔夜長，持錘打樁使不長），令主人誤以為不是風水地而放棄。【參四乙 5】（耿村）

＊K1810- 。。取得風水的方法：實驗作假取寶地：隱瞞風水吉地特徵（蹲上蹲下假裝跳動，其實不動，使風水地井水會因跳動而起泡的特徵不見），令主人誤以為不是風水地而放棄【參五甲 1】（上海）

K1810- 。。取得風水的方法：徉聾偷聽風水師論風水秘密【參四乙 2】（《中國堪輿名人小傳記》）

K1840 以替代詐騙

＊K1840-　。。取得風水的方法：計取風水：隱藏風水吉地特徵（拔除生葉枯枝，以無葉枯枝取代，使風水地能使枯枝生葉的特徵不見），令主人誤以爲效用不驗而放棄（K1840. 藉代替詐騙）【肆一甲 15】(《北東園筆錄三編》)

＊K1840-　。。取得風水的方法：實驗作假取風水：隱藏風水吉地特徵（拔除生葉枯枝，以無葉枯枝取代，使風水地能使枯枝生葉的特徵不見），令主人誤以爲風水地成熟時候未到而放棄。【參五甲 2】（吉林）

＊K1840-　。。取得風水的方法：實驗作假取寶地：製造風水吉地特徵（吉地夜不著露，作假者灑水於不著露的眞風水地上，覆席於他地使不沾露），令主人誤認假風水地而棄眞風水地。【參四乙 3】（金門）

＊K1840-　。。取得風水的方法：實驗作假取寶地：隱瞞風水吉地特徵（吉地能使枯枝生葉，作假者拔去生葉之枝代以枯枝）【參四乙 2】(《中國堪輿名人小傳記》)

戊、偷風水

　。。取得風水的方法：偷換骨灰佔風水【參四丙 5】((昆山)《董仙賣雷》)，【參四丙 3】（耿村）

　。。取得風水的方法：偷葬他人墓地以分享風水【肆一甲 17】(《北東園筆錄四編》《履園叢話》)

　。。取得風水的方法：偷葬他人葬地以佔風水【參四甲 1】(《宋稗類鈔》)，【參四丙 6】（上海）

　。。取得風水的方法：偷葬風水師堪輿佳地以佔風水【參四甲 3】(《朱元璋故事》)【參四丙 6】（上海）【參四丙 7】（四川）【參四甲 2】（福建福清）

　。。取得風水的方法：取走風水靈物以偷去風水【陸五 4】（耿村）

己、其他取得風水的方法

　。。取得（選擇）風水的方法：繩索自斷就地埋：舁棺出葬，繩索忽斷，就地埋葬得好風水【貳二甲 8】(《明史紀事本末》)，【貳二甲 7】(《粵西叢載》)，【參四乙 2】(《中國堪輿名人小傳記》)，【參五丙 1】((通州)《董仙賣雷》){可與 J1650-　。(910E*)互見：風水師父親的遺言：繩子兩截才落葬，日子便好過【柒四 1】（耿村）

　。。取得（選擇）風水（定穴）的方法：以弓矢發箭，視箭所到處，即葬其

地【壹二甲 5】（《粵西叢談》）

。。取得風水的方法：在鬧鬼的墳地上守墳三夜維護風水【貳一 7】（河北保定）

。。取得風水的方法：環山之地地盤小，恐載不起貴人（皇帝），風水先生做法踏平山岡以擴大地基【參五丙 6】（浙江）

。。風水巫術：建物以應風水形象：作塔於馳形之山峰，以應「馳負重則行」，使風水生效【壹三甲 2】（《茶香室叢鈔》）

。。風水巫術：捏好泥人當替身，以便藉龍穴風水顯靈【參五丙 7】（上海）

。。風水巫術：風水師臥中入夢去踏山（踏平山岡），汗流七桶才喚醒，出帝風水能成就【參五丙 6】（浙江）

。。風水巫術：馬桶作燈蓋，保護出帝風水【參五丙 1】（（通州）《董仙賣雷》）

。。風水巫術：黑狗和青藤置屋頂，保護出帝奇光不外洩【參五丙 2】（（五庫村）上海）

H240　真相的檢驗：其他

H240-　。將風水地贈人行葬，視其後人發展，以徵驗卜者預言及風水之效【壹一甲 23】（《北東園筆錄》）

S10　殘忍的父母

S10-　。。取得風水的方法：活埋親骨取風水：生取親生兒女之骨肉埋於他人之墓以分其風水【伍三甲 1】（耿村）

S20　殘忍的子孫

S20-　。兒子以佔風水為由，逼母親自殺埋入風水地，以掩藏不可告人的身世【參五甲 3】（耿村）

S200-（S20-）　。。取得風水的方法：活埋親骨取風水：活埋母親取風水【參五甲 2】（吉林）

S200-（S20-）　。。取得風水的方法：活埋親骨取風水：活埋親母取風水【參五甲 1】（上海）

S200　殘忍的犧牲行為

S200-　。。取得風水的方法：活埋親骨取風水：活埋自己以求得到術士宣稱的風水效果（子孫位及三公）【柒一 1】（《清稗類鈔》）

S200-　。。取得風水的方法：活埋親骨取風水：母親自葬（活埋）風水地，

以求蔭後代得高官【參五甲 2】（吉林）

T670　收養

　　T670-　。。取得風水的方法：不尋常的交易：交換後代還風水【參四丙 6】
（上海）

U170　盲目的舉止

　　U170-　。。取得風水的方法：在風水所在地自殺，逼使地主準其就地埋葬
【參五乙 2】（上海）

　　U170-　。。取得風水的方法：在風水所在地自殺，逼使地主準其就地埋葬
【參五乙 2】（台灣）

　　U170-　。。取得風水的方法：懸屍於人家門前，以逼占門下的風水所在地
【參五乙 1】（遼寧）

L210　謙讓反而選到最好的

　　L210-　。。誤打誤撞得風水：一個懂風水的人須靠某人幫忙才能得到天子
地，天子地旁是王侯地，懂風水者謊稱該王侯地即天子地，意使某人取得王
侯地，自己可得天子地。不料某人想當王侯不當天子，而取其所假稱爲王侯
之天子地。後來某人成爲皇帝，懂風水者後代爲其朝中王侯【參四丙 1】（浙
江、江蘇、河北保定）

N200　命運的佳禮

　　N200-　。。福人得福地：善心人葬惡地，不料自然現象改變環境特徵，風
水凶地變寶地【肆一丙 8】（遼寧）

N610　意外發現罪行

　　N610-　＊。。福人得福居：造宅匠人欲埋不祥物以厭主人，主人即時發現，
匠人以吉語辨告其行，往後宅主居所均如其言【伍二甲 3】（《此中人語》）

　　N610-　＊。。福人得福居：造宅匠人欲埋不祥物以厭主人，主人即時發現，
匠人以吉語辨告其行，往後宅主居所均如其言【伍二甲 4】（（江浙）《董仙
賣雷》）

N630　意外獲得寶藏或錢財

　　N630-　＊。誤打誤撞得財富（寅葬卯發）【陸二甲 17】（《地理人子須知》）
【陸二甲 18】（《人子須知》）【陸二甲 28】（福建晉江）

　　N630-　。。誤打誤撞得風水：弄拙成巧：陰陽先生置小鬼鎮宅，要使小鬼
搬光宅主家財。不料宅主名字叫閻王，閻王管小鬼，因此小鬼搬財只進不出

【貳二丙 1】（耿村）

N630- 。。誤打誤撞得風水：兒子戲言將母倒葬以懲其不孝婆婆，母恐倒葬而暗囑人將之倒置入棺，兒卻未如戲言行葬，而所葬母地正好是倒葬得吉之「畚箕穴」【貳二甲 13】（金門）

N630- 。。誤打誤撞得風水：窮人無棺而代以米籃殮屍，所葬之地正好是無棺乃發的風水地（米籃穴）【貳二甲 10】（金門） 以棉衣殮屍，（毛筆穴）【貳二甲 12】（澎湖） 草蓆殮屍，（毛蟹穴） 以草蓆殮屍【貳二甲 9】（《朱元璋故事》）【貳二甲 10】（漳州） 無棺而葬【貳二甲 11】（澎湖）【貳二甲 12】（澎湖）

N630- 。。福人得福地：出殯遇大雨（狂風），路中停下就葬，所葬竟是福地【貳二甲 5】（《地理人子須知》）【貳二甲 9】（《朱元璋故事》）【貳二甲 10】（金門、漳州）

N630- 。。福人得福地：窮人辭貴地，然別葬之地即貴地【貳二甲 1】（《感定錄》《事文類聚》）

N630- 。。福人得福地：人不黯風水術，然所葬皆合風水之道【貳二甲 2】（《稗史彙編》）【貳二甲 3】（《過庭錄》）

Q110 獎賞的性質：物質獎賞

Q110- 。。福人報福地：相地者所卜吉地，爲昔日曾救助者之地，地主因付地以報恩【肆一甲 8】（《前徽錄》）【肆一甲 14】（《咫聞錄》）【肆一甲 2】（《昨非庵日纂》）【肆一甲 3】（《昨非庵日纂》）【肆一甲 5】（《昨非庵日纂》）【肆一甲 10】（《香飲樓賓談》）【肆一甲 16】（《履園叢話》）

Q110- 。信守承諾的朋友：答應酬謝風水師的人，在風水師出外期間，悄悄爲他備置了家產【貳一 6】（台灣）

Q110- ＋ N630（意外獲寶）- 。。福人得福地：路不拾遺、代人還穀，得石山爲償，不料石山之頂，正是所求風水吉地【肆一乙 1】（《地理人子須知》）

庚、錯失（不得）風水的原因

。。無福人不得風水地：欲葬親人遺骨者不識風水地在螞蟻洞，因不忍親骨遭蟻啃蝕而失得地機會【貳二乙 11】（高雄鳳山）

。。無福人不得風水蔭：河發洪水沖某人祖墳以改善其家風水，某人卻指河

而罵，河遂改道無復改其風水【貳二乙 9】（耿村）

。。無福人不得風水寶：寶物化人形從風水地走過，無福人不識其寶【貳二乙 8】（耿村）

。。無福人不得福蔭：火燒麒麟穴遇喜則煞解，無福人誤會風水師，不依指示而葬喪失風水作用【陸二丁 12】（《中國堪輿名人小傳記》）

。。無福人不識風水地：神仙爲人指佳地，其人見地形惡而拒絕或放棄【貳二乙 10】（潮州）

K1600　行騙者落入自己的圈套

K1600- 。。風水師看中主人家吉地，意欲自葬，而婉辭曰請主人營葬，以爲主人必自諱凶事而將轉讓之。不料主人口辭而竟依言而行，其子葬父後果然登第，風水師終不得其風水【陸三 2】（《夷堅志》）

辛、其他難以分類的

L 。。誤打誤撞失風水：急取骨包搶風水，誤拿別家骨，風水他家得【參四丙 4】（浙江蕭山），【參四丙 6】（上海）

P110　社會階層：大臣

P110- ✳。。破風水的原因：自破風水洩王氣：人言某官祖墓有帝王氣，某官聞之自鑿破【伍四乙 1】（《晉書》、《御覽》、（幽明錄、世說）《廣記》、《錦繡萬花谷》、《稗史彙編》、《古今圖書集成》）【伍一乙 13】（《中國歷代卜人傳》）祖墓側澗水當出天子，某聞之自塞其水【伍四甲 2】（《夷堅丙志》）

P110- 。。舍棄（不得）吉地的原因：公侯卜地，恐遭天子忌【壹一甲 6】（《戎幕閒談》《廣記》）

Q200　受懲罰的行為

Q200- ＊。。天遣惡行不授吉地：奸臣造橋做龍穴地欲葬祖先，圖謀篡奪皇位，神仙（八仙）路過抬走橋，洩漏龍地氣，奸臣難爲皇【肆二 5】（上海）

Q200- ＊。。天遣惡行不授吉地：貪官倩請風水名師堪吉地，風水師夜夢二使叱之而止【肆二 3】（《稗史彙編》）【肆二 2】（《昨非庵日纂》《閱然錄》《堅瓠集》《北東園筆錄續編》）

Q200- ＊。。天遣惡行不授吉地：貪官倩請風水名師堪吉地，風水師夢神誡勿點吉穴，師貪重利仍爲點穴，葬後雷擊破其穴，風水師無病而亡，官家亦浸衰【肆二 4】（《北東園筆錄四編》）

Q200- ＊ 。。天遭惡行不授吉地：貪官僱請風水名師堪吉地，風水師夢鬼罩其眼，堪地後又夢鬼持去罩，方悟所堪吉地原爲凶壤，果然貪官付葬後不久零落【肆二 1】(《昨非庵日纂》))

四、破壞風水的原因

說明：「破壞風水的方法」大多是以象徵性的手法施行各種破壞的方式，因此幾乎都已歸類到湯普遜架構內的 Z100－Z199（把事物人格化和象徵化的情節單元）類，這裡收納的「破壞風水的原因」多是基於風水信仰的對風水作用的認識及其運作思維而產生的意念或行動，很難盡以「象徵」來全面概括，姑置其類若此，以彰風水故事情節及其思維之一面。

甲、報復或陷害（K2200　惡棍和背叛者）

＊。。破風水的原因：風水師報復貪吝主：主家怠慢爲其堪葬而失明之卜者，卜者遂破其風水而復明【陸三 4】(《咫聞錄》)（豬血洗眼）【陸三 6】(上海)【陸三 8】(上海嘉定)（地血擦眼）【陸三 9】(上海崇明)【陸三 10】(上海崇明)【陸三 7】(耿村)【壹三甲 8】(澎湖)

＊。。破風水的原因：風水師報復貪吝主：主家葬後發財，恐風水師分其家財而隱瞞，卜者損其風水以報復【陸四 2】(台灣)【陸四 3】(台灣)【貳一 6】(台灣)

＊。。風水師報復貪吝主：主人烹跌落糞坑之羊招待風水師，風水師憤懣隱瞞風水吉地，另與他人【陸二丁 9】(台灣桃竹苗)

＊。。破風水的目的：風水師破壞風水，以恢復自己因指出風水而失明的視覺

＊。。破風水的原因：風水師破壞主人風水，以報復主人的對待不善【壹三甲 6】(金門、澎湖)【壹三甲 8】(澎湖)，(主家侵占卜者葬地)卜者留書破其風水【陸四 1】(台灣)

。。風水師報復貪吝主：主人未依約付酬金，風水師改變風水：改生子風水爲生女【陸二丙 3】(《在野邇言》)

乙、破敵風水以敗敵

＊。。破風水的原因：風水蔭人力氣強，受其強勢欺壓者壞其風水，使其失

勢不得欺人【壹三乙2】（上海），【壹三乙3】（金門）

＊。。破風水的原因：破敵風水以敗敵：兩兵交戰，弱勢之方欲破對方主帥祖墳風水以洩其氣，使其自敗【伍一甲2】（《元史》），【壹三甲3】（《稗史彙編》）

＊。。破風水的原因：破敵風水以敗敵：政敵設計破壞對手祖墳風水以除其勢【伍四甲5】（金門）

＊。。破風水的原因：破敵風水以敗敵：盜寇爲亂，官兵破壞寇帥之祖墳風水，使其自敗（黃巢）【伍一甲1】（《揮塵後錄》），黃巢、徐壽輝、張士誠、李自成）【伍一甲4】（《堅瓠廣集》），（黃巢、李自成）【伍一甲3】（《堅瓠九集》）【伍一甲6】（《簷曝雜記》），（李自成）【伍一甲5】（《柳崖外編》）

丙、防止出帝

。。破風水的原因：有感於徵候而行事：皇帝（始皇）聞某地有天子氣，乃親游其地以厭之【伍一乙1】（《史記》《漢書》《宋書》），令人掘污其地，表以惡名【伍一乙3】（《後漢書》），（鑿山以絕其勢）【伍一乙4】（《宋書》）名【伍一乙5】（《晉書》）

。。破風水的原因：有感於徵候而行事：皇帝（漢武帝）聞獄中有天子氣，於是詔獄繫者，亡輕重一切皆殺之【伍一乙2】（《漢書》）

。。破風水的原因：有感於徵候而行事：皇帝（宋明帝）聞某墓有龍形五色雲氣，於是遣人以大鐵釘長五六尺釘其墓四維，以爲厭勝【伍一乙8】（《南齊書》）

。。破風水的原因：有感於徵候而行事：皇帝（齊太武帝）聞某地有天子氣，於是親游其地以厭之，累石爲封，斬鳳皇山以毀其形【伍一乙7】（《北史》），（齊和帝）築皇宮御苑於其地以厭（應）之【伍一乙6】（《南史》）

。。破風水的原因：有感於徵候而行事：皇帝（唐高宗）聞某風水名師爲人卜葬之地有天子氣，於是遣人斷所扦山，並詔補其地師（丘延翰）【伍一乙10】（《江西通志》《中國堪輿名人小傳記》）

。。破風水的原因：有感於徵候而行事：墓有王氣，皇帝命鑿破【伍一乙9】（《異苑》《廣記》《稗史彙編》）

。。破風水的原因：有感於徵候而行事：皇室聞某地有休符，乃命掘斷其地脈以洩其氣【伍一乙12】（《桯史》），（宋徽宗聞有天子氣）【伍一乙11】（《桯

史》）

。。破風水的原因：皇帝（朱元璋）為永坐皇位，派遣手下（和尚目廣僧）到處破壞風水地【伍二丙 3】（浙江），【伍二乙 2】（福建廈門）

。。破風水的原因：民間風水有真龍，皇帝命大臣破風水【參五丙 1】（（通州）《董仙賣雷》），皇帝（朱元璋）命大臣（劉伯溫）破風水【參五丙 2】（（五庫村）上海），國師（劉伯溫）保主（朱元璋）世代為帝，到處破龍地以防出天子奪江山【伍二丙 1】【伍二丁 4】（上海）

。。破風水的原因：國師（劉伯溫）要保主（朱元璋）世代為皇帝，到處破龍地以防出天子奪江山（上海）

。。破風水的原因：大臣將葬真龍正穴地，皇帝為保自身皇位而敗其穴【伍二丁 2】（福建漳州）

丁、其他破風水的原因

。。破風水的原因：丈夫出外做官，婦女獨守在家生怨，破風水使丈夫失官回家【伍四甲 6】（金門）

。。破風水的原因：土豪胡作非為，地方官計破其祠堂風水，以防其家出官為惡【伍四甲 8】（福建漳州）

。。破風水的原因：大臣（江夏侯）誤聽皇命，將「傳地」誤為「斷地」而四處破壞風水【壹三乙 6】（金門）

。。破風水的原因：毒蟲過度繁殖，鎮風水使免於過繁【伍二乙 3】（耿村）

H240　真相的檢驗：其他

H240-　。破人風水以查驗風水作用虛實【壹一甲 23】（《北東園筆錄》）

五、破壞風水的方法

甲、諧音比義應風水

Z100　把事物象徵化的情節單元

Z100-　＊。。破風水的方法：諧音比義應風水：出帝風水出二帝，建「關帝」和「玄天上帝」廟應之使風水失效【伍二戊 1】（金門）

Z100-　＊。。破風水的方法：諧音比義應風水：地方風水將出十個閣老（朝

臣），以石頭壓住風水靈物（長蟲玉帶、蛤蟆烏紗帽），出了石閣老就不出十閣老【伍二戊 2】（耿村）

乙、擬象破風水

Z100-　＊。。破風水的方法：擬象破風水：在「鱧魚上灘穴」風水地上搭橋象魚網以破風水，風水遂破而吉應不再【陸三 4】（《卍聞錄》）

Z100-　＊。。破風水的方法：擬象破風水：鋪一個形似關刀的石埕，可以破使石獅成精的風水活穴【伍二乙 5】（泉州）

Z100-　＊。。破風水的方法：擬象破風水：龍穴地能出天子，在龍頸埋屍以爛龍頸，在龍身種竹劈竹以劈龍鱗，使龍穴地不活【伍二丁 4】（上海）

Z100-　＊。。破風水的方法：擬象破風水：龍穴地能出天子，挖深龍地之河心作開膛破肚象，在龍口造石橋撐住龍嘴，築墳壓住龍尾，使龍穴地不活【參五丙 2】（（五庫村）上海）

Z100-　。。破風水的方法：擬象破風水：建壁、挖水壙，使撲向「犍牛形」風水的飛虎撞壁淹死【伍三乙 2】（耿村）

Z100-　。。破風水的方法：建塔象釘以刺死風水地「獅牛望月」之獅頭山【伍二乙 4】（金門）

Z100-　。。破風水的方法：建塔象馬栓以鎖「五馬拖車穴」之馬【伍二戊 1】（金門）、【伍二乙 4】（金門）

Z100-　。。破風水的方法：建雙塔於「老婆現解」風水地的雙腳上以鎮壓風水作用【伍二乙 2】（福建廈門）

Z100-　。。破風水的方法：築塔蓋於地肖女陰之井口，女多淫亂之地頓少淫案【伍一丙 2】（漳州）

丙、改名破（厭）風水

Z100-　。。破風水的方法：改地名厭風水：醉李城改爲由拳縣，掘污其地【伍一乙 3】（《後漢書》）、改金陵曰秣陵；掘污其地，表以惡名（囚卷縣）【伍一乙 4】（《宋書》）、【伍一乙 5】（《晉書》）田其間，表惡名（銅釘圩、狗骨洋、掘斷嶺）【伍一乙 12】（《桯史》）、改吉祥地名爲樸拙土名【柒四 2】（河北保定）、龍穴地改名鯉魚上岸【參五丙 2】（（五庫村）上海）

丁、直取要害破風水

。。破風水的方法：墳中眞龍刀鎗不入，毛竹尖能刺死【參五丙1】(（通州）《董仙賣雷》)

Z110　把事物擬人化的情節單元：

Z110-　。。破風水的方法：挖掉龍角山和虎頭嶺的龍心虎膽【伍二丙3】(浙江)

Z110-　。。破風水的方法：在「烏鴉穴」風水地要害（心）相對應的位置建廟，以禳制其風水，不使「烏鴉」踐踏附近稻麥【伍三甲4】(《太陽和月亮》)

其他象徵化或擬人化的情節單元

Z（V500-）　。。風水靈物有象徵：長蟲（蛇）是玉帶，蛤蟆是烏紗帽【伍二戊2】(耿村)

戊、斷絕地脈破風水（Z）

。。破風水的方法：掘斷地脈以洩其氣【伍四乙1】(《晉書》、《御覽》、(幽明錄、世說)《廣記》、《錦繡萬花谷》、《稗史彙編》、《古今圖書集成》)、【伍一乙11】(《桯史》)、鑿山以絕其勢【伍一乙4】(《宋書》)【伍一乙5】(《晉書》)、斷墓隴，田其間【伍一乙12】(《桯史》)、鑿地破風水【壹三甲2】(《茶香室叢鈔》)、挖深坑掘斷地脈【伍三甲6】(《太陽和月亮》)

。。破風水的方法：累石爲封，斬鳳皇山以毀其形【伍一乙7】(《北史》)

。。破風水的方法：挖井之地自動復原，不能成井，將鐵器置所挖井中，遂不再復原【參五丙2】(（五庫村）上海)【伍二丙1】(上海)、寄住土中之風水靈物（黃鱔）流血死，土地遂不再復原【伍二丙2】(上海)

己、建物鎮風水

。。破風水的方法：建騎龍廟、造浪搭橋，以破牛穴風水【陸三10】(上海崇明)

。。破風水的方法：建塔鎮出帝風水【參五丙3】(浙江)

。。破風水的方法：建太陽廟與月亮廟於皇命掘斷之風水地上，使皇室相信風水已斷【伍二乙1】(吉林)

。。破風水的方法：建關帝廟鎮毒蟲，使不致過度繁殖【伍二乙3】（耿村）

。。破風水的方法：解除風水效力：在受「牛形地」風水之害而減產的地方建廟，以禳制其風水【伍三甲5】（《太陽和月亮》）

。。破風水的方法：解除風水效力：建廟正向「虎形地」，以免該地居民飼豬被虎形地攝去遭受損失【伍三甲3】（廣東曲江）

。。破風水的方法：以形制形破風水：修路象蛇，破天鵝卵蛋穴【伍四甲8】（福建漳州）

庚、破壞地靈象徵物

。。破風水的方法：解除風水效力：拆除建於「魴魚穴」上壓迫魴魚鼻孔的宗祠屋瓦，使魴魚不再因喘息而吹飛沙石【伍一丙1】（金門）

。。破風水的方法：解除風水效應：取出牡牛地中二石卵，去其觝觸之性，使不致於凶【陸二丙4】（（民國洛陽縣志）《卜人傳》），去除「牡牛地」墓前石牛【壹三乙2】（上海），【壹三乙3】（金門），打擊雙鳳穴之石鳳罩丸【伍四甲6】（金門）

。。破風水的方法：挖出風爐穴風水地中的黑色泥土，使其穴破而葬者家敗【陸四3】（台灣）

。。破風水的方法：官員將皇帝所賜寶劍插「鯉魚穴」池中，池水沸騰至乾【伍四丙2】（澎湖）

辛、厭勝鎮風水

S330　謀殺或遺棄小孩的情況

S330-　。。破風水的方法：殺童男女為「童丁」瘞於風水地下為厭勝【伍一乙12】（《桯史》）

。。破風水的方法：埋物厭宅以敗主人：造宅主人苛匠人，匠人暗埋咒語（三十年必拆）及不祥物（破筆）於其門首使其家門屢遭不祥致敗【伍二甲2】（《此中人語》）

。。破風水的方法：埋物厭宅以敗主人：造宅匠人暗埋不祥物（套枷泥孩）於主人家，欲使其家遭不祥【伍二甲3】（《此中人語》），【伍二甲4】（（江浙）《董仙賣雷》）

。。破風水的方法：厭勝以解除風水效應：地不利長子，埋物（蠟鵝）於先

人墓側之長子位以厭伏其凶【伍二甲 1】(《南史》《御覽》《古今圖書集成》)

。。破風水的方法：厭勝法：以大鐵釘長五六尺釘墓四周【伍一乙 8】(左道《南史》)

。。破風水的方法：厭勝法：使人於墓左右校獵【伍一乙 8】(《南齊書》、踐踏其墓《南史》)

。。破風水的方法：皇帝(始皇)親游天子地以厭其(天子)氣【伍一乙 1】(《史記》《漢書》《宋書》)，【伍一乙 5】(《晉書》，(齊太武帝))【伍一乙 7】(《北史》)

。。破風水的方法：釘以銅、書符篆以絕地脈【伍一乙 12】(《桯史》)

。。破風水的方法：釘銅釘、潑狗血，使挖開之地不再自動復原【伍二甲 5】(台灣)

。。破風水的方法：釘銅釘、潑狗血，使堆石之地不再自動復原為土地【伍二甲 6】(《太陽和月亮》)

。。破風水的方法：灑黑狗血破風水【陸二丙 6】(高雄鳳山)

。。破風水的方法：烹羣犬而寶骨於風水地【伍一乙 12】(《桯史》)

。。風水巫術：懷恨宅主之風水師暗置小鬼於其宅，欲使小鬼搬財敗其家【肆一丙 1】(耿村)

。。風水巫術：懷恨宅主之風水師暗置小鬼於其宅，欲使五鬼鬧宅敗其家【肆一丙 2】(河北保定)

。。風水巫術：埋鐵於樹下，以防古木蕃茂致土衰，土衰則居人有病【壹二丁 2】((《宣室志》)《稗史彙編》)

壬、其他破風水的方法

。。破風水的方法：先葬後遷【陸一 7】(澎湖)

六、風水故事中其他類別的情節單元——夢

說明：風水故事中以夢聯繫故事發展的情節頗多，其「夢」的出現形式和作用又頗多類似，但一旦置入湯普遜分類架構內，似乎不得不依其夢中角色和內容分類而打散，則其在風水故事中的角色地位恐怕不易察覺或彰顯。故以下所列各種情節單元，雖然也可能是風水故事以外的一般故事常見，但暫未置入

湯普遜分類系統中，姑就其於風水故事中常現之形態，糾合其類如下。

甲、靈界藉夢與人通意

甲1、神藉夢與人通意

∘神藉夢與人通意：告風水師勿將吉地與貪官【肆二2】(《昨非庵日纂》《闇然錄》《堅瓠集》《北東園筆錄續編》)

∘神藉夢與人通意：某人將葬，夢見神示葬非其地，並告以地主姓名，令其改葬【貳一2】(《夷堅丙志》)，【貳一3】(《稗史彙編》)

∘神藉夢與人通意：爲人指示葬地【肆一乙1】(《地理人子須知》)

∘神藉夢與人通意：風水師得吉地欲與惡官，夜夢二使叱之而止【肆二3】(《稗史彙編》)

∘神藉夢與人通意：風水師得吉地欲與惡官，夜夢城隍召之入廟，令其毋點穴【肆二4】(《北東園筆錄四編》)

∘神藉夢與人通意：預告「受地之人明早生，看地先生明晚至」，次日所生人即受當日所堪風水吉地之蔭者【肆一甲2】(《昨非庵日纂》)

∘神贈神箭，可遠距射殺皇帝【參五丙5】(台灣)

∘神靈（城隍）藉夢與人通意：審陰陽糾紛：陽間小兒踏壞朽棺之骸，棺主欲索其命，小兒之父請城隍保福【肆四2】(《諧鐸》)

∘河神化白羊，託夢與人言【貳二乙9】(耿村)

甲2、精魅藉夢與人通意

∘精魅（蛇精）藉夢與人通意：夢告卜葬其穴居之地者，請緩延葬期以待其徙，明日開穴果見中有赤蛇如所夢之朱衣者【肆三4】(《地理人子須知》)

∘精魅藉夢與人通意：山龍託夢請坐壓其所伏地之上者移處，以便其奮迅升天，並有所報【陸二己17】(《聽雨軒筆記》)

∘精魅藉夢與人通意：石人託夢爲人示葬地所在，並請療治身上穿穴【貳一2】(《夷堅丙志》)

∘精魅藉夢與人通意：石龜請人勿傷其身，將以秘笈獻【陸一1】(《湖海新聞夷堅續志》)

甲3、亡者藉夢與人通意

∘亡者藉夢與人通意：亡父身亡之日託夢其子囑咐葬事【壹一甲 18】(《湧

幢小品》、《卜人傳》)

。亡者藉夢與人通意：向不遷其棺者致謝並請求祭祀，另示吉地以謝之【肆一甲 13】(《妙香室叢話》)

。亡者藉夢與人通意：告知吉地所在及其葬法【參二 4】(《夷堅志》)

。亡者藉夢與人通意：某子爲父營墓見舊棺而移之，夜夢其棺主怒云將殺其父，又夢其父云將殺其棺主，後於靈座褥上見血數升【肆三 1】(《搜神後記》《廣記》《稗史彙編》)

。亡者藉夢與人通意：請將營葬於其墓地者勿奪其宅，並自諾將爲其孫【肆一甲 11】(《水東日記》)，【肆一甲 12】(《昨非庵日纂》)

。亡者藉夢與人通意：囑咐葬事【參二 6】(《湧幢小品》《中國歷代卜人傳》)

。亡靈藉夢與人通意：某人將佔人墓穴，欲訟官，墓主託夢其官請掃門庭之寇，明日上堂果見持訟，堂下如夢狀【肆三 6】(《尾蔗叢談》)

。亡靈藉夢與人通意：請人代葬遺骨【肆一甲 7】(《湧幢小品》)

。亡者（秦少游）藉夢與人通意：夢告卜葬於其棺上之地者，云其前後皆可發福，勿葬其棺上。覺而開穴，果見有棺【肆三 3】(《堪輿雜著》)

。。取得風水的途徑：夢獲亡者示吉地【參二 4】(《夷堅志》)

乙、夢與現實相應

乙1、所夢應驗

。所夢應驗：亡魂託夢擊打壞其墓者，夢者覺醒，被擊處潰爛而死【肆三 1】(《搜神後記》《廣記》《稗史彙編》)

。所夢應驗：夜夢山龍化叟來告欲轉山，次夕果見山向已轉【陸二己 17】(《聽雨軒筆記》)

。所夢應驗：夜夢祖先來告往某處必遇吉地，明日果然於該處得地【肆一乙 1】(《地理人子須知》)

。所夢應驗：某人夜夢山龍化叟來告云將從其讀書處地下出，請移處而居。次日果於其處見蛇出化龍飛去【陸二己 17】(《聽雨軒筆記》)

。所夢應驗：病革者夢人（陸績）來告將爲其孫，果然得孫之後方歿【肆一甲 11】(《水東日記》)

。所夢應驗：得物：夢石龜持撼龍經及撼龍尺（風水書及工具）以獻，明日果於石龜下得之【陸一 1】(《湖海新聞夷堅續志》)

。所夢應驗：得物：夢空中有人持印以贈，即有震雷擊裂一石，石中得一物，隱隱有文【陸一 2】(《粵劍編》)

。所夢應驗：夢人（曾肇）來告云將爲其子孫，越年果然生子【肆一甲 12】(《昨非庵日纂》)

。所夢應驗：夢中所見墓地即夢者後來葬地【貳一 5】(《墨餘錄》)

。所夢應驗：夢有人授書，他日果於路中得書【陸一 6】((震澤紀聞)《卜人傳》)

。所夢應驗：夢見遍體瘡痍者來示葬地，並請療瘡。他日尋著其地，掘出地下穿穴石人，即是夢中所見者【貳一 2】(《夷堅丙志》)

。所夢應驗：夢神示拘惡靈於惡狗村，覺而察其惡靈之棺墓，已被野犬銜嚼【肆四 2】(《諧鐸》)

。所夢應驗：夢神告云某人爲官劣行，覺而察訪果屬實【肆二 2】(《昨非庵日纂》《聞然錄》《堅瓠集》《北東園筆錄續編》)

M302.7. 。有感於夢而行事：卜地者夢見神示地主姓氏，乃往尋該姓氏人，助之得葬地【貳一 3】(《稗史彙編》)

乙 2、異夢相應

。異夢相應：一人獲夢有人來告葬地方向，使往求之；地主則夢神示其地葬主姓氏，正是獲夢來尋地之人【貳一 2】(《夷堅丙志》)

。異夢相應：一夢解一夢：先夢一人來說事，但不解其中意，經日後又夢一人來說事，正與前夢應合可解意【參二 6】(《湧幢小品》《中國歷代卜人傳》)

。異夢相應：一夢解一夢：先夢父告葬「無過趙氏牆」，不解其中意，經日後又夢一人來引見宋主墓，方悟宋主即趙氏【壹一甲 18】(《湧幢小品》《卜人傳》)

。異夢相應：地師相地前夢鬼罩其眼，相地畢又夢鬼撤其眼罩，有感於夢乃知所相之地爲凶壞【肆二 1】(《昨非庵日纂》)

乙 3、夢兆有應

。所夢徵兆意外應驗：卜地後得夢是地多瓜，以爲瓜瓞之兆，不料是地後爲柯姓所有，其土言「瓜」「柯」同音【肆二 1】(《昨非庵日纂》)

。所夢徵兆應驗：夢中見門聯，與他日所卜葬地名稱應合【肆一甲 3】(《昨非庵日纂》)

。夢中徵兆應驗：卜地者夢見神示地主姓氏，云為狀元，然遍尋無其人，他日該姓貧民所生子登狀元，夢兆乃驗【貳一3】(《稗史彙編》)

。夢中徵兆應驗：地主夢見人云其地後當歸某姓，幾經轉折，果然為該姓人士獲得其地【貳一4】(《墨餘錄》)

。夢中徵兆應驗：夜夢老翁抱金雞示吉地，明日得吉地在金雞峰【參二3】(《夷堅志》)

。夢中徵兆應驗：尋地者夢囈云呼某某，覺而尋得某地，地正其夢囈所呼者所有【參二1】(《集異記》《廣記》)

。夢中徵兆應驗：夢見自己的葬地與官銜，日後果然為其官並葬其地【貳一5】(《墨餘錄》)

。夢中徵兆應驗：夢見神佛來尋地，明日遇相地者卜其地【參二5】(《湖海新聞夷堅續志》)

。夢中徵兆應驗：夢見神告以吉地所在，日後果於該處得地【參四丁2】(《堪輿雜著》)

。夢中徵兆應驗：夢獲神示吉地名稱，明日果有人告得其地【參二2】(《春渚紀聞》)

。夢中獲指示，尋自己前身之墓【壹一丁C5】(《春渚紀聞》)

第四編　中國風水故事類型及傳說模式譜錄

體例說明：

（一）符號：「@」示風水傳說或故事模式；「＊」示可能爲風水故事特有類型；「＃」示一般故事常見類型

　　說明：

　　（1）各型編號前符號爲「＃」者，表示以下情況：A、該故事已成固定類型，並見於其他故事類型索引中，故各標題後均附註其他目錄的類型編號。B、雖未確定是否見於其他類型索引，但可從內容斷定該類型不獨爲風水故事專有。

　　（2）前符號爲「＊」者，表示該類型可能爲風水故事獨有或尚未見於其他故事類型目錄中。

　　（3）前符號爲「@」者，指該群組故事情節可能不算是一個類型，但是同一種模式，在未確定其是否具足爲「類型」的條件下，姑且稱之爲"模式"。

　　（4）本目錄據各故事類型及傳說模式之敘事主題及結構特徵之關係遠近，自簡而繁決定排列順序。

（二）編號：共三位數字碼。

　　1、第一位碼是以本文第參章第一節中風水故事主題分類所得八大類別爲基礎，故事主題屬第一類「風水的作用」者，首碼爲「1」；第二

類「風水與命運」者，首碼為「2」，餘類推。

2、第二位碼以下為編輯序號，故事結構愈簡單者排序愈前，惟同一主題中，故事情節相似或可能有所相關者，則將結構較複雜者趨近排序於較簡單者之後，以突顯其類型特徵或暗示其間關係。其餘可能部份相似但關係不明顯或主題關係太遠者，則僅於參考資料欄彼此附註以互見。

（三）以下類型若為本文材料中新增者，只見本文編號及標題；若類型出自某人設定者，則附註其原始編號和標題，並於編號前冠以設定者姓式，如出自艾伯華《中國民間故事類型》〔註1〕169 號，便寫作艾 169。金榮華書〔註2〕及丁乃通書〔註3〕均以 AT 架構編著，其編號規則既屬 AT 體系，仍於編號前冠以 AT；但若某類型的原始設定者為丁乃通或金榮華，則於 AT 後增其姓氏再加編號，例如「AT 金　745A」，意即該型號及標題出自金榮華先生以 AT 分類法及其編號原則所定的新號。以下例同。

（四）其他相關編輯說明詳見《中國風水故事學研究》第四章。

一、簡　目

（壹）　風水的作用

＊101　葬地佳者福子孫

＊102　牧童在風水地上坐化成仙

＊103　螃蟹穴

@104　一穴兩局

@105　福禍相倚的風水地

＊106　此消彼長的風水地

二、風水命定

＊201　天葬地

〔註 1〕〔德〕艾伯華（Wolfram Eberhard，1901～1989）著，王燕生、周祖生譯《中國民間故事類型》，北京：商務印書館，1999 年。

〔註 2〕金師榮華先生有二書見於此：(1)《中國民間故事集成類型索引（一）》，台北：中國口傳文學學會，民國 89 年元月。(2)《中國民間故事集成類型索引（二）》，台北：中國口傳文學學會，民國 91 年 3 月。

〔註 3〕丁乃通著，鄭建成等譯《中國民間故事類型索引》，北京：中國民間文藝出版社，1986 年 7 月。

（＊702　應驗預言的騙局（＃））

＊604　風水預言應驗，有名無實

@605　預言奇中，意外應驗

＊606　寅葬卯發

＊607　三個怪孩子，結伴爲眞命天子（艾 174 "風水遭破壞"）

＊608　巫術風水做皇帝（艾 172 "風水先生讓兒孫做皇帝"）

＊609　冒失助手壞計畫（AT 丁　592＊魔箭＋艾 184 奇蹟）

＊610‧1　穴妨術師 1——瞎先生復明

＊610‧2　穴妨術師 2——七鶴戲水

＊611　風水先生與糞坑肉

@612　風水師的陷阱

＊613　意外的鐘聲（艾 188 鐘的奇蹟Ⅱ）

七、因風水產生的笑話

＊701　謀意不中反違願（＃）

＊702　應驗預言的騙局（＃）

中國風水故事類型及傳說模式譜錄

一、風水的作用

＊101　葬地佳者福子孫

（一）一人獲得某種指示（A），得到祖先的葬地。

（二）有人說那個葬地可使受葬者的後代或親人得到某種庇蔭（B：升官、發財或得子、得壽），後來果然都應驗了。

出　處

（一）以此類型爲單一主體的故事及其出處：

1、許遜祖墓【壹一甲 1】《幽明錄》（A）來自：祖先（B）出一侯及縣長

2、陶侃尋牛得地【壹一甲 2】（《晉書》）、（志怪集）《太平御覽》、《錦繡萬花谷》（A）來自：神秘老人（B）世爲方嶽、刺史

3、張裕祖墓【壹一甲 4】《南史》、《太平御覽》、《古今圖書集成》（A）

　　　來自：郭璞（B）累世貴顯｛＋＊一穴兩局｝

　4、王智興【壹一甲5】（唐年補錄紀傳）《太平廣記》、《稗史彙編》（A）

　　　來自：道士（B）得壽，位方伯

　5、寧河相地【壹一甲21】（A）來自：王（B）世代相繼爲小官

　（二）複合其他類型的同類故事（以此爲主要情節之一）及其出處：

後漢六朝：

　　。。風水吉作用：葬地佳者福子孫：1、世爲上公【參一1（1）】（《後漢書》《御覽》）2、數代天子【參一2（1）】（《幽明錄》《御覽》）3、子孫昌盛，四世五公【參一1（3）】（《幽明錄》《小説》《廣記》）4、致官 公侯及縣長【壹一甲1】（《幽明錄》《御覽》）5、甥爲公侯【壹一甲2】（《晉書》《御覽》）6、四世五公【參一1（2）】（《錄異傳》《御覽》）7、并世刺史【壹一甲3】（（《志怪集》《御覽》））8、數代天子【參一2（2）】（《異苑》《廣記》）9、累世清貴【參二1】（《集異記》《廣記》）10、位極人臣【壹一甲3】（《晉書》《錦繡萬花谷》）11、出三公【伍四乙1】（《晉書》、《御覽》、（幽明錄、世説）《廣記》、《錦繡萬花谷》、《稗史彙編》、《古今圖書集成》）12、世出二千石（刺史）【壹一甲3】（《晉書》《錦繡萬花谷》）13、出天子【參一2（3）】（《宋書》《廣記》）14、致仕宦【壹一甲4】（《南史》《御覽》《古今圖書集成》）15、孝子大貴（爲高官）【陸二丁1】（《南史》《陳書》《古今圖書集成》）16、子孫蕃昌【壹一甲4】（《南史》《御覽》《古今圖書集成》）17、封公侯【參一3】（《北史》）18、世爲方嶽【壹一甲3】（《志怪集》《御覽》）

唐宋元：

　19、冒名得官【壹一甲7】（《桂林風土記》《廣記》）20、葬殤子於吉地，父得列位卿【壹一甲6】（《戎幕閒談》《廣記》）21、得壽及封侯【壹一甲5】（《唐年補錄紀傳》《廣記》《稗史彙編》）22、後代出公侯【陸二己4】（（朝野僉載）《太平廣記》）23、仕宦至極位【貳二甲1】（《感定錄》《事文類聚》）24、出將帥【壹一甲9】（《邵氏錄》《錦繡萬花谷》）25、出后妃【參四甲1】（《宋稗類鈔》）26、登科致仕【參三1】（《補筆談》《宋稗類鈔》）27、登科第【壹一甲10】（《春渚紀聞》）28、官至宰相【貳二乙3】（《夷堅志》《稗史彙編》）29、位列公侯【陸三1】（《夷堅乙志》）30、登第【參二3】（《夷堅志》）31、登科致仕【參二4】（《夷堅志》）32、登第【陸三2】（《夷堅志》）33、子孫累富，得牛千頭【陸二戊1】（《夷堅志》）34、後代驟貴爲官【壹

二丁 3】（《揮塵後錄》）35、出仕宦貴人【貳二甲 3】（《過庭錄》）36、出天子【壹三甲 1】（《癸辛雜識》）37、穴前流水不止，其家富貴不絕【壹一甲 12】（《堪輿雜著》）38、子孫登第致仕【參四丁 2】（《堪輿雜著》）39、出文章之士——蘇氏父子【參一 4（1）】（《湖海新聞夷堅續志》《稗史彙編》）

明：

40、致富、登科第【壹一甲 16】（《庚巳編》）41、登科【陸二甲 14】（《水東日記》）42、葬後人丁大旺，巨富冠鄉，積谷數萬石【壹一丙 4】（《人子須知》）43、連登科甲【貳二甲 5】（《地理人子須知》）44、世代科甲【肆一甲 1】（《地理人子須知》）45、子孫登第【肆一乙 1】（《地理人子須知》）46、寅葬卯發（驟富）【陸二甲 17】（《地理人子須知》）47、寅葬卯發（驟富）【陸二甲 28】（福建晉江）48、子孫貴顯【陸二戊 2】（《人子須知》）49、子孫驟富【陸二甲 18】（《人子須知》）50、人丁大旺【陸二戊 3】（《人子須知》）51、出侍郎，又科第數人【陸五 1】（《人子須知》）52、子孫貴顯（爲太師）【陸二丁 4】（《人子須知》《湧幢小品》）53、登第封侯【參一 5】（《昨非庵日纂》）54、子孫登第致仕【肆一甲 2】（《昨非庵日纂》）55、子孫世代登第【肆一乙 2】（《昨非庵日纂》）56、登第致仕【肆一甲 3】（《昨非庵日纂》）57、登第致仕【肆一甲 5】（《昨非庵日纂》）

。。風水吉作用：葬地佳者福子孫：出宰相【肆一乙 3】（《昨非庵日纂》）58、登科入仕【陸二甲 15】（《松窗夢語》）59、登科入仕【陸二甲 16】（《松窗夢語》）60、登第入仕【壹一甲 19】（《稗史彙編》）61、登第出仕【貳一 3】（《稗史彙編》）62、子孫得貴【陸二丁 3】（《稗史彙編》）63 仕宦致尚書【壹一甲 20】（《稗史彙編》）64、出仕宦貴人【貳二甲 2】（《稗史彙編》）65、子孫官小但相繼不絕【壹一甲 21】（《稗史彙編》）66、出仕宦貴人【伍四甲 3】（《稗史彙編》）67、登科入仕【陸二甲 13】（《稗史彙編》）68、登科致仕【壹一甲 18】（《湧幢小品》《卜人傳》）69、封侯晉祿【壹一甲 17】（《湧幢小品》）70、登科致仕【參二 6】（《湧幢小品》《中國歷代卜人傳》）71、科考致仕【肆一甲 4】（《湧幢小品》）72、子孫貴盛【肆一甲 6】（《湧幢小品》）73、科第致仕【肆一甲 7】（《湧幢小品》）

清：

74、子孫登第致仕【肆一甲 13】（《妙香室叢話》）75、出狀元【貳二甲 6】（《粵西叢載》）76、登科入仕【陸二甲 20】（《堅瓠秘集》）77、子孫繁衍、

科第聯綿【肆一甲 8】(《前徽錄》) 78、聯登科甲【壹一甲 22】(《熙朝新語》) 79、子孫登第致仕【肆一甲 16】(《履園叢話》) 80、子孫登第致仕【肆一甲 14】(《咫聞錄》) 81、登第【陸三 4】(《咫聞錄》) 82、子女骨肉生埋他人福地，父族人可分他人福祿：豐收、登科【伍三甲 1】(《歸田瑣記》) 83、出三公 (位至三公居相位)【壹一甲 23】(《北東園筆錄》) 84、子孫登第致仕【肆一甲 15】(《北東園筆錄三編》) 85、子孫登第致仕，五房六宰相【肆一甲 17】(《北東園筆錄四編》《履園叢話》) 86、子孫登第致仕【肆一乙 4】(《庸盦筆記》) 87、子孫登第致仕【肆一甲 10】(《香飲樓賓談》) 88、子孫入泮【陸二丁 6】((夜雨秋燈錄)《卜人傳》) 89、子孫登第致仕並享富貴【貳二甲 4】(《恩福堂筆記》) 90、致富貴壽【壹一甲 24】(《錫金識小錄》《中國歷代卜人傳》) 91、宅地佳者福主人：致富並登第【壹一甲 25】((錫金識小錄)《卜人傳》) 92、出貴人：孝廉、功臣【壹三甲 4】((《婺源縣志》)《中國歷代卜人傳》《古今圖書集成》) 93、登科入仕【陸二甲 25】(《清稗類鈔》) 94、科甲蔚興【陸三 5】(《卜人傳》) 95、子孫科第官祿繼起【陸二丁 5】(《卜人傳》) 96、登科入仕【陸二甲 26】((雍正《高陽縣志》)《卜人傳》) 97、登科入仕【壹一甲 26】(《新化縣志》《中國歷代卜人傳》) 98、財丁火旺【陸二丁 13】(《中國堪輿名人小傳記》) 99、世世作將相【參四乙 2】(《中國堪輿名人小傳記》)

近世：

100、出皇帝【貳二甲 9】(《朱元璋故事》) 101、出皇帝【參五乙 1】(遼寧) 102、出皇帝與王侯【參四丙 3】(耿村) 103、出皇帝與王侯【參四丙 1】(浙江、江蘇、河北保定) 104、出皇帝與王侯【參四丙 2】(杭州上海) 105、出皇帝或宰相【參四丙 6】(上海) 106 出貴人 (皇帝)【貳一 7】(河北保定) 107、世世作將相【參四甲 3】(《朱元璋故事》) 108、出元帥【參五甲 2】(吉林) 109、後代當元帥【參四乙 5】(耿村) 110、出王侯將相【參四丙 4】(浙江蕭山)、111、出將軍【參五丙 10】(上海) 112、飛黃騰達，位極人臣【參四甲 2】(福建福清) 113、出將【貳二甲 10】(漳州) 114、出將、致富【貳二甲 10】(金門) 115、出大官【伍四甲 5】(金門) 116、出大官【伍四甲 6】(金門)、117 出狀元【陸二丁 10】(金門) 118、出貴人 (官)【壹三甲 5】(金門) 119、出貴人 (進士)【壹三甲 6】(金門、澎湖) 120、出狀元【貳二甲 12】(澎湖) 121、出貴人 (進士)【壹三甲 8】(澎湖) 122、出貴人 (進

士）【壹三甲 7】（台灣）123、出狀元【參四丙 5】（（昆山）《董仙賣雷》）
124、出能人：道教天師【參四丙 4】（浙江蕭山）125、出能人（刀筆屬害
之訟師）【伍二丙 2】（上海）126、造宅上樑遇貴人口出吉言，宅主得吉如
其言：出狀元【陸二丁 14】（上海松江）127、挖到金元寶，萬貫家財【陸
三 10】（上海崇明）128、致富【貳二甲 13】（金門）129、後代人丁興旺成
大族【壹一甲 27】（金門）130、後代人丁興旺成大族【壹一甲 28】（金門）
131、後代繁衍成大族【參四乙 3】（金門）132、子孫綿綿多福祿【肆一乙
6】（廣州）133、兒媳大發財丁成望族【參五乙 2】（台灣）134、大發丁財
【陸四 1】（台灣）135、宅基石柱年年長，屋主連生雙胞胎【參五丙 11】（台
灣）136、大發財利【陸四 3】（台灣）137、萬貫貲財【陸二丁 11】（台灣）
138 數年間財發百萬【陸四 2】（台灣）

＊102　牧童在風水地上坐化成仙

（一）一個牧羊童在雇主家認識一位風水先生，因為彼此照顧成為好朋
　　　友。
（二）風水先生覺得受到雇主的委屈，決定將原本為雇主找到的風水寶
　　　地送給牧羊童。
（三）牧羊童依風水先生的指示得到風水寶地，在那裡坐化成仙，變成
　　　受人供奉膜拜的神。

出　處

1、郭聖王得風水成佛【壹一乙 3】（金門）（＋＊糞坑羊＋一穴兩局）
2、郭聖王【陸二丁 9】（台灣桃竹苗）（＋＊糞坑羊＋＊卜時奇應）

＊103　螃蟹穴

（一）某氏為先人卜葬，得到一個「螃蟹穴」的吉地。
（二）行葬時不慎損傷了風水地，「螃蟹穴」出現破裂現象（A）。
（三）從此該氏族人就像蟹殼破裂後流出的卵，成了「散丁」（B）。

出　處

1、陳顯卜葬螃蟹穴【壹三乙 4】（金門）（A）形似蟹殼的墓石破裂（B）
　　子孫多外遷分散各地
2、螃蟹穴的傳說【壹三乙 5】（澎湖）（A）「螃蟹穴」地中冒出泥漿（B）
　　後代子孫多閒散

@104　一穴兩局

　　一塊難得的風水寶地，同時有兩種風水效果，但使用者只能選擇其中一種，風水地的風水作用才能生效。

主要情節單元及出處：

1、。。風水的效果：一穴兩局：百世諸侯，或四世爲帝【參一2（2）】（《異苑》《廣記》）〈孫堅祖墓〉

2、。。風水的效果：一穴兩局：世世封侯，或數代天子【參一2（1）】（《幽明錄》《御覽》）〈孫堅祖墓〉

3、。。風水的效果：一穴兩局：世世爲郡守，或一世爲都督【壹一甲7】（《桂林風土記》《廣記》）〈陳思膺〉

4、。。風水的效果：一穴兩局：葬某處，年過百歲，位至三司，而子孫不蕃；某處年幾減半，位裁卿校，而累世貴顯。【壹一甲4】《南史》《御覽》《古今圖書集成》〈張裕祖墓〉

5、。。風水的效果：一穴兩局：上穴能使葬者後代即登富貴，但壽命不長；下穴則葬後三十年可出執政【壹一丙3】（《夷堅志》）〈姚尙書〉｛＋@福禍相倚的風水地｝

6、。。風水的效果：一穴兩局：一主大富，一主大貴【參一4（1）】（《湖海新聞夷堅續志》《稗史彙編》）〈取鐙定穴〉

7、。。風水的效果：一穴兩局：「先發後絕」或「先絕後發」【壹一丙8】（金門）〈採瓜揪藤〉｛＋@福禍相倚的風水地｝

8、。。風水的效果：一穴兩局：可得「萬年香煙」或是「萬人丁」【壹一乙3】（金門）〈郭聖王得風水成佛〉

9、。。風水的效果：一穴兩局：葬前，後代可出三宰相；葬後，後嗣可卜萬年有男丁【壹三乙4】（金門）〈陳顯卜葬螃蟹穴〉

10、。。風水的效果：一穴兩局：葬前可蔭後代出三宰相，葬後可保後代萬年有人丁【參四乙3】（金門）〈七尺無露水〉

11、。。風水的效果：一穴兩局：葬「鼎穴」之中代代出狀元，葬「鼎穴」之邊代代出賊王【陸一7】（澎湖）〈黃目蔭看風水〉

參考資料：

1、將軍大座形【陸五2】（《人子須知》）「合法出王侯，不合法出賊頭」｛＃失寶I｝

@105　福禍相倚的風水地

　　某個風水地可讓葬者的後代或親人得到令人羨慕的發展和成就，但同時間或在此之前也讓某些親人受到巨大的傷害或導致死亡。

　　主要情節單元及出處：

　　1、。。風水的作用：禍後得福：害兄福弟【壹一丙1】《事文類聚》〈害兄福弟〉

　　2、。。風水的作用：禍後得福：子孫須先有卒於非命者，而後再有富貴者【壹一丙2】《揮塵三錄》〈岳侯與王樞密葬地一同〉

　　3、。。風水的作用：福禍並致的風水地：富貴之後不能壽【壹一丙3】（《夷堅志》）〈姚尚書〉｛＋@一穴兩局｝

　　4、。。風水的作用：禍後得福：子葬風水地，其家三朝小凶（虎傷馬），一七大凶（父病），凶過而發福攸遠，富至萬石【壹一丙4】（《人子須知》）〈凶過而發福〉

　　5、。。風水的作用：禍後得福：風水地可致「半夜夫妻八百丁」，初時須葬者獨子先亡，遺腹子傳繼後代，始致子孫繁盛【陸二甲19】（《人子須知》）〈半夜夫妻八百丁〉｛＋＊寅葬卯發｝

　　6、。。風水的作用：禍後得福：葬者後代須先遇禍始有後福【壹一丙6】（《古今圖書集成》）《中國歷代卜人傳》〈禍後福始應〉

　　7、。。風水的作用：禍後得福：葬者之子死而後孫輩興【陸三5】《卜人傳》〈李一清〉

　　8、。。風水的作用：福禍並致的風水地：子孫四世大夫，但長房均夭【壹一丙7】《中國歷代卜人傳》〈紀曉嵐家書〉

　　9、。。風水的作用：禍後得福：先人葬「先絕後發」地，其家人亡盡後遺腹子登第【壹一丙8】（金門）〈採瓜揪藤〉｛＋@一穴兩局｝

＊106　此消彼長的風水地

　　（一）有人得到（下葬或居住）一個形勢良好的風水地。

　　（二）風水地上的人（或後代）得到良好的發展。

　　（三）與該風水地相鄰的墳地或村落人家卻發生了奇怪的破壞現象或一連串的損失人口（A）。

　　（四）有人說是那個形勢良好的風水地在做祟，於是破壞了那個風水的

　　形勢。

（五）一切復歸原狀，沒有再出現奇怪的破壞現象或損失人口。

出　處

　　1、李文貞公逸事【伍三甲1】《歸田瑣記》（A）原葬風水地者每減產一分，後分葬其風水地者即增產一分，科甲得名亦如之（＋＊活埋親骨取風水）

　　2、損人益己【肆五3】（《北東園筆錄三編》）（A）其家孤子不久即夭﹛只有（一）（三）﹜

　　3、塔忠武墓犯臨墳煞【伍三甲2】（《清稗類鈔》）（A）子孫相繼亡故，後嗣遂絕﹛無（四）（五）﹜

　　4、魟魚穴【伍一丙1】（金門）（A）風水地鄰近地區飛沙走石

　　5、石將軍與風獅爺的風水煞之戰【伍三乙3】（金門）（A）草木不生

　　6、虎窗和豬槽香穴【伍三乙4】（金門）（A）村人外遷而沒落﹛無（四）（五）﹜

　　7、虎形地與山下洞的古廟【伍三甲3】廣東曲江（A）附近農家飼養的活豬自行前往墳前受宰供祭

　　8、烏鴉落陽與蓮塘古廟【伍三甲4】（《太陽和月亮》）（A）農作物歉收

　　9、牛形地【伍三甲5】（《太陽和月亮》）（A）農作物歉收

　　10、鵝形地的故事【伍三甲6】（《太陽和月亮》）（A）農作物歉收

＊類似的故事：

（一）兩個不同母親的嬰兒先後在母親的娘家出生。

（二）兩個個嬰兒長大後都成為英雄人物。

（三）他們出生的地方（舅家）卻隨著他們的貴顯而漸漸家道中落。

（四）從此人們不再讓女兒在娘家生產，以免家中風水靈氣被奪。

出　處

　　1、紅蛇轉世【壹三甲10】（金門）

二、風水命定

＊201　天葬地

（一）某人抬著親人屍體（棺材）正在尋覓葬地，卻在中途遇到突如其來的風雨（Ａ），棺材埋落土中（Ｂ），只好就地安葬。

（二）這個人後來得到意想不到的財富、地位或成就。（Ｃ）

出　處

1、天葬地【貳二甲5】(《地理人子須知》)（Ａ）遇雨（Ｃ）當皇帝

2、明太祖葬父【貳二甲8】(《明史紀事本末》)（Ａ）繩索忽斷（Ｂ）俄頃雷雨作而土墳起高隴蓋棺（Ｃ）當皇帝

3、馮京【貳二甲6】(《粵西叢載》)（Ａ）蟻集土封屍成墓（Ｃ）中狀元

4、吳優遇異人【貳二甲7】(《粵西叢載》)（Ａ）扛索忽斷，舉之不動（Ｂ）蟻集土封屍成墓（Ｃ）立廟祀之，祈禱即應

5、代弟受死【肆一乙3】(《昨非庵日纂》)（Ａ）忽大雨（Ｂ）湧沙埋棺（Ｃ）五世出宰相

6、九龍頭【參四乙2】(《中國堪輿名人小傳記》)。。天葬：抬棺出葬，中途遇雨，而棺落，土自壅爲墳（Ａ）風雨大作，索斷（Ｂ）土自壅（Ｃ）當皇帝 {＋＊實驗做假取寶地}

7、天埋地葬【貳二甲9】(《朱元璋故事》)（Ａ）狂風大作，沙土飛揚（Ｂ）被捲土埋沒（Ｃ）當皇帝 {＋＊無棺之葬得風水}

8、米籃穴【貳二甲10】(金門)、漳州（Ａ）風雨大作（Ｂ）風沙埋棺（Ｃ）出將、致富 {＋＊無棺之葬得風水}

參考資料：

【肆一甲5】(《昨非庵日纂》)天象助葬福地：雷雨助下，使葬者得風水正穴

【肆一甲7】(《湧幢小品》)風水地肖浮牌，須水溢即應。葬後未幾，官浚濠堰，會雨暴漲，水環墓，風水吉勢遂成

【伍三甲4】(《太陽和月亮》)蟻自動銜泥封墳

【參五丙9】(耿村)（Ｂ）棺材置水溝，雨天淤泥堆積埋棺成坵

＊202　無棺之葬得風水

（一）窮人無錢購棺，只能以日用衣物或家用器具（Ａ）爲親人殮葬。

（二）該親人所葬之地，正好是不宜棺殮的好風水地（Ｂ）。窮人後來得到良好的發展。（Ｃ）

出　處

1、天埋地葬【貳二甲9】(《朱元璋故事》)（A）葦席（B）眞龍穴，無棺速發（C）當皇帝｛＋＊天葬地｝

2、米籃穴【貳二甲10】(金門)、漳州（A）米籃、草席（B）米籃穴、毛蟹穴（C）百萬富翁、大將｛＋＊天葬地｝

3、福地福人居【貳二甲11】(澎湖)（A）草蓆（B）雙龍搶珠，無棺速發｛無（三）＋＊天葬地｝

4、毛筆穴傳奇【貳二甲12】(澎湖)（A）棉衣（B）毛筆穴（C）中狀元

參考資料：

・「畚箕穴」【貳二甲13】(金門)｛＋#謀意不中反違願｝

・。。誤打誤撞得風水：兒子戲言將母倒葬以懲其不孝婆婆，母恐倒葬而暗囑人將之倒置入棺，兒卻未如戲言行葬，而所葬母地正好是倒葬得吉之

@203　人算不如天算

抵制預言的結果應驗了預言；相信預言的結果使原本的希望落空。

主要情節單元及出處

1、。卜者預言意外應驗：卜云某官居宅有獄氣，須發積錢乃可厭勝，某官於是聚斂更甚，因而犯罪下獄【肆五1】《舊唐書》〈斂錢厭勝〉

2、。人算不如天算，機關算盡有意外：富貴人卜葬，希望後世子孫富貴如其況，卜者指某地云子孫將發達於六七世後，不料開穴造墓，卻見有古墓，墓主即卜葬者七世祖。【壹二戊7】(《子不語》)〈介溪墳〉

3、。人算不如天算：皇帝命大臣治死龍穴地，使當地不能出天子，不料當朝天子竟死於該龍穴地【伍二丁4】(上海)〈劉伯溫破龍穴地〉

@204　無福人不得有福地

（一）命中沒有福份的人如果要找或找到了好風水地，風水地會發生某些異常現象或是變化爲不良風水；或是找風水的人會一再受到不明原因的阻隔與挫折；

（二）或是即使無福人得到好風水地，也不會得到風水的庇蔭，反而遭遇不祥等等。

主要情節單元及出處

1、。。風水異徵：非當其地者欲葬其地，至則雲霧障隔【貳二乙 6】(《堪輿雜著》)

2、。。風水異徵：非當其地者欲葬則一山竹皆爆響【貳二乙 5】(《堪輿雜著》)

3、。。風水異徵：非當其地者欲葬則聞虎作怒聲【貳二乙 5】(《堪輿雜著》)

4、。。無福人不得有福地：福地擇人：福地有巨族陽宅，有欲葬其地者，則該宅廚灶屋梁皆折，葬者起之則已【貳二乙 4】(《堪輿雜著》)

5、。。無福人不得有福地：福地擇人：福人葬之後人居官；無福德而葬者，子孫病目或盲障【貳二乙 3】(《夷堅志》《稗史彙編》)

6、。。風水異徵：要有大福的人才能消受這塊地，否則地理先生上山時不是肚子痛就是拐了腳，【伍二丁 2】(福建漳州)

7、。。無福人不得有福地：無福之人葬龍穴，山靈移走【參五丙 5】(台灣)

8、。。無福人不得有福地：無福者葬風水吉地，風水自行丕變爲凶地【貳二甲 11】(澎湖)

參考資料：

@306・2　探寶Ⅱ－見寶失寶

＃205　風水（財）各有主命中定（AT金　745A）〔註4〕

（一）財寶（黃金）未遇所有人時，已經刻有將來會擁有它的人的名字；或

（二）某人將葬親人，夢見神示意葬非其地，並告以將來地主姓名，後來地主果然正是其人；或者是

（三）平民出身的皇帝在母胎時，母親所在地曾有人聞空中人語云爲天子，後來該母所生兒果然爲天子（皇帝）。

〔註4〕此據金榮華先生分類型號，該類型標題爲「財各有主命中定（命中注定的財寶）」（金榮華，民國91年，台北：頁39～40）。在此因應本文材料內容而將標題略作改異，並另作題要以反映實際內容。

出　處

1、應夢石人【貳一2】(《夷堅丙志》(二))

2、柯狀元祖墓【貳一4】(《稗史彙編》(二))

3、壙屬朱姓【貳一5】(《墨餘錄》(二))

4、九世窮【貳一7】(台灣)(二)

5、朱元璋的傳說【貳一8】(河北保定)(三)

三、取風水的故事

＊301　做假取寶地

(一)一個風水師正在檢查一個風水地,他需要做一個實驗,以便確認這個風水地是否可用。

(二)附近有個人經過,風水師請他幫忙檢查實驗結果。

(三)風水師開始了他的實驗(A)。

(四)路過的人製造了與實驗結果相反的現象(B),風水師以為實驗失敗失望而去。

(五)這個路過的人佔用了這個風水寶地。

出　處

1、桐城張氏陰德【肆一甲15】(《北東園筆錄三編》)(A)插竹其地,隔宿萌芽(B)隔宿以枯竹換下萌芽的竹枝{無(二)}(＋958A1*寬大使賊改邪歸正)

2、九龍頭【參四乙2】(《中國堪輿名人小傳記》)(A)枯枝栽其地能生葉(B)拔去生葉之枝代以枯枝{無(二)}(＋＊天葬地)

3、七尺無露水【參四乙3】(金門)(A)真風水地七尺之間夜不著露(B)灑水於不著露的真風水地上,覆七尺之席於周邊他地使不沾露,令主人認取假風水地而棄真風水地{無(二)}

4、韓信的傳說【參五甲2】(吉林)(A)山前唸咒語,山後會開門(B)山門開了說沒開;假裝唸咒,其實沒唸,山門因此不開　{＋＊活埋親骨取風水}

5、韓信的傳說(異文)【參五甲2】(吉林)(A)乾樹枝插地,隔夜能長出綠葉(B)拔除已生葉的樹枝,以無葉枯枝取代

6、韓信得風水寶地【參四乙 5】（耿村）（A）百步之間聲聞如雷；木椿
　埋地隔夜長大（B）百步聞聲如雷，假裝不聞；木椿埋地隔夜長，
　持鍾打椿使不長

7、韓信活埋親娘【參五甲 1】（上海）（A）風水地井水會因跳動而起泡
　（B）蹲上蹲下假裝跳動，其實不動　　｛＋＊302 活埋親骨取風水｝

＊302　活埋親骨取風水

（一）一個人得到一塊風水地，在那裡葬下親骨，可使後代發達。

（二）骨灰下葬遇到麻煩（A），兒子推下活著的母親，或母親（父親）
　　自己跳下葬坑活埋。

（三）那個人果然得到預期的風水效果。（但被天遣減了壽）

出　處

1、韓信活埋親娘【參五甲 1】（上海）（A）死葬可以大富貴，活葬可以
　封侯拜相｛＋＊301　實驗做假取寶地｝

2、韓信的傳說【參五甲 2】（吉林）（A）屍骨讓風吹回

參考資料：

陳虞耽堪輿術【柒一 1】（《清稗類鈔》）（A）術士宣稱瘞枯骨無效，得
活人埋之生效｛無（三）｝

李文貞公逸事【伍三甲 1】《歸田瑣記》：生取親生兒女之骨肉埋於他人
之墓以分風水得科甲

＊303　借用風水（艾 173）〔註5〕

（一）在一塊風水寶地，遺骨被替換，風水先生原定的遺骨沒被葬在這
　　裡。

（二）被葬者的後代當了皇帝或者大臣。

（三）原來要葬在這裡的人的後代成了大臣或著名的人物。

出　處

1、郭璞的故事【參四丙 4】（浙江蕭山）《民間月刊》

2、趙匡胤龍口葬父【參四甲 3】（《朱元璋故事》）

3、趙家天子楊家將【參四丙 1】（浙江、江蘇、河北保定）

〔註 5〕艾伯華 173 號「借用風水」，頁 259。

4、乾隆的傳說【參四丙2】（杭州、上海）

5、石家遷墳【參四丙3】（耿村）｛無（三）｝

6、毛狀元的故事【參四丙5】（昆山《董仙賣雷》）｛無（三）｝

7、看風水先生【參四丙6】（上海）（＋“交換孩子換風水”的情節，
參考＊討風水）

8、九疊祠【參四甲2】（福建福清）｛無（三）｝｛＋＊實驗作假得寶地
（一）（二）（五）｝

參考資料：

。。取得風水的方法：偷葬他人墓地以分享風水【肆一甲17】（《北東
園筆錄四編》《履園叢話》）

。。取得風水的方法：夜間偷葬他人之地以佔風水【參四甲1】（《宋稗
類鈔》）

＊304　討風水

（一）一個風水師找到一處好風水，回家去取親人的骨灰準備埋葬在這
裡，返回時卻發現風水地已經被跟蹤他看風水的另一戶人家佔了。

（二）風水師再度離開後重返，帶來一個女孩嫁給佔了風水的這戶人家。

（三）女孩懷孕後，風水師帶走女孩，再也沒有回來。

出　處

討風水的來歷【參四丙7】（四川）

＊305　自殺搶風水

（一）風水師找到一塊好風水地，地主卻很難答應讓人在那裡下葬。（A）

（二）風水師向家人交代後事後，自己到風水地上自殺。

（三）風水師（自殺者）的家人遵照死者生前的吩咐，堅持讓死者就地
落葬，否則不願和解，地主讓步了。

出　處

劉邦占墳【參五乙1】（遼寧）（A）地在人家大門口下

葛隆鎮的傳說【參五乙2】（上海）（A）地在肉店砧墩下面

以命換地【參五乙3】（台灣）（A）地主不肯售地

＃306・1　採寶失寶（艾169回回採寶〔註6〕）

（一）一個風水師認出一塊風水寶地，做了記號。

（二）有人看見風水師的記號；或有人聽見風水師向人說明該風水的使用法

（三）風水師沒有說明或沒有講全使用法。

（四）有人偷偷啓用風水地，但不得其法，吉地風水失效或轉凶。

出　處

1、將軍大座形【陸五 2】（《人子須知》）「合法出王侯，不合法出賊頭」

2、鄧氏墓【壹二甲 5】（《粵西叢談》）葬地偏差，不吉反凶：發箭取地，不葬箭尾葬箭口，發福不久即遭凶

3、心急當皇上【陸五 3】（耿村）風水佳地有寶物，寶物未成熟即被啓動，寶物失效或不見

4、狀元與臭頭【壹二乙 3】（澎湖）祖葬風水吉地後代能出狀元，葬時不佳則出臭頭

補充資料

永康徐侍郎祖地【陸五 1】（《人子須知》）寶地葬之得其法，凶地風水轉吉 {@殊地奇葬}

＃306・2　見寶失寶

（一）一個人向一個會法術或有奇異能力的人要求得到一個寶物（或風水）。

（二）有法力的人給了他一些指示，請他自己去找到寶物（或風水）。

（三）這個人果然找到寶物或風水所在地，但不認識寶物或風水特性而認爲所看到的不是寶物或好風水。

（四）這個人沒有即時取得寶物（或風水），他永遠的失去了得到的機會。

出　處

李齡的故事【貳二乙 10】潮州

〔註6〕原提要內文如下：（1）一個回回看見一個不起眼的東，認出這是寶貝，想出高價買下。（2）這個東西的所有者尋問其意義。（3）回回講了，但是沒講全。（4）所有者設法用寶，用的時候把它丟了，或者破壞了寶貝的效力。（艾伯華，199 年，北京：頁 251）

螞蟻穴【貳二乙 11】（高雄鳳山）

沒福頭攔風水【貳二乙 8】（耿村）

參考資料：

。。無福人不得福蔭：火燒麒麟穴遇喜則煞解，無福人卻誤會風水師指示，非吉時而葬【陸二丁 12】（《中國堪輿名人小傳記》）〈火燒麒麟穴〉

。。無福人不得風水蔭：河發洪水沖某人祖墳以改善其家風水，某人卻指河而罵，河遂改道無復改其風水【貳二乙 9】（耿村）〈石閣老訓河神〉〔＃艾 141 潮神〔註7〕〕

@307　殊地奇葬

（一）一塊風水地對葬者的後代有絕佳（或致命）的作用，但地勢奇特，很難入葬（或避免危險的作用）。

（二）有人使用了極不尋常，但適合該地的方式，取得（或避開）了那塊地的絕佳（或致命危險）風水。

主要情節單元及出處

1、。。殊地巧葬：畸地風水巧葬法：水中做墳：木排圍椿於水中，中實土以造墳【參四丁 2】（《堪輿雜著》）〈鵝肫蕩〉、【參四丁 3】（無錫上海）〈華太師造木排墳的傳說〉

2、。。殊地奇葬：風水寶地在人不能登之崖上，將先人骨灰作彈丸，以弓發至吉地【參四丁 1】（《稗史彙編》）〈張眞人塚〉

3、。。殊地殊葬：風水師指人葬後遭凶而遺棄之舊穴以示葬，言風水之穴「淺深不同，乘氣有異」，並云其地「先凶後吉」，先前凶氣已去，再葬得吉【陸五 1】（《人子須知》）〈永康徐侍郎祖地〉〔參考＃探寶Ⅰ－探寶失寶〕

4、。。殊地殊葬：照天蠟燭穴，滿山皆石，唯山之頂巔有土可葬【肆一乙 1】（《地理人子須知》）〈照天蠟燭穴〉

5、。。殊地殊葬：地形爲照天燭，其光在頂，適葬於絕巘之巔【貳二

〔註7〕　此則〈石閣老訓河神〉故事近似艾伯華編號 141 型「潮神」，提要原文如下：（1）一個男人在沙灘上睡覺。（2）潮水來了，毀壞了他的貨物或者打擾了他。（3）男人打了潮水（即潮神）。（艾伯華，1999 年，北京：頁 225）原注出處於「民間第九集」，流傳地區在浙江紹興。

甲 6】《粵西叢載》〈馮京〉

6、。。殊地巧葬：風水地犯三煞，人皆云不可葬，卜者擇三煞出遊日葬之【陸二丙 3】《在野邇言》〈陳地師〉

7、。。殊地殊葬：「毛筆穴」草木不生，以棉衣殮葬其地，恰可補其筆毛而成局【貳二甲 12】（澎湖）〈毛筆穴〉｛＊無棺之葬得風水｝

8、。。殊地殊葬：「畚箕穴」葬者首尾倒葬得吉【貳二甲 13】（金門）〈畚箕穴〉｛＋＃謀意不中反違願｝

9、。。殊地殊葬：「剪刀穴」會使葬者絕後，豎葬楯眼，可得單丁傳代免絕後【壹三乙 6】（金門）〈剪刀穴〉

四、破風水的故事

＊401　御筆點圖破風水

（一）皇帝聽說某地風水很好，可能會出現新的皇帝。

（二）皇帝用硃砂筆在地圖（或寫有地名的紙）上畫下那個地點，該地隨即崩壞。

（三）那個地方從此再也不出皇帝，或當地家族從此不再出官員。

出　處

彭學士墓【伍四甲 3】（《稗史彙編》）

浮梁朱尚書祖地【伍四甲 4】（《地理人子須知》）

天子地【伍二丁 1】（《太陽和月亮》）｛無（一）｝

皇帝敗陳元光的地理【伍二丁 2】（福建漳州）

澎湖龍門出皇帝的傳說【伍二丁 3】（澎湖）｛地方名人蔡廷蘭自己破了那個風水｝

參考資料：

。。破風水的方法：掘污其地，改地名（醉李城改為由拳縣）【伍一乙 3】《後漢書》

。。破風水的方法：鑿山以絕其勢，改地名（改金陵曰秣陵）；掘污其地，表以惡名（囚卷縣）【伍一乙 4】（《宋書》）

。。破風水的方法：田其間，表惡名（銅釘坵）【伍一乙 12】（《桯史》）

。。破風水的方法：斷墓隴，田其間，表惡名（狗骨洋）【伍一乙 12】
（《程史》）

。。破風水的方法：斷墓隴，開溝絕斷地脈，表惡名（掘斷嶺）【伍一
乙 12】（《程史》）

。。破風水的方法：改地名破風水：龍穴地名鯉魚上岸【參五丙 2】（五
庫村上海）

#402　精怪大意洩秘方（AT 金　613）〔註8〕

（一）某人要破一個風水地，但苦尋不著風水的要害。

（二）某日他聽到風水地上精靈（A）的對話，得知風水要害或破風水的
　　　方法，（B）果然依法破了風水。

出　處

絕地脈【伍一乙 12】（《程史》）（A）鬼（B）畏犬厭

獅形地【伍二甲 6】（《太陽和月亮》）（A）地靈（B）怕污物狗血

龍角山與虎頭嶺【伍二丙 3】（浙江）（A）地靈（B）龍心在龍角，虎
膽在頭頂

銅針和黑狗血【伍二甲 5】（台灣）（A）山神與地神（B）釘銅釘，潑
狗血

參考：

情節單元：挖不開的風水地

。。風水異徵：地脈挖不斷，即挖即復原：有詔夷鏟洋，故有神工，每
欲成，則役萬鬼而填之，役夫不得休【伍一乙 12】（《程史》）

。。風水異徵：地脈挖不斷：風水地上挖井，數天後井都不見（土地復
為原狀）【伍二丙 1】（上海）

。。風水異徵：地脈挖不斷：風水地上挖溝，隔夜溝沿全塌，土地復為
原狀【伍二丙 2】（上海）

。。風水異徵：地脈挖不斷：龍脈風水地，其土即挖即崩，復為原狀【伍

〔註8〕　此標題名稱係金師榮華先生擬定，見金著《中國民間故事集成類型索引（一）》
　　　　頁 46；丁乃通先生《中國民間故事類型索引》同型故事標題作「二人行」（鄭
　　　　建成等譯，北京：1986 年，頁 212～216）。

二甲 5】（台灣）

。。風水異徵：地靈千年一開【參四丙 4】（浙江蕭山）

。。風水異徵：地靈鑿不斷：風水地上老樹，斧鋸交施，終日不能入寸，而血從樹中迸出，隔夜斷痕復合如故【伍一乙 13】《中國歷代卜人傳》

。。風水異徵：龍脈有靈挖不斷：風水地脈，其土即挖即復爲原狀【參五丙 2】（五庫村上海）

＊403　破敵風水以敗敵（一）

（一）某地或某戶人家得到良好的風水地，子孫代代都比一般人厲害（A）。

（二）這些厲害的子孫讓某些人感受到威脅（B），受威脅的人們決定反抗威脅。

（三）人們請來高人找到這個風水的要害（C）進行破壞。

（四）這個風水地的子孫不再有高人一等的本事並且逐漸沒落了（D）。

出　處

1、牯牛地【壹三乙 2】（上海）（A）力大如牛（B）仗勢欺人（C）墳前石牛｛無（四）｝

2、公牛穴【壹三乙 3】（金門）（A）力大如牛（B）仗勢欺人（C）公牛穴咽喉

3、鳳穴【伍四甲 5】（金門）（A）人丁不滿百，京官三十六（B）政黨爲敵（C）祖墳墓石（D）失官及鄉亡

4、雙鳳穴【伍四甲 6】（金門）（A）人丁不滿百，京官三十六（B）家鄉婦女思念外出丈夫（C）石鳳翠丸（D）坐罪失官而返鄉

＊404　破敵風水以敗敵（二）

（一）兩兵交戰，可能居於弱勢的一方想要破壞對方將領的祖墳風水，以削弱對方氣勢致潰敗；或是鬥爭中的對手設法破壞對方的風水，使其受風水庇蔭的氣勢衰弛而落敗。

（二）被破壞的風水地中某些異物正在發生的變化中斷了（A），被破壞風水的一方出了意外並很快落敗。（B）

出　處

1、黃巢祖墓【伍一甲 1】《揮塵後錄》（A）黃腰異獸自撲而死（B）黃

巢兵敗

2、豈有發人墳墓之理【伍一甲 2】《元史》｛無（二）｝

3、各代亂王祖墓【伍一甲 3】《堅瓠九集》（A）黃腰異獸自撲死、墓中有異物飛出、異物鱗甲滿身被醯而灰之（B）黃巢、張邦昌、李自成兵敗而死

4、各代亂王祖墓靈物【伍一甲 4】《堅瓠廣集》（A）黃腰異獸自撲死、墓中有異物飛出、墓中有赤幘大蠅萬萬飛出、墓溝有鯰魚、異物鱗甲滿身被醯而灰之（B）唐·黃巢、宋末·張邦昌、元末·徐壽輝、張士誠、明末·李自成兵敗死

5、闖王祖墓【伍一甲 5】《柳崖外編》（A）小白蛇頭角已成龍形，止一眼（B）開棺之日，闖賊兵敗河南，一目為流矢所中

6、風水徵驗【伍一甲 6】《簪曝雜記》（A）黃腰人自撲死、有一蛇遍體生毛向日光飛出而墮（B）是日自成即為陳永福射中左目旋亦敗死

7、紫金觀的傳說【伍四丙 1】（無錫）（A）有白鶴飛出（B）法術高明道人發瘋｛＋＊風水師的陷阱｝

8、鳳穴【伍四甲 5】（金門）（A）地靈轉移他處（B）朝臣謫官返鄉｛＋＊風水師的陷阱｝

＊405　造宅者的咒語（艾 100 "工匠的絕招"〔註9〕）

（一）造宅匠人對主人所給待遇不滿，打算暗埋不祥物於宅坻以咒主人。（A）

（二）主人即時發現，詰問匠人，匠人以吉祥話解釋所埋物以辯護己行。（B）

（三）後來該宅與宅主遭遇果如造宅者言。（C）

出　處

1、匠人（一）【伍二甲 2】《此中人語》（A）竹尺一竿、破筆一枝，上書字「三十年必拆」（C）三十一年後果拆宅變賣｛無（二）｝

2、匠人（二）【伍二甲 3】《此中人語》（A）做木枷套泥孩頂上（B）匠對主人曰「此枷乃四方第一家也」（C）主人富甲一方

3、清白傳家【伍二甲 4】（江浙）《董仙賣雷》（A）泥做壁虎，加火石，

〔註9〕　艾伯華《中國民間故事類型》100 號「工匠的絕招」，頁165～173。

　　　　為「必火」的諧音（B）匠人對曰「壁虎是『必富』的先兆」{無（三）}

參考資料：

　　。。破風水的方法：埋物厭勝：埋蠟鵝於先人墓側以厭不利長子之凶象
　　【伍二甲1】《南史蕭統傳》

五、風水與報應

＃501　涼水加糠有功德【AT金　779E】〔註10〕

（一）一個風水師誤會了一位好心人出於善意的舉動（＊），但不形於色，
　　　　想要暗中報復他。

（二）風水師為好心人指了一塊風水惡劣的凶地，卻對那人宣稱那塊地
　　　　將為他帶來好運。好心人聽信並葬下那塊地。

（三）風水師再度造訪時，卻發現凶地並沒有為那人帶來他所想像的惡
　　　　劣後果，反而出乎意料的好。

（四）原來是那人正巧適合那個風水（A），或是風水變了（B），或是風
　　　　水根本沒有影響（C）。

（五）風水師最終明白了好心人當初的舉動原來是善意的。

＊：主要是「涼水加糠」的情節單元，參見本文註　「779E 涼水加糠有
　　功德」故事提要。

出　處

　　陰陽先生搗鬼【肆一丙1】（耿村）（A）小鬼搬財處，主人名閻王，只
　　管進財不出財

〔註10〕此是金師榮華先生設定類型及編號，該提要原文如下：「一個風水先生在大熱
　　　　天趕路，口渴難耐，便向路旁的一家農婦討口涼水喝。這婦女把水遞給他時，
　　　　順手在水上放了一小撮糠皮。風水先生很生氣，認為是在作弄他，但也無奈，
　　　　祇好輕輕吹開浮在水面上的糠皮後，慢慢地把水喝了。走時他要報復這個戲
　　　　弄他的婦女，便說明他會看風水，願意替她選一塊吉地安葬她祖先的骨骸。
　　　　其實他選的是一塊絕地，葬了祖先的骨骸，幾年內就家敗人亡。過了幾年，
　　　　風水先生又路經該地，見到那個農家非但沒有絕掉，反而是很興旺、很富裕。
　　　　他十分不解，向農婦問為什麼給人喝水時放米糠。農婦說：在大熱天趕路的
　　　　人氣急血旺，這時候大口急飲涼水會內傷；放壹點米糠在水面，喝的人要吹
　　　　開了才能慢慢喝，這樣氣就漸漸順了，不會傷身。風水先生聽了，才明白這
　　　　農婦是好心有好報，為善積德，壞風水對她沒影響。」（金榮華，民意九十一
　　　　年，台北：頁47）

風水先生服輸【肆一丙2】（河北保定）（C）五鬼鬧宅，不犯善心人

雙龍搶珠【肆一丙4】（福建）（B）「雙蛇鎖口」做「雙龍搶珠」

風水的改變【肆一丙5】（金門）（B）「兩狗拖屍」變「雙龍搶珠」

好心有好報【肆一丙6】（台灣）（C）好心有好報

參考資料：

情節單元：。善行被誤會：揚糠止急飲，防飲者內傷，飲者卻誤以爲作弄之舉

出處【貳二丙1】（耿村）、【貳二丙2】（河北保定）、【貳二丙4】（福建）、【貳二丙5】（金門）、【貳二丙6】（台灣）

＊502　貴人不在乎賤地

（一）一個專爲別人著想的人，自己選了風水最差的地方做爲葬地（A），人們預期他家中即將遭受災難。

（二）一次大雨改變了那個葬地的地形（風水轉凶爲吉）。（B）

（三）那一家人後來的結果並不如人們預期的糟，或反而更好。（C）

出　處

風水墩【貳二丙3】（上海）（A）風水師自葬絕地，以一家斷根換千家香火（B）堤岸崩落，絕地變寶地（C）子孫滿堂

貴人不在乎賤地【貳二丙7】（耿村）（A）好風水地會妨礙別人，寧可葬髒地方（C）變成財主｛無（二）｝

踩地理【貳二丙8】（遼寧）（A）好風水地留給窮人葬或耕種，選葬沒有用處的河灘（B）懸崖崩落河改道，河灘變沃土（C）豐收又做官

參考資料：

・。。福人得福地：人不黯風水術，然所葬皆合風水之道【貳二甲2】（《稗史彙編》）、【貳二甲3】（《過庭錄》）

・。。福人得福地：窮人辭受貴地，自選別地竟即其地【貳二甲2】《事文類聚》（《感定錄》）

・眞秀才地【貳二甲4】（《恩福堂筆記》）

＃503　寬大使賊改邪歸正〔註11〕（AT 丁　958A1*）

一個男子發現一個賊進屋偷竊，就給他一些錢，要他自新。後來賊果然改邪歸正，殷實成家，後以自己所耕地或風水地致贈他的恩人做為葬地表示謝意。

出　處

桐城張氏陰德【肆一甲 15】（《北東園筆錄三編》）｛＋＊實驗作假取寶地｝

潘世恩祖墓【肆一甲 16】（《履園叢話》）

參考資料：

・五房六宰相【肆一甲 17】（《北東園筆錄四編》《履園叢話》）

。見盜不發：人盜葬祖墓風水吉地，不發其盜，但請其稍遠而偏，使兩家並享風水之利

＃504　用有神力的地報答好施者〔註12〕（AT 丁　750B1）

善心人長期施捨食物給窮人（神仙化成），神仙回贈一塊特殊的土地和一些奇異的種子，那塊地上長出特殊的植物讓他致富。

出　處

潘善人【肆一乙 5】（《客窗閒話》）（A）

參考資料：

・情節單元：。。福人報福地：相地者所卜吉地，為昔日曾救助者之地，地主因付地以報恩

＃505　窮秀才年關救窮人〔註13〕（AT 金　750B.2）

（一）窮秀才出外教書，年底領了一年的薪資回家過年，半路上遇見窮

〔註11〕此型號及標題名稱依丁乃通《中國民間故事類型索引》所定（同註●，頁 312），提要內容據該書提要略作修訂，以反映本文資料中與風水相關的內容。

〔註12〕此型號依丁乃通《中國民間故事類型索引》所定，（同前註，頁 236），原標題名稱「用有神力的布報答好施者」，此據本文資料內容改「布」為「地」，提要亦據本文資料內容重修。

〔註13〕此型號及標題名稱依金師榮華先生《中國民間故事集成類型索引（二）》所定（同註●，頁 43），提要內容據該書提要略作修訂，以反映本文資料中與風水相關的內容。

人被債所逼（或錢財被騙），帶了妻兒跳河自殺（A）。他及時阻止了他們，問知所欠錢數，恰是他一年所得，於是將錢全部給了他們，自己兩手空空回家。和妻子過了一個很艱苦的年。〔註14〕

（二）多年以後他為親人尋找葬地時，得了一個夢，夢中暗示出他將得到一個好風水地。（B）

（三）他得到一個好風水（與夢中所示同。）這塊風水地的所有人正是當年受他救助者，他順利得到那塊風水地。或是他獲得意外的財寶。

出　處

1、蝦子【肆一甲4】(《湧幢小品》)（A）雇主受誣，罄家產以脫罪，坐館先生辭修儀並傾所有相贈而歸（B）鬼續其詩，暗示風水地名及其人將為狀元

2、館金濟困報吉地【肆一甲8】(《前徽錄》)｛無（二）｝

3、館金濟困夢吉地【肆一甲3】(《昨非庵日纂》)（B）夜夢瓊樓玉宇門聯對句

4、天下良心【肆一甲9】《台灣客家俗文學》（A）將典賣先人墳地｛無（二）｝

參考資料：

・贖誣獲報【肆一甲2】(《昨非庵日纂》)＊。盡付財金濟人困：老嫗罄奩飾代贖貧病受誣之罪犯

・陰功致吉【肆一甲5】(《昨非庵日纂》)＊。盡付財金濟人困：濟助歲暮貧困將賣妻以償官銀者

・潘封翁【肆一甲10】(《香飲樓賓談》)＊。盡付財金濟人困：自己向他人借貸以濟助歲暮遭賊竊盡財資而將輕生者

＊506　得了風水師，不得風水地

（一）貪官或惡霸請來風水名師堪察風水吉地，風水師卻在同時間得到神鬼的指示（A），令他不得為貪官選擇風水吉地。

（二）風水師仍為貪官擇地看風水；或風水師藉口辭行，貪官又另找別

〔註14〕　本段據金師榮華先生提要內容節錄，以下（二）（三）則因本文所收材料稍異而變更，據以反映其全面內容。

的風水師看風水。

（三）因為風水師的誤判或其他原因（B），貪官獲得的風水吉地變成凶
地或被破壞。

（四）貪官家敗浸衰。有時候未遵神意的風水師也受到神鬼的懲罰。

出　處

1、地因人勝【肆二 3】（《稗史彙編》）（A）風水師夜夢二使叱之而止｛無
（二）（三）（四）｝

2、鬼罩地師眼【肆二 1】（《昨非庵日纂》）（A）風水師夜夢鬼罩其眼（B）
風水師堪地後又夢鬼持去罩，方悟所堪吉地原為凶壤

3、貪官不得受吉壤【肆二 2】（《昨非庵日纂》）《堅瓠集》（《闇然錄》）
《北東園筆錄續編》（A）風水師夜夢老者告知貪官劣蹟｛無（三）｝

4、地師【肆二 4】《北東園筆錄四編》（A）夢郡城隍召之入廟，誡勿點
吉穴（B）葬後雷擊破其穴

參考資料：

・嚴泗橋【肆二 5】（上海）

。。天遣惡行不授吉地：奸臣造橋做龍穴地欲葬祖先，圖謀篡奪皇位，
神仙（八仙）路過抬走橋，洩漏龍地氣，奸臣當不成皇帝

六、風水師的故事

＊601　龍耳地致天子

（一）一個著名的風水師（A）為某人選了一個據說能招來天子的「龍地」
風水以葬親人。

（二）天子（B）經過該墓地，並察訪這個「龍地」葬者的後人。

（三）天子（或懂風水者）告訴葬者的後人，說墓葬地在「龍頭」（或說
"龍角"）會導致後人滅族；葬者的後人回答說：選擇這塊地的
人曾說該地是「龍耳」，能招天子來問（或到墓前）！

出　處

1、致天子問【陸二甲 4】（《晉書》）、《世說新語》「葬龍耳，當致天子」
（A）郭璞（B）晉明帝特地察訪

2、崔巽墓【陸二甲 5】《青瑣高議》《地理人子須知》「安龍頭，枕龍耳，

不三年，萬乘至」（A）崔巽（B）唐玄宗行獵經過

＊602　卜時奇應 I ──奇怪的預言時刻應驗

（一）風水師為雇主選了一個風水地，這個風水必須配合他指定的時刻葬下棺材才能生效。

（二）風水師指定的時間卻不是一個確定的時刻，它是一串不可預期的巧合，或情理中不會有的狀況。（A）

（三）然而這些巧合或不合情理的狀況都在棺材下葬的當天發生了。（B）

出　處

1、乘白馬逐鹿【陸二丁 1】《南史・吳明徹傳》《陳書・吳明徹傳》《古今圖書集成》（A）葬日將有「乘白馬逐鹿者經墳」（B）至時果然

2、劉氏葬【陸三 1】《夷堅乙志》（A）葬日「見一驢騎人」即可葬（B）至期果然有人背初生之驢經過

3、牛乘人逐牛【陸二丁 2】《遼史》（A）有「牛乘人逐牛過者」，即啓土下葬吉時（B）至期，有人負乳犢引牸牛而過

4、狸眠【陸二丁 4】（《湧幢小品》）《人子須知》（A）行葬之日見白狸眠處即葬地，白狸起時為葬時（B）至期果見白狸

5、陳地師【陸二丙 3】（《在野遁言》）（A）大雨時安葬（B）行葬之日果然大雨

6、丁養虛【陸二丁 6】（天長宣瘦梅夜雨秋燈錄）《中國歷代卜人傳》（A）天微雨，二狗唧花戲墓側，一男子戴鐵帽，一孝婦索取石炭（B）至期果有兩小狗爭蘆花一枝來墓前，有農夫頭戴新鍋以代雨具，孝婦亦至

7、聞小兒謳歌【陸二丁 7】（光緒廣安州志）《中國歷代卜人傳》（A）葬日必陰雲微雨，「聞小兒謳歌」即為下壙吉時（B）至期果然

8、烏鴉落陽【陸二丁 8】（《太陽和月亮》）（A）頭戴鐵帽馬騎人，鯉魚上樹正時辰（B）天下大雨，有人買了一口鑊，便將鑊舉在頭上當傘笠；一個騎馬的，馬忽然生了一頭小馬，小馬不能走，馬主只好背著小馬走；還有一人買了鯉魚在樹下避雨，一時手痠，把魚掛在樹枝上

9、為自家看風水【參五丙 9】（耿村）（A）會見人戴鐵帽，人背牛，魚

上樹（B）天下雨，有人把剛買的鍋扣在頭上擋雨；有人鑽牛肚下避雨；有人在樹下避雨，把魚掛樹上｛＋＊三個怪孩子結伴爲眞命天子｝

10、鳥號鎗鳴【陸二丁10】（金門）（A）「鳥號鎗鳴」即下葬吉時（B）有海盜上岸鳴鎗，海鳥驚號

11、郭聖王【陸二丁9】（台灣桃竹苗）（A）有人銅斗遮雨、牛騎人、魚上樹（B）至期天雨，果見一和尙用銅鈸遮雨，一個牧童在牛腹下避雨，一個漁夫在樹下避雨，把魚掛在樹上｛＋＊瞎先生與糞坑羊｝

12、鐵柺仙人到山【陸二丁11】（台灣）（A）有「神鳥飛來報喜，有鐵柺仙人到山，有靈蛇出現爲應」（B）至期，有白鶴三隻，飛在上空而過；繼則有牧童手持一棒，前來參觀；不一會有巨蛇自傍出現橫過墳前

參考資料：

　＃　應驗預言的騙局（＊702）

相關的情節單元：

　。卜者行逕反常：擇大凶日（羅猴七煞日）建祠堂。原來主人是文曲星，羅猴七煞日遇到文曲星，就會轉凶爲吉【陸二丁15】潮州

　。卜者預言應驗：卜時之應：煞日逢貴人，不煞反吉：皇帝與大臣偶然造訪民宅，宅正上梁，其時其日均屬大凶不宜吉事，擇日的卜者卻云屆時將有貴人到，不凶反吉【陸二丁14】（上海）松江

　。。殊地奇葬：風水地犯三煞，人皆云不可葬，卜者擇三煞出遊日葬之【陸二丙3】《在野邇言》

＊603　卜時奇應II——奇怪的預言時刻兩度應驗

（一）風水師爲雇主選了一個風水地，這個風水必須配合他指定的時刻葬下棺材才能生效。

（二）風水師指定的時間卻不是一個確定的時刻，它是一串不可預期的巧合，或情理中不會有的狀況。（A）

（三）這些巧合或不合情理的狀況都在棺材下葬的當天發生了。（B）

（四）就在棺材下葬後沒多久，與先前的情況不同但也吻合風水師預言

的狀況又出現了。（C）

（五）後一次狀況開始的時候，才是風水師預言指定的時刻。所以葬錯時刻的雇主家沒有得到風水師預期的風水效果（或是與預期相反）。

出　處

1、火燒麒麟穴【陸二丁 12】（《中國堪輿名人小傳記》）（A）見人騎人方可下葬（B）至期，有人父逝，欲做滿七，至城中購紙人等祭品回，扛紙人於肩上過其墳前，乃葬（C）又有迎親儀隊經過，新娘之弟伴嫁，以年幼，人扛於肩上行走

2、朝天鯉魚穴【陸二丁 13】（《中國堪輿名人小傳記》）（A）於夜間後鼓樂聲至而下葬（B）至期，有迎神者先傳鑼鼓聲，乃葬（C）葬後又有官吏上路以鼓樂壯威聲傳來

（＊702　應驗預言的騙局（＃））

＊604　風水預言應驗，有名無實

（一）某一處地方被認為風水很好，預言將要出現了不起的人。（A）

（二）有人破壞了這裡的風水。（B）

（三）預言仍然應驗了，但與預言當初的期望不符。（C）

出　處

1、澎湖龍門出皇帝的傳說：【伍二丁 3】（澎湖）（A）真命天子（B）皇帝硃筆點地圖（C）該地戲子多演皇帝｛＋＊御筆破風水｝

2、雙帝廟【伍二戊 1】（金門）（A）兩個皇帝（B）朝官江夏侯（C）「關帝」和「玄天上帝」廟建在那個風水地上

3、南蠻子破風水【伍二戊 2】（耿村）（A）十個閣老（朝廷官員）（B）南方人（C）只有一個姓"石"的閣老

＠605　預言奇中，意外應驗

預言（有時是夢兆）出現時沒有人真正理解其中的意思，後來發生的事卻逐一應驗預言，證明預言所言不虛。應驗的情況可分三類如下：1、以意外之事應驗。2、以言外之意應驗。3、事後解意。

各類主要情節單元及出處

1、以意外之事應驗：

（1）。卜者（管輅）預言意外應驗：預言某日東來青衣者能為某宅主療痛失明，然其人不解療醫，但解做犁，便取宅主宅中臨井之條桑做犁，臨井桑條斫下時，失明宅主立即復明【壹一丁 C4】《朝野僉載》

（2）。卜者（求宿之客）預言以令人意外的結果應驗：卜云葬某地可得官，後人竟以葬地所生異物（金筍）賄賂得官【壹一甲 7】（《桂林風土記》《廣記》）

（3）。卜者（郭璞、崔巽）預言應驗：墓葬「龍頭、龍耳」，能使「萬乘」至：葬後不久，皇帝打獵經過【陸二甲 5】《青瑣高議》《地理人子須知》

2、以言外之意應驗：

（1）。卜者（蕭吉）預言意外應驗：卜者為皇后葬地卜國運云「卜年二千，卜世二百」。後其國祚三十年而亡，原來其卜詞真意是：卜年二千者，是三十字也（合字見義）；卜世二百者，取三十二運也（引申見義）【陸二己 3】（《北史》）《隋書》《御覽》

（2）。卜者預言意外應驗：卜者（劉伯溫）卜國祚云「國祚悠久，萬子萬孫方盡」。傳朝至「萬曆」皇帝之子（泰昌）孫（天啓、崇禎、弘光）時，國即覆亡【陸二己 9】《堅瓠六集》

（3）。卜者預言意外應驗：卜者（劉伯溫）為皇城卜，云「除非燕子能飛入」。後「燕王」據城篡國【陸二己 9】《堅瓠六集》

（4）。所夢徵兆意外應驗：卜地後得夢是地多瓜，以為瓜瓞之兆，不料是地後為柯姓所有，其土言「瓜」「柯」同音【肆二 1】（《昨非庵日纂》）

3、事後解意：

（1）。卜者（徐武功）預言應驗：某墓當出一繫金帶者，後其墓主後代果然登第居副使官（繫金帶）【壹一丁 B2】《庚巳編》

（2）。卜者預言意外應驗：人算不如天算：誤會符讖：望氣者云某地有「鬱蔥之符」，有意竊位之權臣請為宅第而居。後權臣勢衰，宅收入皇室改築新宮，而帝王均生於其宮，果應其讖【陸二己 7】（《桯史》）

（3）。卜者預言意外應驗：人算不如天算：誤會符讖而蹈禍：卜者（司天監苗昌裔）相宋太祖陵地云「太祖之後，當再有天下」。後大臣

相繼謀立太祖後代爲帝，卻相繼事敗被殺。後北宋覆亡，太祖七世孫孝宗繼高宗承南宋帝位，果應符讖【陸二己 5】《揮塵錄》《稗史彙編》

（4）。卜者預言意外應驗：卜者云「東莞有帝者之祥」，（帝）於是徙東莞王於他地，不料後來登帝位者即東莞王（東晉元帝）【陸二己 2】（《晉書》）

（5）。卜者預言意外應驗：卜者云「豫章有天子氣」。其後竟以豫章王爲皇太弟【陸二己 1】（《晉書》）

（6）。卜者預言意外應驗：卜兆云「葬後當出八公」。然其葬地名曰「五公」，後其後代共子、孫、曾孫合有三公【陸二己 4】（朝野僉載）《太平廣記》

（7）。卜者預言意外應驗：卜者云某地爲「君山龍脈」。後有「三皇廟」起於該地【陸二己 8】（《南村輟耕錄》）

（8）。卜者預言意外應驗：卜者云某風水地應爲「未了未」者所得。後得其地者姓李，又受帝賜姓木，果符「未了未」拆字（爲木）及合字（爲李）之形【壹一丙 5】（《人子須知》）

（9）。卜者預言意外應驗：卜者云某葬地「出飛來金帶」。後葬家之子受親族爲官者助，冒名襲同姓者侯爵，「飛來金帶」乃驗【陸二己 10】（耳談）《堅瓠餘集》

（10）。卜者預言意外應驗：卜者爲人卜葬地，云「有龍歸後唐之兆」人莫知所以。他日偶至異地，得「後唐龍歸」地名，往訪果得葬地【陸二己 11】（《稗史彙編》）

（11）。卜者預言意外應驗：營葬者行葬時打傷墓上之猴，卜者云其家他日「見猴必敗」。後其墳風水爲侯姓人所破，其家隨即衰敗【伍二甲 6】（《太陽和月亮》）

參考資料：

＊　寅葬卯發

・半夜夫妻八百丁【陸二甲 19】（《人子須知》）

・半夜敲門送契來【陸二甲 18】（《人子須知》）

・寅葬卯發【陸二甲 17】（《地理人子須知》）

・寅葬卯發【陸二甲 28】（福建晉江）

＊606　寅葬卯發

（一）風水先生為雇主選了一塊葬地，預言其親人葬下後，家人將在極
　　　短時間內或難以想像的特殊情況下獲得大利。（A）

（二）風水先生的預言在出乎意料的狀況中應驗了。（B）

出　處

1、寅葬卯發【陸二甲 17】（《地理人子須知》）（A）寅時下葬，卯時發
　　財（B）葬後歸途，孝子路拾強盜贓物而致富

2、半夜敲門送契來【陸二甲 18】（《地理人子須知》）（A）半夜敲門送
　　契來（B）富而無子的遠親半夜送來地契相贈

3、半夜夫妻八百丁【陸二甲 19】（《地理人子須知》）（A）半夜夫妻八
　　百丁（B）新婚丈夫夜半出戶遇虎而卒，新娘遺腹子生孫多而人丁
　　大旺｛＋＠福禍相倚的風水地｝

4、寅葬卯發【陸二甲 28】（福建晉江）（A）寅時下葬，卯時發財（B）
　　葬後回家，遇見和尚私通小妾姦情，和尚以廟產和解，因以致富

＊607　夭折的真命天子（艾 174 "風水遭破壞" 〔註15〕）

（一）一戶人家得到一個風水寶地，他們將親人埋葬或自己居住在那裡。

（二）家中陸續生出了三個或數個奇怪的孩子。（A）

（三）奇怪的孩子先後被受到驚嚇的家人弄死了，事後才知道他們是應
　　　風水庇蔭而生來要結伴打天下的真命天子，但已經來不及挽救了。

出　處

1、徐姓生天子【參五丙 8】（浙江）（A）紅面孩子落地就會跑；黑面孩
　　子出胎就爬床架；白面孩子出生就會說話

2、為自家看風水【參五丙 9】（耿村）（A）大花臉鋸齒鐐牙｛＋巫術風
　　水做皇帝（一）＋奇怪的預言時刻應驗｝

3、鯉魚穴【參五丙 10】（上海）（A）三月懷胎生子，黑紅白臉分別是
　　劉關張投胎（三）白、紅臉孩子死了，黑臉長大做大將軍｛祖墳有
　　三條鯉魚｝

4、白鶴穴連生三胞胎【參五丙 11】（台灣）（A）屋中石柱年年長，家

中一連生雙胞：黑紅白臉〔無（三）〕

＊608　巫術風水做皇帝（艾172 "風水先生讓兒孫做皇帝"）〔註16〕

　　（一）因爲風水先生或上天（神仙、道士）的指示，某一戶人家即將藉
　　　　　由巫術（A）的幫助，產生一位皇帝。

　　（二）屋子四周及家人產生了奇特的徵兆。（B）

　　（三）事主在恐懼或不知情下，破壞了徵兆。（C）

　　（四）一切都是徒勞，徵兆被當朝皇帝根除，一家人都死了。

　　出　處

　　1、風水先生【參五丙1】（通州《董仙賣雷》）（A）風水先生：燈蓋馬
　　　　桶屋蓋斗（B）全家筋肉酸痛如火燒，竹節生孩子（C）除去馬桶病
　　　　都好，竹節生孩都眼瞎

　　2、龍穴地【參五丙2】（上海）（A）道士：黑狗、青藤保護屋頂祥光，
　　　　撒豆成將（B）狗趴在屋頂上（C）狗被打死了，豆兵被殺了

　　3、未出世的皇帝【參五丙4】（上海）（A）玉帝化老人：送來黑狗、瓜
　　　　藤和豆（B）狗趴在屋頂上（C）狗被打死了；「撒」豆才能成兵，
　　　　豆被倒出來都斷了手腳

　　4、皇王的傳說【參五丙3】（浙江）（A）太白金星：屋頂拉雲來遮，給
　　　　三升豆種地，會變成皇王兵（B）屋邊生石筍（C）馬桶帚量石筍，
　　　　石筍不長了；雲破了；一犁豆田，人頭滾滾不成兵

　　參考資料：

　　　　·活土地堂【參五丙7】（上海）（＊冒失助手壞計畫）

＊609　冒失助手壞計畫（AT丁　592＊魔箭＋艾184奇蹟）〔註17〕

　　（一）一個人想要藉由某種魔力（A）讓自己或某人當皇帝（B）。

　　（二）他需要助手（通常是母親、姊姊或媳婦）的提醒或保護，以便準

〔註16〕參考艾伯華172號「風水先生讓兒孫做皇帝」，頁260～261

〔註17〕這裡的情節均出現於艾伯華184號「奇蹟I」，也常見於AT592＊「魔箭」
　　　　的故事中。艾伯華「奇蹟I」的提要原文如下：（1）一位會法術的人想整
　　　　平一座山。（2）因爲母親打擾了他神秘的睡眠，他死了；山只整平了一半。
　　　　（艾伯華，1999北京：頁270，流傳於浙江浦江）丁乃通「險避魔箭」的
　　　　情節提要，其梗概如下（節錄）：I【密謀殺害皇帝】II【魔弓和魔箭】III
　　　　【射出過早】IV【陰謀失敗】V【懲罰】（丁乃通，1986北京：頁205～206）。

時及安全的完成魔術。

（三）緊張或不知情的助手過早喚醒他或破壞了魔術的操作，魔術失效
計畫失敗，主角死了。

出　處

林道乾與十八攜籃【參五丙 5】（台灣）（A）眞龍正穴埋父親、三枝魔
箭射皇帝（B）自己做皇帝（C）妹妹驚雞提早叫

楊六狗踏山【參五丙 6】（浙江）（A）睡眠中踏平山崗以擴大地基（B）
使小地方能承載眞命天子（C）大量流汗被母親喚醒

活土地堂【參五丙 7】（上海）（A）妻葬龍穴地，捏泥做自己和兒子替
身（B）待泥乾後，得了風水，父子就可做皇帝（C）媳婦拿掃帚掃壞
了泥人

參考資料：

·＊巫術風水做皇帝

·徐姓生天子【參五丙 8】（浙江）（不知情的產婦殺了異常初生的眞命
天子）｛＊三個怪孩子，結伴爲眞命天子｝

＊610·1　穴妨術師 1｜｜瞎先生復明

（一）一位風水師受聘雇主，爲雇主找到一個良好的風水地。

（二）但風水師將因指出這塊地而雙眼失明。雇主承諾提供風水師往後
的生活照顧或其他財物幫助，於是風水師指出風水地點讓雇主順
利葬下祖先，風水師的眼睛果然從此失明。

（三）風水師對雇主的期望落空（A），決定懲罰背信的雇主（B1）。

（四）風水師詭言風水有問題，請雇主整修風水。（B2）

（五）風水整修後，風水師眼睛復明了，雇主家敗落了。（C）

出　處

1、羅誠【陸三 4】（《咫聞錄》）（A）淪爲僕隸（B2）魚跳穴，少個龍
門；其實是鱸魚上灘穴，龍門象漁網困了上灘鱸魚，風水破了（C）
出仕者緣事鐫職

2、風水先生【陸三 6】（上海）（A）（一）爲風水先生畫符鎮僵屍（B1）
殺了墳地上的豬（C）風水師豬血洗眼復明

3、時家墳【陸三 8】（上海）（A）以生童陪葬，風水師生嘆（B2）開

墓改運，卻飛出鴛鴦（C）清兵入關，丟官家破

4、看風水先生【陸三 7】（耿村）（A）不當人看（B1）殺了墳上的白鬍老人（C）著火又遭賊

5、仙鶴溝的傳說【陸三 9】（上海崇明）（A）吃到糞坑雞（B1）戳破仙鶴眼，地冒鮮血拭眼復明（C）一病不起｛＋＊風水先生與糞坑肉｝

6、牛穴【陸三 10】（上海崇明）（A）吃到糞坑雞（B2）蓋廟建橋固風水，風水卻失效了（C）失火並入獄｛＋＊風水先生與糞坑肉｝

＊610・2　穴妨術師 2｜｜七鶴戲水

｛（一）～（四）同＊穴妨術師 1－瞎先生復明｝

（一）整修的墓中飛出數隻飛禽（B），人們捉回了其中一隻，不小心擊傷了它的身體而導致殘缺（C）。

（二）之後雇主家中誕生了一個先天殘缺的嬰兒，嬰兒殘缺的部位與捉回墓中的動物相同。

（三）這個嬰兒長大成了有地位的名人（D）。

出　處

1、括倉趙墓【壹三甲 1】（《癸辛雜識》）（B）三隻金魚（C）擊其尾（D）太子｛只有（一）（六）（七）（八）｝

2、七鶴戲水【壹三甲 5】（金門）（A）禮遇衰（B）七隻白鶴（C）眇一目跛一腳（D）大官

3、蔡進士的傳說【壹三甲 6】（金門）、澎湖（A）沒有得到雇主承諾的金銀馬（B）七隻白鶴（C）眇一目跛一腳（D）進士｛（六）＋＊瞎先生復明｝

4、白鶴穴的故事【壹三甲 8】（澎湖）（A）吃了糞坑羊（B）七隻白鶴（C）跛腳（D）進士｛（六）＋＊風水先生與糞坑肉｝

5、跛腳秀才【壹三甲 7】（台灣）（B）數隻烏鴉（C）跛腳（D）狀元或進士｛只有（六）（七）（八）｝

參考資料：

【參五丙 11】（台灣）宅基地下有白鶴，打死其中三隻，宅主三雙胞胎之有異相（黑紅白臉）者亦夭亡

【參五丙 10】（上海）葬者墳中有三鯉，後代三子夭其二，三鯉亦夭二存一

＊611　風水先生與糞坑肉

（一）一位風水師受聘雇主，為雇主找到一個良好的風水地。

（二）雇主將掉落糞坑的雞或羊烹煮後請風水師吃，風水師認為受到侮辱，決意報復雇主。

（三）風水師破壞了剛剛找到的風水地，或將風水地送給別人後離開雇主。

出　處

1、郭聖王得風水成佛【壹一乙 3】（金門）

2、郭聖王【陸二丁 9】（台灣桃竹苗）

3、仙鶴溝的傳說【陸三 9】（上海崇明）｛＋＊610・1　穴妨術師 1｜｜瞎先生復明｝

4、牛穴【陸三 10】（上海崇明）｛＋＊610・1　穴妨術師 1｜｜瞎先生復明｝

5、白鶴穴的故事【壹三甲 8】（澎湖）｛＋＊610・2　穴妨術師 2｜｜七鶴戲｝

參考資料：

＊穴妨術師 1－瞎先生復明

＊穴妨術師 2－七鶴戲水

＠612　風水師的陷阱

風水師因為某些原因（A），用各種謊言與技術（B），使不知自家風水真相的人破壞了自家的風水。

出　處

1、羅誠【陸三 4】（《咫聞錄》）（A）懲主人背信及怠慢（B）詭言修改風水可使子孫登科甲｛＋＊瞎先生復明｝

2、獅形地【伍二甲 6】（《太陽和月亮》）（A）受辱報復（B）詭言風水有異須重整

3、破天鵝穴【伍四甲 8】（福建漳州）（A）懲治土豪（B）土豪犯罪，

地方官以修路爲和解條件，使土豪自建不利其家風水的道路

4、鳳穴【伍四甲 5】（金門）（A）政敵作對（B）政敵假扮風水師，誘騙思念兒子的對手母親破壞自家風水，做官的兒子果然罷官回家｛＋＊破敵風水以敗敵｝

5、地理師死後破主人風水【陸四 1】（台灣）（A）預知主人將佔自己死後所葬風水地（B）預埋錦囊書於己墳，詭言主家風水大凶及修正之法，主人果然如法修正，不久即敗

6、他人生子他人福【陸四 2】、風爐穴【陸四 3】（台灣）（A）懲主人背信（未付酬）（B）詭言修改風水可改善風水和官運

7、紫金觀的傳說【伍四丙 1】（無錫）（A）嫉妒同行高明（B）騙道觀徒弟放低觀前橋，可出更多有術道人，結果地靈破土而出，觀中眞人變瘋癲｛＋＊破敵風水以敗敵｝

8、時家墳【陸三 8】（上海嘉定）（A）懲主人怠慢（B）詭言修改風水可改善風水和官運｛＋＊瞎先生復明｝

9、牛穴【陸三 10】（上海崇明）（A）懲主人怠慢（B）詭言風水有變須調整｛＋＊風水先生與糞坑肉｝

＊613　意外的鐘聲（艾 188 鐘的奇蹟Ⅱ）〔註18〕

（一）一個風水師爲雇主選了好風水地，但當這塊地被啓用時，風水師將因此生病或喪命。

（二）風水師請雇主在他離開當地後再啓用這塊風水地，並互相約定以鐘聲（或鞭炮聲）爲啓用的訊號。

（三）鐘（鞭炮）響得太早，或附近的鐘提早響了，尚未離得夠遠的風水師在雇主啓用風水地的時刻倒在途中。

出　處

1、鐘鳴僧亡【陸三 3】（《人子須知》）偶鄰寺鳴鍾，葬家不知，應鍾而下，卜者隨即遇雷擊亡

2、烏鴉落陽【陸二丁 8】（《太陽和月亮》）落葬完成燃鞭炮時，卜者一聽炮聲就倒地而死｛＋＊奇怪的預言時刻應驗｝

〔註18〕艾伯華提要原文如下：（1）一個神秘的和尚立了一口鐘。（2）應該等他離開以後幾天再敲這口鐘。（3）鐘敲得太早了。它的聲音達不到預期的那麼遠。（艾伯華，1999，北京：頁 278）流傳地區在雲南昆明和河南開封。

參考資料：

·情節單元：。。風水負作用：穴妨術師，葬者得吉，卜者遭凶

出　處

楊九巡【陸三 2】（《夷堅志》）葬者子孫登第，卜地者得疾（病風攣）

劉氏葬【陸三 1】《夷堅乙志》葬者子孫做官，葬後三月卜地術師死

羅誠【陸三 4】（《咫聞錄》）葬者子孫登第，卜地者眼盲

李一清【陸三 5】《卜人傳》葬者子孫登第，卜地者眼盲

七、因風水產生的笑話

＊701　謀意不中反違願（＃）

某子常違逆父母，父母臨終交付後事，故意說出與自己心意相反的話，意想兒子必定又會反其道而行，正好遂合了自己的心願。不料某子忽然悔過，而完全依父母遺言照辦，父母的心願終於還是沒有完成。（A）

出　處

渾子【貳二乙 1】（《酉陽雜俎》《廣記》《古今圖書集成》）

郭璞葬金山腳【貳二乙 2】（《昨非庵日纂》）

畚箕穴【貳二甲 13】（金門）｛＋＊無棺之葬（倒葬）得風水｝

＊702　應驗預言的騙局（＃）

（一）職業占卜師向顧客出示了一個神奇的預言，預言中即將出現的現象，不是極不尋常的巧合，就是極不常見的狀況。

（二）預言一一如期應驗，並且在尋求占卜的顧客眼前發生了。

（三）占卜師的神算獲得顧客的推崇，他獲得了他所要求的報酬。

（四）真實的情況是，占卜者預言的內容和應驗的狀況，是占卜師事先佈置（A）或與同夥串通演出（B）的結果。

出　處

1、鐵器應兆【柒二 1】（《笑海叢珠》）（B）卜云葬時必「有人自南方將鐵器來」，至時果然。來人卻問卜者「雇我將鐵器來給誰？」

2、瞽者之術【柒二 4】（《竹葉亭雜記》）（A）盲人卜者卜地皆能言其地形，原來是同伙事先堪察地形告之使熟記以取信雇主（B）卜者向

主人預言某時當有「鳳凰過」，至時使預約之人抱雞經過，使雇主信其術【柒二4】(《竹葉亭雜記》)

3、某宦【柒二3】(《墨餘錄》)（A）1、卜者與同伙預先埋藏奇物（無根菌芝）於地下，假卜云地下有物，使雇主起土得之，而相信卜者的占卜 2、卜者埋地下鐵管通墓穴後燃燒其棺，占卜時告知雇主因葬地不佳，棺應已焦，雇主啓土見棺而信其術【柒二3】(《墨餘錄》)

4、堪輿【柒二6】(《志異續編》)（A）卜者先埋五色土於地下，告知雇主某地風水佳，必有異色土，雇主見土而信其術

5、蔣家墳與算命先生【柒二2】(河北保定) 卜者預言某日將見「頭戴鐵帽，鯉魚上樹」，至時果然。原來是卜者與同伙串通約定，使雇主相信卜者的占卜

補充資料

。K. 偶發的特定狀況，原來是自然的結果，不是偶發：當風水師的父親臨終要求倆兒子爲他抬棺，至抬棺繩子斷成兩截再落葬，兄弟倆便能得風水蔭過好日子。兒子依言照辦，並因此相信將得好風水之蔭而努力工作，果然過了好日子【柒四1】(耿村)

。卜者預言應驗：卜時之應：抬棺的繩子斷成兩截時才能落葬【柒四1】(耿村)

參考資料：

。U170 盲目的舉止：假卜人行徑故意違反常情，雇主反而因此相信其術不凡【柒一5】(耿村)

。U170 盲目的舉止：假卜人行徑故意違反常情，雇主反而因此相信其術不凡【柒二2】(河北保定)

。U170 盲目的舉止：假卜人行徑故意違反常情，雇主反而因此相信其術不凡【柒二3】(《墨餘錄》)

。卜人行徑違反常情，以神其術而惑雇主：擲碗碎盤，以爲不屑食也；拆屋裂帳，以爲不屑居也【肆四1】(《子不語》)

。K. 井中加糖令水甜，吸引擇地者的注意【柒四3】(遼寧)